Thommie Bayer, geboren 1953 in Esslingen am Neckar, studierte Malerei an der Stuttgarter Kunstakademie, bevor er sich als Liedermacher etablierte. Nach über tausend Konzerten und acht Langspielplatten lebt er heute als freier Schriftsteller in Staufen/Breisgau.

Im Rowohlt Taschenbuch Verlag sind ferner erschienen: «Eine Überdosis Liebe. Von einem, der auszog ...» (rororo Nr. 5656/1985) und «Einsam, Zweisam, Dreisam. Eine beinah ‹himmlische› Liebesgeschichte» (rororo Nr. 5958/1987).

THOMMIE BAYER

Das Herz ist eine miese Gegend

Roman

rororo

Rowohlt

Für Jone und Wolfgang Heer
und Peter Cieslinski

14. Auflage Juli 2001

Originalausgabe
Veröffentlicht im Rowohlt Taschenbuch Verlag GmbH,
Reinbek bei Hamburg, Februar 1991
Copyright © 1991 by Rowohlt Taschenbuch Verlag GmbH,
Reinbek bei Hamburg
Umschlaggestaltung Britta Lembke
Alle Rechte vorbehalten
Satz New Baskerville PM 4.0 Apple Macintosh
Druck und Bindung Clausen & Bosse, Leck
Printed in Germany
ISBN 3 499 12766 0

«I once had a girl, or should I say, she once had me?»

Lennon/McCartney

EINS

*Kennedy starb vor Winnetou. In einem Blau-
punkt-Radio der eine und im Scala beim
Bahnhof der andere. Ein Buch lag auf einer
Kommode, es hieß «Der gelbe Stern». Ein
Kind betrachtete die Bilder darin und bekam
davon ein Siegel auf die Seele. Ein Bauplatz
kostete achtzigtausend Mark und ein Fertig-
haus mit Fundament hundertzwanzigtau-
send. Eine Oma hatte soviel Geld gespart.
Eine Sache, die einem gefiel, nannte man
«prima».*

Im Hochsommer neunzehnhundertsechsundsechzig stellte
Giovanni fest, daß die Dinge zwei Seiten haben. Mindestens. Es
war ein Tag im August, er ließ gerade einen Haufen trockener
Erde von der Schippe rutschen, wischte sich den Schweiß von
der Stirn und eine Dreckspur drauf, warf die Schippe aus dem
Graben, in dem er arbeitete, und nahm einen Schluck Mineralwasser aus der Flasche. Lauwarm.

Das Mineralwasser hieß damals noch saurer Sprudel.

Giovanni war genau dreizehn Jahre, drei Monate und sechzehn Tage alt, die Sonne stand senkrecht am Himmel, sein Vater
war eben im nahen Gebüsch verschwunden, für kleine Mädchen, wie er mit einem Augenzwinkern gesagt hatte; sein Bruder
Norbert war mit seinem Bruder Arno fortgegangen, um eine
neue Kiste sauren Sprudel zu holen, und irgendwas biß Giovanni
in den Kopf.

«Au», schrie er und faßte sich an die schmerzende Stelle, aber da war nichts.

Er fuhr suchend mit der Hand herum in seinem dichten Haarschopf, fand kein Blut, fand keinen Vogel, keine Spinne, keinen Käfer, fand nichts, was ihn hätte gebissen haben können, und nichts, was überhaupt auf einen Biß oder sonst eine Verletzung hinwies. Komisch.

Er schippte weiter.

Beim nächsten Biß, in fast dieselbe Stelle, fiel ihm vor Schreck die Schippe aus der Hand. Diesmal tat es viel mehr weh. Wieder suchte er tastend den Hinterkopf ab, und wieder war da nichts.

Die Hand noch am Kopf, setzte er sich auf den Grabenrand und versuchte, aus den seltsamen Ereignissen schlau zu werden, da hörte er ein dünnes, aber scharfes Stimmchen sagen: «Kannst lange suchen, Depp.»

Er sah sich um, und da war nichts, was sprechen konnte.

Jetzt kam die Stimme aus einer anderen Richtung und meinte: «Optisch erst recht.»

«Was ist denn *jetzt* los?» sagte Giovanni zu sich selber, denn an die Stimme glaubte er noch nicht. Er hielt sie für Einbildung.

«Los ist», antwortete die Stimme gutgelaunt, «daß du jetzt deine Strafe kriegst.»

«*Was?*» Giovanni begann sich zu fragen, ob die ganze Sache für eine Einbildung nicht etwas zu ausgefallen sei.

«Deine Strafe, Depp, Strafe. Das ist so was, wo dir auch weh tut. Dafür isses da.»

«Für was denn eine Strafe, wer bist du, was hab ich dir getan, wieso seh ich dich nicht?» haspelte Giovanni aufgeregt in alle Richtungen.

«Für was denn eine Strafe, für was denn eine Strafe», äffte ihn die Stimme nach. «Dafür, daß du zu den Katzen hältst, vielleicht. Wer bin ich. Ich bin Zelko. Ich bin eine Maus. Ich bin tot, und du bist am Leben, und außerdem hast du die Augen am Arsch.»

Giovanni war völlig perplex. Er versuchte, hinter den Sinn der Worte zu kommen, aber wußte nicht, wie. Ein erneuter Biß schreckte ihn auf, und er schrie: «Wieso halt ich zu den Katzen, wieso bist du tot?» Diesmal tat es noch ein bißchen mehr weh.

Bißchen, dachte er, ist genau das richtige Wort. Die Stimme, jetzt wieder aus einer neuen Richtung, sprach: «Natürlich hast du keine Ahnung. Hattest du damals schon nicht. Jetzt hast du noch keinere, weil du mich nicht siehst. Aber *ich* hab Ahnung. Ich seh dich, und ich plag dich, bis du deine Strafe weghast.»

«Aber erklär mir doch, was los ist», bat Giovanni jämmerlich, und ihm wurde unheimlich, trotz des klaren Himmels und der Sonne, die senkrecht herabschien.

«Keine Lust», sagte die Stimme, «du hörst noch von mir» und, schon etwas weiter entfernt: «Tschau, Katzist.»

Giovanni ließ sich mit dem Rücken an der Grabenwand langsam hinunterrutschen und blieb nachdenklich sitzen, bis er die schweren Stiefel seines Vaters hörte.

«Du siehst aus, als hättest du ein Gespenst gesehen», sagte der Vater und schickte ihn in den Schatten. Er glaubte, Giovanni habe einen Sonnenstich, und befreite ihn für diesen Nachmittag vom Graben.

Gespenst stimmt wohl, dachte Giovanni. Gesehen stimmt nicht, aber Gespenst stimmt. Ein Mäusegespenst. Ein stocksaurer Mäuserich mit einem bekloppten Namen, der mich triezt. Giovanni hieß übrigens damals noch nicht Giovanni, sondern Paul.

«Wo ist Paul?» fragten Arno und Norbert, als sie, zwischen sich den Kasten sauren Sprudel, keuchend zurückkamen. «Es geht ihm nicht gut», sagte der Vater. Man solle ihn ausruhen lassen. Das bißchen Graben schaffe man auch noch zu dritt. Norbert und Arno packten murrend an und dachten, der findet doch immer einen Dreh, sich zu drücken, denn sie hielten Paul sowieso für einen Waschlappen.

In dem Graben sollten Leitungen für Strom, Wasser und

Telefon verlegt werden. Und ein dickes Abwasserrohr. Das Scheißerohr, wie Norbert und Arno es nannten, wenn der Vater außer Hörweite war.

Sie arbeiteten jetzt schon viereinhalb Wochen und näherten sich langsam der Vollendung. Ein Bagger wäre damit in zwei Tagen fertig gewesen, hätte aber sechzig Mark pro Stunde gekostet. Deshalb hatte sich der Vater entschieden, lieber die Sommerferien seiner Söhne zu opfern. Auf diese Weise sparte er doppelt Geld. Einmal die neunhundertsechzig Mark für den Bagger und dann noch die fünfzehnhundertsechs fürs Ferienlager.

Der Vater sparte gern.

Obwohl die Söhne lieber süßen Sprudel, der später Limonade heißen würde, getrunken hätten, bestand der Vater auf saurem. Der lösche den Durst im Gegensatz zum süßen, welcher ihn erst recht erzeuge. In der Mittagspause gab es Butterbrot und Studentenfutter, und nachts schliefen die vier im Rohbau des zukünftigen Hauses. Sie wuschen sich mit Wasser aus Eimern, verteilten Duftmarken im Gebüsch und pickelten und schippten den ganzen Tag, genau nach der Vorschrift des Bauamtes, um einen Graben von eins Komma vier Metern Tiefe in der Mitte, eins Komma eins links und rechts und einer Breite von zwei Komma null zu buddeln.

Schöne Ferien.

♡

Zelko, eine Maus, was soll denn das sein, dachte Giovanni, das kann sich doch bloß um ein Hirngespinst handeln. Hirngespinste waren die Art Gedanken, die seinen Kopf am häufigsten besuchten. Fast die einzige Art überhaupt. Wenn sich die Realität in seine Welt wagte, dann meist in Form eines Hirngespinstes. Aber wann hatte je ein Hirngespinst gebissen? Das war neu.

In seinem schattigen Eckchen im Rohbau, neben den Rucksäcken mit Wäsche und Verpflegung, holte sich Giovanni sein Lieblingsgespinst vor das innere Auge. In der Stadt, aus der die Familie bald wegziehen würde, hatte seine Bande einen Keller, ein von amerikanischen Bomben unversehrt gebliebenes Fundament, in das man durch ein Loch kriechen konnte, wenn die Luft rein war. Die Luft war rein, wenn aus dem hundert Meter entfernt stehenden Nachbarhaus niemand herzusehen schien. In diesem Keller hatte die Bande, die sich «Die Zwölf» nannte, obwohl die Mitgliederzahl zwischen drei und sechs Personen schwankte, ein Geheimlager eingerichtet. Holzschwerter und ein Hammer, drei geklaute Dosen Thunfisch und ein Dosenöffner, acht Kerzen und ein französisches Buch mit unverständlich verformten und ineinandergeschobenen Körperteilen waren der Bestand.

In diesem Keller hatte Giovanni noch vor einem Monat gesessen und so getan, als ignoriere er, daß Cornelia vor seinen Augen auf den Boden pinkelte. Seit einer Viertelstunde war sie unruhig auf ihrem Stein herumgerutscht, bis sie endlich sagte: «Ich muß mal.»

«Warte, ich schau nach, ob die Luft rein ist», hatte er, einer Eingebung folgend, gesagt und scheinbar mißtrauisch die Nase durch das Ausstiegsloch gesteckt. «Unmöglich», lautete dann sein Bericht, den er mit autoritär nach hinten gestreckter Hand noch unterstrich, «alles voller Leute».

Cornelia und er waren allein, weil Martin gerade unterwegs war, um Streichhölzer zu besorgen. Die Kerzen brannten, aber sie waren mit dem letzten Streichholz angezündet worden, und Martin sollte Nachschub holen.

«Aber ich muß unbedingt», quengelte Cornelia, worauf Giovanni mit lässiger Ironie sagte: «Und wenn schon, ich kuck dir doch nix weg.» Er hoffte, sie würde den Kloß in seinem Hals nicht bemerken, da sie doch andere Probleme hatte. Und so war es auch. Sie drehte sich von ihm weg und hockte sich in die Ecke des Kellers, die sie für die dunkelste hielt.

Das war in seinem Sinne. Sie konnte nicht sehen, daß er hinschaute, streckte den kleinen weißen Vollmond genau in seine Richtung und ließ es regnen. Dabei hatte er ein unerklärlich aufregendes Gefühl.

Die nachfolgende Peinlichkeit überspielte Giovanni, indem er sich an einer der Thunfischdosen zu schaffen machte, sobald sie die Hose hochzog. Mit den dazugehörenden Geräuschen hatte er vorher schon angefangen, so daß sie nicht auf Interesse von seiner Seite schließen konnte.

«Hab Hunger», sagte er und lud sie zu einer Portion ein. Als Martin unverrichteter Dinge zurückkam, war die Dose leer, und ihm fiel weder die feine Veränderung im Geruchsbild des Kellers noch in der Stimmung der beiden Zurückgebliebenen auf. Und dann trennten sich «Die Zwölf», denn Martin sollte in der Schreinerei seines Vaters helfen, und Cornelia schob Schularbeiten vor sich her.

Das war seit vier Wochen sein Lieblingshirngespinst. Leider begann es langsam an den Rändern auszufransen. So verlor das Bild, wie auch das Gefühl, dieser süße Krampf unter dem Bauch, an Deutlichkeit. Noch ein, zwei Wochen würde es halten. Höchstens.

«He, Katzist», schrillte das kleine Stimmchen ganz nah an seinem Ohr. Er schloß die Augen, um besser zu hören, denn jetzt wußte er, daß die Erscheinung unsichtbar war. Er wartete auf den Biß.

«Was hab ich dir denn getan?» fragte er, alle Nerven unter der Haut alarmiert. Doch es kam kein Biß.

«Weil du nämlich deine Scheiß-Katze gelobt hast, das hast du getan», sagte das Stimmchen, wieder aus einer ganz unerwarteten Richtung.

«Meine Katze gelobt?»

«Deine beschissene Scheiß-Katze gelobt. Fürs Totmachen von mir», sagte der unsichtbare Mäuserich jetzt direkt vor Giovannis Nase. Er schien also auch fliegen zu können. «Brave

12

Katze, hast du gesagt, brave Katze, hat mir ein Geschenk gebracht. Das war ich, du Arschloch.»

Die Maus schien ihn zu umkreisen, ihre Stimme kam bei fast
jedem Wort aus einer anderen Richtung. «Ich hab noch gelebt,
und deine brave Katze hat mit mir gespielt, so war das, kapierst
du's jetzt?»

«Tut mir leid», sagte Giovanni betreten. Die Geschichte verwirrte ihn. Er schämte sich, denn an den Worten der Maus zu
zweifeln kam ihm nicht mehr in den Sinn. «Tut mir wirklich leid,
Zeppo.»

«Zelko», schrie das Stimmchen, und jetzt kam endlich der
Biß. In die Mitte seines Bauches fuhr ein durchdringender Blitz,
und er krümmte sich vor Schmerz und schrie.

«Das wird dir noch mehr leid tun», rief die Stimme jetzt aus
weiterer Entfernung, «noch viel mehr.»

Schon kam der Vater hereingerannt, dicht gefolgt von den
Brüdern, auf deren Gesichtern ein begeisterter Ausdruck von
Sensationslust lag.

«Was ist los?»

Instinktiv wußte Giovanni, daß Ehrlichkeit das falscheste
wäre, und deutete nur auf die Stelle an seinem Bauch, wo der
Schmerz gerade nachzulassen begann. Der Vater drückte dran
herum, und ein, zweimal sagte Giovanni «Au».

«Kannst du gehen?» fragte der Vater.

«Ja.»

♡

Als feststand, daß keine Blinddarmreizung vorlag, diagnostizier-
te der Arzt nervöse Magenkrämpfe. Giovanni wurde in die andere Stadt zurückgeschickt, wo er den Rest der Ferien ein para-
diesisches Leben führte. Allein mit seiner Mutter, ohne die
Brüder, ohne die stumpfsinnige Graberei und vor allem ohne
Zelko. Die Maus schien seinen neuen Aufenthaltsort nicht her-
ausbekommen zu haben. Oder keine Reisemöglichkeit. Er lieh

sich Bücher in der Stadtbücherei, die er bei Kerzenlicht im Keller der «Zwölf» las. Nur einmal kam Martin herein, um das französische Buch zu holen. Sie machten nichts miteinander aus, und Martin ging wieder, so schnell er konnte. Ob die Freundschaft nun gelitten hatte, weil Giovanni schon innerlich fortgezogen war oder weil Martin das Geheimnis von Cornelia wußte – es war jedenfalls nicht mehr wie vorher.

Das war Giovanni gerade recht, denn «Don Camillo und Peppone», das Buch, in dem er las, war viel zu spannend, als daß ein Ritterspiel oder ein kleiner Gartenhaus-Einbruch ihn hätten reizen können. Und andere Ideen hatte Martin nie. Als der Kerzenvorrat aufgebraucht war, las Giovanni zu Hause neben dem Vogelbad im Garten auf dem Bauch liegend weiter.

ZWEI

Das Blaupunkt-Radio sprach den Namen des indonesischen Staatschefs einmal als Sukarno und ein andermal als Suharto aus. Um diese Schlappe nicht zugeben zu müssen, tat es fortan so, als wären das zwei verschiedene. Das Amerika-Haus in Berlin wäre am liebsten im Erdboden versunken, konnte aber nicht. Eine Sache, die man prima fand, nannte man «klasse».

Das Hirngespinst war längst verbraucht, als Giovanni von Cornelias Tod erfuhr. Sie war an einer Blutvergiftung gestorben. Er fühlte sich schuldig, obwohl er wußte, daß man vom Pinkeln keine Blutvergiftung kriegt. Er weinte nachts im Bett um sie und beschwor ihr Bild, aber es kam nicht mehr deutlich vor seine Augen.

In der Schule waren er und seine Brüder nur noch Gäste, denn eigentlich hatte der Umzug schon am Ende der großen Ferien stattfinden sollen. Da bis dahin aber weder Fenster noch Türen im Haus waren, mußte die Familie bis zu den Herbstferien warten. Auf einmal fühlte sich Giovanni allein. Inmitten seiner Klassenkameraden, mit denen er fast sechs Jahre seines Lebens zusammengewesen war, hatte er dasselbe Gefühl wie mit Martin im Keller. Fast so, als sei er nicht mehr da. Wenn ein Lehrer seinen Namen sagte, hörte er nicht hin. Ich heiße Giovanni, dachte er, nicht mehr Paul. Giovanni, so hieß der Verfasser der Don Camillo-Geschichten. Giovanni Guareschi. Und seit der Sache mit der Maus schien es Giovanni, als brauche er einen anderen Namen. Einen Decknamen. Bis jetzt war Zelko nicht nachgekommen, und obwohl die Erinnerung an die Bisse fast noch körperlich schmerzte, fing Giovanni an, mit freundschaftlichen Gefühlen an seinen Peiniger zu denken. Der Mäuserich war vielleicht auch einsam. So einsam wie er. Der einsame Mäuserächer. In einer Lücke zwischen der Welt der Lebenden und der Welt der Toten. Giovanni lebte in einer Lücke zwischen der Schule, die er bald verlassen würde, und der, in die er im Herbst käme.

Ob Zelko ihn suchte? Manchmal zuckte Giovanni innerlich zusammen, denn er hatte das Gefühl, jetzt, jetzt sofort müsse ein Biß in ihn fahren. Aber der Biß kam nie. Einmal schnitt er sich beim Schnitzen ins Bein und war sich so sicher, die Maus sei wieder da, daß er erst nach einigen Fragen ins Leere das warme Blut an seiner Haut spürte. Als er begriff, daß es nur ein Schnitt war, fühlte er so etwas wie Enttäuschung in sich aufsteigen. Er hatte sich, trotz des Schmerzes, gefreut.

♡

Endlich zog die Familie um, und von dem Augenblick an, da er aus dem Lastwagen stieg, war Giovanni gespannt, voll Hoffnung und Angst zugleich. Jeden Millimeter seiner Haut fühlte er, wie er nie zuvor gefühlt hatte. Jedes Haar, jede Pore wußte er ausgeliefert. Unsichtbar und von überall konnte der Biß eintreffen. Doch nach einigen Tagen erlahmte die Anspannung, und die Maus, bei der Giovanni alles wiedergutmachen wollte, mit der er sich sogar insgeheim anzufreunden hoffte, auf deren Erscheinen er wartete, wie er noch auf nichts in seinem Leben gewartet hatte, diese Maus kam nie wieder.

♡

Je mehr der Alarmzustand, in dem Giovanni sich befand, nachließ, desto mehr bekam er wieder Augen für die Welt um sich. Das neue Haus hatte zwei Klinkerwände an den Giebelseiten, eine Pergola hangaufwärts und hangabwärts einen Balkon, über den der Weg zur Eingangstür führte. Fließendes Wasser gab es noch nicht, denn das, was später einmal die Straße werden sollte, lag noch als gähnender Schlund unterhalb der Dreckhaufen, die dann der Garten sein würden. Noch baggerten die Arbeiter in dem Schlund und verlegten Rohre, Kabel und Gullis. Entlang der Straße abwärts war alles noch grün, und aufwärts standen schon fertige Häuser. In einem davon wusch sich die Familie, ging der Reihe nach aufs Klo und holte Wasser in Eimern, um Kaffee und Suppe zu kochen.

♡

Aufregend Neues begann. Jeder hatte von jetzt an sein eigenes Zimmer, so daß Giovanni endlich nicht mehr bei Norbert schlafen mußte, mit dem ihn nichts verband. Norbert war sechs Jahre älter, las Karl May-Bücher zum dritten und vierten Mal und ignorierte Giovanni. Arno war nur ein Jahr älter, übersah ihn aber um so entschiedener. Ein geringeres Alter schien eine Schande zu sein. Man hatte nicht mitzureden, sich überhaupt

16

nicht zu mucksen, und tat man es doch, dann war man lästig. Während Norbert ihm wenigstens manchmal noch ein Buch lieh oder einen Gummiflicken für den Fahrradschlauch, lehnte es Arno sogar ab, auf Fragen, wie die, ob er den Salat herüberreichen könne, auch nur zu reagieren. Früher hatte er Giovanni auf dem Schulweg abgehängt, indem er schneller ging, als dieser mithalten konnte. Das war jetzt, seit Giovanni sein eigenes Fahrrad besaß, kein Problem mehr. Er freute sich auf den ersten Schultag.

♡

Als es endlich soweit war, hatte Giovanni schon drei Varianten des Schulwegs erforscht. Die Strecke mit nur einer Ampel wollte er jetzt freihändig fahren. Er rechnete sich eine fünfzigprozentige Chance aus, daß die Ampel grün sein würde. Sie stand aber auf Rot, und als er das Rad in den Ständer am Pausenhof stellte, bemerkte er, daß der Schlüssel zu dem alten Steckschloß fehlte. Das fing ja gut an.

Neben ihm tobten einige Jungs und warfen sich gegenseitig die Schultaschen an die Köpfe. «Hallo, Arschi, auch wieder da!» schrien sie einem Neuankommenden entgegen. Der schien sich an diesem Spitznamen nicht zu stören und reihte sich lachend in den fröhlichen Pulk.

Vorsichtig sah Giovanni seine neuen Mitschüler an. Er machte sich am Gepäckträger zu schaffen, damit ihre Aufmerksamkeit nicht auf ihn fiele. Nichts an ihnen war anders; es waren ebenso fremde, verschiedenaltrige Jungen wie dort, wo er herkam. Anders, ganz anders die Mädchen, denn seit Cornelia sah er sie mit neuen Augen. Von unter ihren Kleidern strahlte das Gefühl aus. Als er Arno um die Ecke biegen sah, ging er schnell ins Schulhaus.

17

Vor dem Raum der Sieben B stand noch ein Junge so vergessen herum. Alle anderen tollten lärmend hinein oder hängten ihre Jacken betont gleichmütig an die Garderobe, um dann betont gleichmütig an den beiden vorbei in die Klasse zu gehen. Trotz einer gewissen Lässigkeit, die er an den Tag legte, schien der andere das Ignoriertwerden ebenso gewohnt zu sein wie Giovanni. Die Schultasche hinter sich an die Wand gelehnt, schlenkerte er die Jacke am Aufhänger hin und her und hatte den Blick nach innen gewandt. Nichts um sich her schien er zu bemerken.

Giovanni hatte unbedingt allein gehen wollen. Da seine Mutter genauso schüchtern war wie er, hätte ihre Begleitung alles nur verschlimmert. Sein Vater war Lehrer an dieser Schule, und als Lehrerkind wollte Giovanni nicht den allerersten Auftritt bei seinen Mitschülern haben. Arno und Norbert hatten auch darauf bestanden, allein in die neuen Klassen zu gehen.

Als es klingelte, eilte ein Mann auf sie zu, sagte: «Ihr seid die Neuen?» und wies sie mit einer Geste in das lärmerfüllte Klassenzimmer. Er zeigte ihnen zwei freie Plätze, einen an der Fensterseite und einen an der Rückwand, und sie verabredeten stumm, wer welchen nähme. Der andere Junge bot Giovanni mit einem Blick den Fensterplatz an. Giovanni nickte und wünschte sich diesen stummen Jungen zum Freund.

«Guten Morgen, Sieben B», sagte der Lehrer.

«Guten Morgen, Herr Krüger», dröhnte die Klasse im Chor.

«Ich hoffe, ihr seid alle glücklich, endlich wieder in der Schule zu sein und die langweiligen Ferien hinter euch zu haben.»

Die Klasse stöhnte. Herr Krüger schien beliebt zu sein.

«Wir haben zwei neue Mitschüler, würdet ihr euch bitte vorstellen?»

«Giovanni Burgat», sagte Giovanni, der mit einem Seitenblick auf den anderen aufgestanden war.

«Giovanni?» fragte Herr Krüger. «Mir wurde gesagt, du heißt Paul.»

«Giovanni», sagte Giovanni. Die Klasse lachte.

«Bo Pletsky», sagte der andere.

Herr Krüger schüttelte den Kopf und schaute von Bo zu Giovanni und wieder zu Bo.

«Und *du* heißt auf meinem Zettel Bernward.»

«Das spricht sich als Bo», sagte Bo und grinste Giovanni direkt ins Gesicht.

«Von mir aus», lachte jetzt auch Herr Krüger, «Giovanni und Bo. Von mir aus. Aber daß ihr jetzt nicht alle auf die Idee kommt, euch neue Vornamen auszudenken. War schwer genug, die alten zu lernen.»

«Ich möchte Ilse heißen!» schrie ein rotblonder Junge, und Herr Krüger hatte Mühe, die Klasse zu beruhigen.

DREI

Ein Uniformierter zeigte stolz auf die Einschußlöcher in Che Guevara. Die Worte «Blitzkrieg» und «Sechstagekrieg» bekamen einen ganz ähnlichen Klang wie die Worte «prima» und «klasse». Das Wort «sogenannt» schrieb man am einfachsten in Form zweier Gänsefüßchen. Das Blaupunkt-Radio brauchte eine neue Röhre. Die aufzutreiben war nicht mehr leicht.

Ein Jahr später erinnerte sich Giovanni an diesen Tag als den ersten seiner Freundschaft mit Bo und letzten, an dem er ein Fahrrad besessen hatte. Schon in der großen Pause war es verschwunden gewesen, und schon die Tränen der Wut, die er darüber vergoß, trocknete ihm Bo mit seinem krausen Witz. Die beiden wurden unzertrennlich und von den Lehrern, denen an Abwechslung und Unterhaltung weniger lag, bald auch gefürchtet.

♡

Arno, der als Austauschschüler in England gewesen war, hatte Platten mitgebracht, die Giovanni hörte, wenn er an den Plattenspieler kam. An den Plattenspieler zu kommen war schwierig. Der Vater hielt ihn verschlossen, und man mußte eine Zeitlang im Garten arbeiten, Gestrüpp wegtragen, Laub verbrennen, Steine aus dem Boden klauben und Unkraut jäten, wenn man ihn haben wollte. Zwei Stunden Gartenarbeit ergaben den Gegenwert von einer Stunde Plattenspieler. Der Plattenspieler mußte pünktlich zurückgegeben werden, da half kein «Nur dieses Stück noch». Wurde die Frist auch nur um Sekunden überschritten, dann merkte man spätestens an den überraschenden Würgelauten des Sängers, daß der Vater leise ins Zimmer geschlichen war und den Stecker gezogen hatte. Der Vater liebte Pünktlichkeit.

Und Giovanni liebte ein Lied. Es hatte ihn verzaubert, hatte schon beim ersten Hören sein Unterstes nach oben gekehrt und sofort den gehüteten Geheimplatz, der bislang für Hirngespinste reserviert gewesen war, in seinem Innern belegt. Es war von den Beatles und hieß «Norwegian Wood». Es war genau zwei Minuten und zwei Sekunden lang, also reichte eine Stunde Gartenarbeit für dreizehnmal Norwegian Wood. Wenn Giovanni den Tonarm immer wieder schnell genug aufsetzte. Und wenn nicht Arno überraschend zurückkam.

Bäuchlings lag Giovanni dann vor dem Plattenspieler, das Ohr möglichst dicht am kratzigen Bezug des Lautsprechers, und genoß dieses Gefühl von Raum, Bewegung und Glanz, das aus dem Lied kam. Es war wie Weinen, nur nicht mit den Augen. Und wie Fliegen, nur nicht in der Luft.

Seltsam: immer wenn etwas *sehr* Schönes in sein Leben kam,

verlor er ein Fahrrad. Als Arno in England gewesen war, hatte Giovanni dessen Fahrrad benutzen dürfen. Das hätte Arno zwar nie freiwillig zugelassen, aber die Mutter verlangte vom Vater, daß er Arno dazu zwang. Nun war das Fahrrad wieder passé, aber dafür war Norwegian Wood erschienen. Wollte das Schicksal jedesmal ein Fahrrad von ihm haben? Als Preis? Eins für Bo, eins für das Weinen ohne Augen?

«Klau dir doch selber eins», hatte Bo ihm vorgeschlagen, aber das kam nicht in Frage. Zwar hätte sich Giovanni berechtigt gefühlt – die Welt war ihm ein Fahrrad schuldig –, aber wie hätte er seinen Eltern erklären sollen, woher es kam?

«Ich hab's dir geschenkt, du Säftel», hatte Bo auf diesen Einwand geantwortet, aber Giovanni brachte einfach nicht den Mut auf.

Er verdiente sich lieber das Geld. Zwar hatten die Eltern zunächst Bedenken gehabt, den Vierzehnjährigen morgens um vier in einer Backstube arbeiten zu lassen, aber er war gut in der Schule, und daß er eigenes Geld verdienen würde, gab den Ausschlag für die Zustimmung. Der Vater liebte eigenes Geld.

Einsfünfzig bekam Giovanni in der Stunde, ein Frühstück und zwei Brötchen für die Pause. Noch einen Monat, dann würde das Gesparte für ein neues Fahrrad reichen. Wenn er nicht zu viele Schallplatten kaufte.

♡

Es hatte nicht geklappt, im Musikunterricht die Beatles, Kinks und Rolling Stones durchzusetzen. Der Musiklehrer hielt sich für modern genug, wenn er das Golden Gate Quartet «Joshua hit the battle of Jericho» singen ließ oder den Christensong «Danke» kompositorisch analysierte. Aber in Englisch war es gelungen, der Lehrerin, die immer einen Blusenknopf zuviel geöffnet hatte, die Texte als Lehrmittel einzureden. Von «Yesterday» und «As Tears Go By» waren die Erwachsenen sowieso leicht zu überzeugen gewesen, denn da waren ja Geigen zu hören. Mit

Hilfe von Geigen konnten die Erwachsenen gute Musik von schlechter unterscheiden. Das hatte sogar bei Giovannis Vater geklappt. Bei Bos allerdings nicht. Der liebe Zarah Leander und Marschmusik. Und die mußte von Blechbläsern gespielt sein. Den einen oder anderen Wiener Walzer gönnte er sich wohl, aber nur im Hinblick auf dessen Funktion, beschwingtes Tanzen zu ermöglichen. Und etwas enthielten diese Walzer auch vom Abglanz der imposanten alten Welt vor neunzehnhundertvierzehn.

Leider währte die neue Errungenschaft im Englischunterricht nicht lange. Als nämlich «As Tears Go By» dran war und die Lehrerin nach der richtigen Übersetzung des Titels fragte, sagte Roger, der Rotblonde, den man seit einem Jahr nur noch Ilse nannte: «Wenn Tiere vorbeigehn».

Diese Albernheit allein hätte sicher nicht ausgereicht, die Beatmusik aus dem Klassenzimmer zu verbannen, hätte nicht Giovanni noch hinterhergeplappert: «Arschtiere gehn vorbei». Humor hatte man ja, aber Fäkalausdrücken mußte mit Strenge begegnet werden. Frau Lohr holte den Schulpolizisten, einen durch und durch grauen, schlabbergesichtigen Lehrer namens Winkler, der Giovanni drei Stunden Schulhof-Fegen aufbrummte und mit drohendem Gesicht sagte: «Das kommt vor die Lehrerkonferenz.»

♡

«Du bist wieder aufgefallen», würde der Vater dann am Mittagstisch sagen, und das bedeutete im allgemeinen zwei bis drei Stunden Gartenarbeit ohne Plattenspieler. In diesem Fall wohl mindestens sechs.

Herr Winkler war ein Mensch, der den Kollegen, denen das Strafen nicht so großen Spaß machte, diese Arbeit freudig abnahm. Er wurde gerufen, wann immer sich jemand außerstande fühlte, auf eine besonders gelungene Missetat angemessen zu reagieren. Winkler reagierte immer angemessen. Er beherrschte den besonders schmerzhaften Griff in die Haare vor den Ohren und liebte es, weite Strecken mit einem straffälligen Schüler in diesem Griff zurückzulegen. Ebenso beherrschte er das besonders grimmige Gesicht, das normalerweise bis mindestens zur zehnten Klasse hinauf reichte, die Schüler wie hypnotisierte Kaninchen zu lähmen. Giovanni hatte Angst vor Winkler. Bo nicht.

So kam auch von Bo die Idee, Winkler eine Botschaft aus dem Jenseits zukommen zu lassen. Dem Jenseits stand Giovanni seit der Sache mit der Maus recht aufgeschlossen gegenüber, und am Nachmittag nach dem Schulhof-Fegen gingen sie zusammen durch das leere, dämmerige Schulhaus in Winklers Klasse, um dort mit Ölkreide «Winkler ist Pfusch von Gott» an die Tafel zu schreiben.

Bo hatte deshalb keine Angst, weil ihm früh aufgefallen war, daß sich niemand für ihn interessierte. Sein Vater nicht, seine Mutter nicht, sein großer Bruder nicht und die Lehrer nur, wenn er frech war. Er existierte nur, wenn er sich bemerkbar machte. Blieb er einfach ganz normal, ein Junge mit Spielen und Unsinn im Kopf, dann schien er seiner Umgebung derart unwichtig, daß man meinen konnte, es gäbe ihn nicht. Er beschloß, das Beste draus zu machen: Käme es zu einer brenzligen Situation, dann würde er nur einfach ganz normal sein, und schwupps wäre er weg. Er hatte die Wahl, sich bemerkbar zu machen und, wenn er wollte, wieder entmerkbar. Allerdings war es noch zu keiner Situation gekommen, die derart problematisch gewesen wäre, daß er es hätte ausprobieren müssen. Es war wie mit der atomaren Abschreckung. Man hat die Mittel, um sie nicht anzuwenden.

Sein Vater, ein begeisterter NPD-Wähler, liebte außer Zarah Leander, Bos großem Bruder und zünftiger Marschmusik nur noch das Theater. Wie er Theater und Nationalsozialismus miteinander vereinbarte, war zwar schwer zu verstehen, denn seine

Begeisterung ging durchaus über Gustaf Gründgens und Hans Albers hinaus, aber irgendwie schaffte er es, Joachim Ringelnatz, dem die Nazis ein Ehrenbegräbnis verweigert hatten, zu vergöttern, und gleichzeitig Juden, Kommunisten, Zigeuner und Homosexuelle in einen Topf zu werfen. In dem sie selbstverständlich bei lebendigem Leibe kochen sollten.

Wenn Bo von seinem Vater bemerkt werden wollte, rezitierte er den «Fußballwahn» von Ringelnatz, den er fehlerlos auswendig konnte. Wollte er Ruhe haben, tat er einfach nichts.

Vor drei Jahren hatte er die Bestätigung erhalten, daß sich nicht einmal das Schicksal für ihn interessierte. Sein großer Bruder Dietrich, der Augapfel des Vaters, weil er aussah, als sei er aus dem Lebensborn hervorgegangen – groß, blond, blauäugig, mit ausgeprägtem Kinn und Schultern wie ein Denkmal –, dieser Bruder hatte ein Luftgewehr, mit dem er versuchte, Spatzen zu erschießen. Glücklicherweise waren die Spatzen talentierter im Wegfliegen als Dietrich im Hinterherschießen. Er erwischte niemals einen. Hierüber wohl verärgert, zielte er an jenem Tag zur Abwechslung auf seinen kleinen Bruder, der gerade von der Bushaltestelle kam. Zuerst spürte Bo einen Luftzug, dann stolperte er und hörte den Schrei des neben ihm ausgestiegenen Nachbarjungen. Der hielt sich die Hand an die Wange, und mit seinen Tränen mischte sich Blut, das zwischen den Fingern hervorrann.

Ein Blick, den Bo zum Dachfenster warf, zeigte ihm Dietrichs gerade verschwindendes Profil. Er wußte, daß dieser auf ihn gezielt hatte.

Später, am Mittagstisch, sagte er: «Dietrich hat geschossen, ich hab's gesehen», und es war wie in diesen Träumen: Man spricht, aber niemand reagiert. Dietrich schaute in die Ferne, die Mutter mußte etwas in der Küche nachsehen, und der Vater sprach weiter über den Skandal, daß einfach in der Nachbarschaft herumgeschossen werde, und davon, wie er sich die Bestrafung des Täters, der bestimmt aus der Ausländersiedlung am

Hang komme, vorstelle. Am nächsten Tag war das Luftgewehr verschwunden.

Bis zum Tag nach der Konferenz mußte Giovanni gar nicht warten, schon am Abend sagte der Vater: «Du bist wieder aufgefallen.»

Giovanni hielt den Blick auf die Tischdecke gesenkt und schwieg.

«Dein gespartes Geld bleibt einen Monat in meiner Verwahrung», entschied der Vater. Das traf sich gut, denn im nächsten Monat hätte es sowieso noch nicht für das Fahrrad gereicht.

«Kann Bo zwei Tage bei uns wohnen? Seine Eltern verreisen», fragte Giovanni gleich hinterher, denn der Zeitpunkt war günstig. Die Strafe war schon ausgesprochen, und noch eine weitere dranzuhängen wäre nicht gerecht gewesen. Der Vater liebte Gerechtigkeit.

Am nächsten Morgen ging Winkler durch die Klassen und war der Ansicht, derjenige, der seine Tafel beschmiert habe, solle sich stellen. Diese Tat sei feige, und wer immer sie begangen habe, könne jetzt, nachträglich noch, Mut beweisen. Dabei sah er scharf und länger als jedem andern Giovanni ins Gesicht.

Als zwei Tage später mit derselben Ölkreide an Winklers Klassentür geschrieben stand: «Irren ist göttlich. Winklerinem ausrutscherum est», Unterschrift: «Gott», da ging nicht mehr Winkler selbst durch alle Klassen, sondern der Schulleiter. Und das war inzwischen Giovannis Vater. Aber die Masche mit dem Mut zog nicht, und daß das Gotteslästerung sei, mochte ja sein, aber bevor nicht ein Blitz Giovanni träfe, würde er nicht wieder anfangen, an Gott zu glauben. Geschweige denn, ihn zu fürchten.

Die Ölkreide warfen sie auf dem Heimweg fort, klauten Äpfel

aus Vorgärten und machten jeden Umweg, der ihnen einfiel, denn Giovannis Vater hatte Nachmittagsunterricht und aß in der Schulkantine.

Bo beschrieb das Gefühl, wenn man einem Mädchen unter den Pullover faßt, und wie sich dieses Gefühl steigern läßt, indem einem das Mädchen seinen Busen zeigt, und den nicht mehr steigerbaren Höhepunkt des Gefühls, wenn man danach, allein, Hand an sich selber legt. Diese letzte Etappe kannte Giovanni schon. Das andere nicht, denn er war mit Hilde, einer Klassenkameradin, nicht so weit gekommen. Und mit Hilde war außerdem Schluß.

Da Bo drei Jahre auf der französischen Schule gewesen war, sprach er nicht nur perfekt Französisch, sondern hatte es auch leicht, mit seiner Frechheit Kontakt zu den Töchtern der Garnisonssoldaten zu bekommen. Marie Claire war schon seit einem Vierteljahr seine Freundin. Sie hatte tiefschwarze Augen, tiefschwarze Haare und nichts dagegen, daß Bo ihren Körper erkunden wollte. Ihr Vater war General und durfte nichts von Bo wissen. Sie war sechzehn und hatte ihm versprochen, ihn da unten, «là bas», wie sie es nannte, zu berühren.

«Ich erzähl dir, wie's war», versprach er Giovanni. Das Schicksal habe an ihm noch was gutzumachen, fand er, denn in den Sommerferien hatte ihn ein katholischer Pater unsittlich berührt. Er hatte zwar nicht gepetzt, denn allein die Tatsache, daß sein Vater Homosexuelle haßte, verschaffte diesem Mann einen Bonus, und außerdem wußte Bo, daß der Pater dafür ins Gefängnis kommen konnte. Aber als dieser ihn danach auch noch auf den Mund geküßt hatte, kotzte er vor Schreck und Ekel.

Er hatte diese Geschichte Marie Claire erzählt und gesagt, er fürchte nun, verdorben zu sein und schwul zu werden. Zwar lachte sie und sagte, das Schwulsein sei nicht ansteckend, aber sie versprach, ihn doch mit weiblicher Hand zu erlösen. Jetzt warteten sie nur noch auf die passende Gelegenheit.

Giovanni beneidete Bo um diese Aussicht.

VIER

Wer war Uschi Glas? Wußte sie, was damit gemeint war, wenn man sagte: «Unter den Talaren – der Muff von tausend Jahren»? Für einen Neger tat Martin Luther King den Leuten ganz schön leid. Anders Rudi Dutschke, der hatte sich das selber zuzuschreiben. Eine Sache, die man klasse fand, nannte man «dufte». Fahrpreiserhöhungen und Notstandsgesetze waren keine solche Sache. Aber die Erfolge der Tet-Offensive.

Ein halbes Jahr später, als endlich der Schnee geschmolzen war, holte Giovanni das blauglänzende Rixe-Fahrrad, das er sich zum Geburtstag geschenkt hatte, aus der Garage und hoffte, daß die Ampel diesmal Grün zeigen würde. Es war nicht direkt Grün, und zuerst spürte er gar nichts. Aber dann kam dieser Blut- und Staubgeschmack in seinen Mund, und er merkte, daß es ihm unmöglich war einzuatmen. Es war ihm auch unmöglich zu schreien, obwohl er so etwas wie einen Schrei in seinem Innern zu hören glaubte.

Erst als ihn der Mann auf den Rücksitz des Wagens legte, hörte er sich wimmern, spürte, daß er wieder atmete, und spürte auch die brennenden und pochenden Schmerzen an Kinn und Bein.

Giovannis Kopf lag im Schoß eines blonden Mädchens. Er sah ihr Gesicht falschherum, die Augen unten und den Schal oben.

«Hast du arge Schmerzen?» fragte das Mädchen.

«Nein», sagte Giovanni, «wie heißt du?»

«Laura», sagte das Mädchen und lächelte.

«Hat man dir nicht beigebracht, daß eine rote Ampel halt heißt?» fragte der Mann am Steuer, und man hörte seiner Stimme die ärgerliche Besorgnis über Giovannis Zustand und den eben ausgestandenen Schrecken an.

«War dunkelgrün», sagte Giovanni.

Das Mädchen lachte.

Ob der Mann auch lachte, konnte Giovanni nicht feststellen, aber da das Sprechen die Schmerzen zu lindern schien, fragte er, was mit seinem Fahrrad sei.

«Vergiß es», sagte der Mann, und das Mädchen schien empört, denn es sagte: «Papa.»

Jetzt lachte Giovanni. Allerdings etwas gequält, denn sein Kinn fühlte sich an, als wäre es zerfetzt.

♡

Die Zeit im Krankenhaus war schön, trotz der Schmerzen, die nur allmählich nachließen. Bo kam fast jeden Nachmittag und erzählte von Janine. Noch genauso begierig wie vor einem halben Jahr sog Giovanni Bos Geschichten auf, denn seit Marie Claire war Janine schon die Vierte, und alles, was Giovanni an sexuellen Erlebnissen verwehrt blieb, tat Bo längst mit wachsender Kenntnis und Begeisterung.

Als Marie Claires Vater nach Frankreich zurückversetzt wurde, hatte sie es zum Abschied mit ihm getan. Bo hatte sich daraufhin eine Glatze schneiden lassen. Um seinen neuen Lebensabschnitt nachher im Fotoalbum jederzeit erkennen zu können. Noch mit der Glatze als Trumpf hatte er ein Mädchen auf der Straße angesprochen und ihre mit Abscheu gemischte Faszination für seinen blankrasierten Schädel zum Anbändeln genutzt. Schon in der folgenden Woche war er am Ziel gewesen, und wieder eine Woche später hatte er Schluß gemacht, um eine neue Französin einzufangen. Das Reservoir in den Garnisons-wohnblocks schien unerschöpflich, und Bo wurde immer dreister. Er nahm Ohrfeigen als Zustimmung, Spott als Bestätigung und kopierte alle Draufgängerrollen, die er in Filmen gesehen hatte. Von Belmondo bis Charlton Heston war ihm jede Charge geläufig, denn da er älter aussah, ließ man ihn schon seit einiger Zeit in jeden nicht jugendfreien Film.

Haarklein hatte er seine Fortschritte erzählt, und Giovanni, der, so süchtig er nach diesen erregenden Berichten war, davon immer trauriger wurde, geriet nach und nach in eine immer größere Entfernung zu seinem zusehends erwachsener werdenden Freund.

♡

Im Augenblick schrie Giovanni gerade vor Schmerzen und Lachen, denn Bo, der für ihn den Reisauflauf in den Abfluß des Waschbeckens spülte, hatte zuerst mit grandioser Gebärde auf den gefüllten Teller gezeigt, «Reis*auf*lauf!» gesagt und dann die ungenießbare Pampe in die Kanalisation geschickt. Eine traurige Clownsgrimasse schneidend, deutete er nun in das Becken und sagte mit Grabesstimme: «Reis*ab*lauf!»

Das Lachen tat der Seele gut und dem Kinn weh. Gebrochen hatte Giovanni zwar nur Schlüssel- und Wadenbein, aber die Schürfwunde am Kinn war tief und schmerzte am meisten.

«Hör auf», rief er unter Tränen. «Es tut weh.»

Niemand außer ihnen beiden war im Zimmer, als sich die Tür öffnete und Laura, das Mädchen aus dem Auto, ihren Kopf hereinstreckte.

«Ich soll dich von meinem Vater fragen, wie's dir geht», sagte sie und legte, ohne zur Seite auf Bo zu schauen, eine Schachtel Pralinen auf Giovannis Bett.

«Och», sagte er nur, denn es ging ihm doppelt. Gut und schlecht zugleich.

«Das ist Bo», fuhr er fort, da sie keine Antwort gab.

«Tag», sagte sie.

«Hallo», sagte Bo und schien wie verwandelt. Die ausgelassene Albernheit von eben war verschwunden, und er lehnte lässig am Nebenbett, stocherte mit dem Fingernagel in den Zähnen und sah Laura direkt an.

Giovanni, dem das peinlich war, sagte: «Glotz doch nicht so.» Und zu Laura, die dastand, als wolle sie gleich wieder gehen: «Setz dich doch.»

Er schob seine Beine zur Seite, damit sie sich aufs Bett setzen konnte, und sie tat es, ohne auf Bo zu achten, der sich jetzt verabschiedete und sagte, er müsse noch was erledigen.

«Bis morgen, Tschau.»

Giovanni legte Laura die Pralinen in den Schoß.

«Ich hab gelacht; ich kann nicht essen. Magst du?»

«Gern.» Sie riß die Folie von der Packung. «Hab mich unterwegs schon beherrscht, daß ich dir keine klaue.»

Sie aß eine Praline nach der anderen und sah sich in dem tristen Vierbettzimmer um. Die blonden Haare fielen ihr in die Stirn, und sie strich sie mit einer fahrigen Gebärde immer wieder in die Form, in der sie nicht bleiben wollten, zurück. Sie schmatzte und sah ihn mit ihren dunklen Augen an.

Jetzt, da nur sie beide im Zimmer waren, schien sie kein bißchen unsicher, saß bequem neben seinen Beinen. Ihre Wolljacke hatte sie ausgezogen und über das Bettgestell geworfen.

«Liegst du allein hier?»

«Einer ist noch da, aber der ist grad weg.»

Sie lachte, obwohl er gar nicht hatte witzig sein wollen. Sie erzählte, daß sie im August sechzehn werde, daß sie aufs Wildermuth-Gymnasium gehe, daß sie eine Schwester habe, mit der sie nichts anfange, daß ihre Eltern sich scheiden lassen wollten und sie bei ihrem Vater bleibe, daß sie in der Landhausstraße wohne und Giovanni sie besuchen kommen könne.

Sechzehn! Er fand es unglaublich, daß sie schon so alt war. Da er selbst erst fünfzehn war, schien ihm sechzehn unendlich weit entfernt und außerdem, was Mädchen anbetraf, eine magische Grenze darzustellen. Die Mädchen mit sechzehn mußten so sein wie Marie Claire. Die taten es.

Aber Laura sah gar nicht aus wie ein Mädchen, das es tut. Sie benahm sich so natürlich, daß Giovanni sie gar nicht richtig mädchenhaft finden konnte. Dazu war sie zu normal. Die in der Klasse wurden immer kicheriger. Sie schienen an der Tatsache, daß jemand kein Mädchen war, einen Heidenspaß zu haben, und es wurde zunehmend unerfreulich und seltsam, mit einer von ihnen zu reden.

Mit Laura war alles so einfach, daß es Giovanni nicht einfiel, verlegen zu sein. Als wären sie Freunde seit Jahren und hätten einander die geheimen Dinge schon verraten, redeten sie über Alltägliches wie die Schule, ihre Eltern und Geschwister, Bo und Musik.

«Ich hätte eigentlich gerade Turnen», sagte Laura, «aber ich schwänze. Hab keine Lust mehr.»

«Turnst du nicht gern?» fragte Giovanni.

«Doch, jedenfalls hab ich gute Noten. Aber die Jungs zielen mit den Bällen auf meine Brüste, und das stinkt mir.»

Und auf einmal war die ganze Normalität verflogen. Das Wort «Brüste» entrückte sie auf einen Schlag, machte sie fraulich und ihn schüchtern. Unter der Decke regte sich was, denn allein die Vorstellung von Brüsten direkt neben ihm genügte, um das Gefühl, das ihm nunmehr ein gewohnter Besuch war, zu wecken.

«Sind eigentlich keine Brüste», sagte sie unbekümmert in sein Schweigen, «eher zwei Wespenstiche.» Und nach einiger Zeit, in der er nichts tat, als schweigend aus dem Fenster zu sehen: «Was ist denn *jetzt* los?»

«Sie sind sicher ganz in Ordnung», sagte er im Duett mit dem Frosch in seinem Hals. Es kam ein bißchen leise und wacklig daher. Das Wort «Brüste» auszusprechen war ihm unmöglich. Bis eben hatte das noch «Busen» geheißen. Ein Wort für zwei Dinger. Das klang noch sehr nach einer fest verschlossenen Sache. Daß sie «Brüste» sagte, zeigte diese beiden Dinger deutlicher her, als wenn sie den Pullover hochgezogen hätte. Vermutlich jedenfalls.

Noch dröhnte das Wort in seinem Kopf mit hundert Echos, so geheim, erregend und neu, wie es für ihn war.

«Sie sind mir *wurscht*!», antwortete sie.

Ilse war ein Junge mit einem großen Traum. Dieser Traum war sein wichtigstes Merkmal. Und sein rotblonder Haarschopf das hervorstechendste. Die Superlative «hervorstechendst» und «wichtigst» waren in diesem Falle zwar nicht angebracht, da keine weniger hervorstechenden und wichtigen Merkmale hinterherkamen, aber weil für Ilse die Vorstellung, überhaupt nur zwei zu haben, unerträglich war, hatte er diesen durch die Bezeichnungen «wichtigst» und «hervorstechendst» einen künstlichen Schweif angedichtet. Sein großer Traum wechselte Farbe, Form und Inhalt in kurzen Intervallen, dauerte manchmal gerade ein, zwei Tage, aber was nicht wechselte, waren Thema und Besetzung. Die Besetzung war er selbst und das Thema: Er käme ganz groß raus. Er unterschiede sich von allen anderen, würde von ihnen angestaunt, verehrt, befragt, wie er das denn schaffe, was er tue, kurz, er wäre ein Star.

Die ersten Anfänge hatten noch bestanden aus «Feuerwehrhauptmann, der die schöne Frau aus dem brennenden Haus rettet», «Detektiv, der der schönen Frau das gestohlene Collier zurückbringt», und «Bergführer, der die schöne Frau im letzten Moment vor dem Sturz in die Schlucht bewahrt». Mittlerweile aber waren die Figuren zeitgemäßer und der Katastrophenbezug geringer geworden. Jetzt war er meistens auf dem Schulweg oder bis zum Einschlafen der gefeierte Maler, der, zurückgezogen, weltabgewandt und oberflächlicher Zerstreuung abhold, in seinem Atelier an diesem Auftragswerk für das Museum arbeitet, wo die geheimnisvolle schöne Frau ihn nach der Vernissage abpassen wird, um ihn von seiner Bedeutung zu überzeugen, an der er selbstverständlich zweifelt.

Einen Nebentraum sozusagen stellte der sehnliche Wunsch dar, von Giovanni und Bo bemerkt und als Freund akzeptiert zu werden. Die beiden hatten einen eher oberflächlichen Kontakt zur Klasse, schienen einander selbst genug und strahlten eine unbewußte Fremdheit aus, die Ilse nicht nur imponierte, sondern ihm auch als Vorbild für sein eigenes Benehmen im jeweiligen Traum diente. Er fand diese Fremdheit vornehm. Einem derart wichtigen und berühmten Mann, wie er einer werden würde, jedenfalls angemessen.

Trotz all seiner Bewunderung und versteckten Angebote beachteten ihn die beiden kaum. Sie mochten ihn zwar gern und bezogen ihn gelegentlich in einen ihrer improvisierten Sketche ein, aber nach der Schule nahmen sie ihn selten mit. Die private Welt ihrer Freundschaft war voll genug und brauchte keinen Sancho Pansa. Für einen d'Artagnan reichte Ilses Statur nicht, und außerdem waren Giovanni und Bo über das Ritterspielen hinaus.

Die Sketche gingen in etwa so: «Was stellt ihr euch unter dem Begriff Monolith vor?» fragte der Zeichenlehrer.

Wie aus der Pistole geschossen sagte Bo: «Die französische Bezeichnung für ein Bett, in das nur einer paßt, also daß man darin nicht stereo schlafen kann.»

Bevor der Lehrer noch Zeit hatte zu reagieren, schaltete sich Giovanni mit dem Vorschlag ein, daß ein monolithes Kind zum Beispiel ein kleiner Buttermann sei, mit Schlitzaugen und ohne Grips.

Wenn sich dann der Ärger des Lehrers über die beiden entlud, sahen sie auffordernd zu Ilse hinüber, der den Finger in die Luft streckte und, endlich aufgerufen, das Augenlid von Marilyn Mono zur Diskussion stellte.

Wenn sie alle drei rausflogen, hatte der Sketch geklappt.

Dann steckten sie vielleicht noch eine brennende Zigarette ins Schlüsselloch von Winklers Klassentür, rannten nach draußen und trampten in die Stadt, um den Rest des Vormittags am Fluß zu verbringen.

Für Ilse waren das die schönsten Stunden seines Lebens.

Die Schule war inzwischen eine Art Nebensache geworden. Es gab Wichtigeres. Aus unterschiedlichen Gründen hatten sie alle drei ähnlich schlechte Zensuren. Giovanni, weil er nur noch Bos Hausaufgaben machte, Bo, weil zwischen seinen Hausaufgaben und den übrigen schulischen Leistungen eine erstaunliche Diskrepanz herrschte, und Ilse, weil ein weltberühmter Maler Wichtigeres im Kopf hatte als Algebra, Gerundien oder Punische Kriege. Zum Beispiel, wo man endlich ein Aktmodell herbekam und, fast noch dringender, wo man es dann ungestört zeichnen konnte.

♡

Leider platzte Ilse in dem Moment in das Krankenhauszimmer, als Laura sich so aufs Bett gesetzt hatte, daß sie mit dem Rücken am Gitter lehnte. Ihre Füße hatte sie hochgezogen und die Arme um die Knie geschlungen. Aus ihren Hosenbeinen kamen Ringelsöckchen, in denen sie mit den Zehen wackelte, als wären ihre Füße kleine Tiere. Und diese Tiere krabbelten neben Giovannis Beinen auf dem Laken herum.

«Stör ich?» fragte Ilse.

«Und wie», sagte Giovanni und hoffte, daß Laura das Kompliment verstünde.

Sie steckte, noch sitzend, ihre Füße in die Turnschuhe und bückte sich, um sie zu binden.

«Das ist Ilse», sagte Giovanni und wurde sich erst der Albernheit dieses Namens wieder bewußt, als sie laut auflachte.

«Was, Ilse?»

«Das ist nur ein vorläufiger Name», sagte Ilse und wurde rot.

«Kommst du wieder?» fragte Giovanni, als Laura, anstatt

seine Hand zu nehmen, unter die Decke griff und einen seiner Füße schüttelte.

«Wenn du willst.» Sie ging zur Tür, wo sie noch grinsend «Tschüß, Ilse» sagte, bevor sie sie behutsam schloß.

Um erst gar kein Schweigen aufkommen zu lassen und seinem Besuch einen Grund zu geben, der nicht mit der Hoffnung auf Freundschaft verwechselt werden konnte, sagte Ilse gleich: «Brauchst du 'n Fahrrad?»

«Ich glaub schon.»

«Ich hab eins übrig.»

«Wie hat man denn ein Fahrrad übrig? Man hat eins oder hat keins, ich hab noch niemanden gesehen, der zwei Fahrräder hatte.»

«Jetzt hast du einen gesehen.»

«Was willst du dafür?»

«Fünfzig Mark.»

«Fünfzig Mark! Spinnst du?»

«Es ist ein Wildrad.»

«…?»

«Na ja, ist mir zugelaufen.»

«Du klaust?»

«Fünfzig Mark.»

Giovanni hätte wütend sein müssen, war ihm doch selbst sein erstes Rad gestohlen worden. Aber der Glanz des Verbotenen, das Charisma des Outlaws und der umwerfende Preisvorteil überwogen den Rest an Sinn für Gerechtigkeit, der sich regen wollte. Er nahm an und ließ sich erklären, wie man ein Wildrad zureitet, zähmt und mit dem eigenen Brandzeichen versieht. Er schloß Ilse in sein Herz. Ilse hatte was zu bieten.

Nicht wie Bo natürlich, das war klar, aber der brauchte in seinen selbst herbeigeschauspielerten Stress-Situationen keinen Partner, ihm genügte Publikum. Das Ausbaden gefiel ihm sowieso meist besser als der Spontansketch selbst.

Sobald er sich zum Beispiel auf ein Brückengeländer

35

schwang und den zaudernden Selbstmörder gab, zog sich Giovanni so weit zurück, daß niemand auf die Idee kommen konnte, er gehöre dazu. Hatte dann endlich eine gütige Hausfrau oder einer dieser mitfühlenden Studenten den vermeintlich Verzweifelten ins Leben zurück überredet, hatte sich die Menge der Schaulustigen zerstreut oder blinkte irgendwo ein Blaulicht, dann konnte sich Giovanni zu Bo gesellen oder mit ihm fliehen.

♡

«Was ist denn das für ein Spinner, dein Freund?» fragte Laura am nächsten Tag. Daß sie diesmal nicht allein im Zimmer waren, hielt sie nicht davon ab, sich wie gestern bequem auf sein Bett zu setzen. Sie trug wieder Jeans.

«Welcher, Ilse oder Bo?»

«Ja, stimmt eigentlich, du scheinst nur Spinner als Freunde zu haben. Jedenfalls mein ich den andern, nicht Ilse.»

«Und wieso Spinner?»

«Weil er gestern am Weg lag und eine Ohnmacht vortäuschte, als ich vorbeikam.»

«*Was!?*»

«Er hat zu nervöse Augenlider. Ich hab's gleich bemerkt.»

Bo versuchte es mit einer Ausrede, als er sich durchschaut wußte. Er *erwache* eben aus einer Ohnmacht; ob sie ihn nicht heimbegleiten könne. Er sei so schwach.

Laura, die darüber lachen mußte, daß er sich extra etwas Dreck ins Gesicht geschmiert hatte, damit es glaubhafter wirkte, ließ keinen Zweifel daran, daß sie das ganze für Schwindel hielt, und Bo pflichtete ihr lachend bei. Er habe sie kennenlernen wollen, er sei verrückt nach ihr, ihre blauen Augen erinnerten ihn an seine verstorbene Mutter…

«Meine Augen sind braun», hatte sie eingeworfen, und in fliegendem Wechsel war er auf braun, ja braun, habe er doch sagen wollen, seine Mutter habe ja auch braune Augen gehabt, umgestiegen.

«Seine Mutter lebt», sagte Giovanni.

«Weiß ich doch», lachte Laura, «ich hab ihn stehenlassen. Er spinnt.»

Sie hatte ein Spiel mitgebracht. Reversi. Man mußte Steine in eine Reihe legen und gleichzeitig verhindern, daß dies dem andern gelang. Giovanni verlor. Er hätte heulen können. Laß sie mir, dachte er immer wieder, laß sie mir. Du kannst alle haben, laß diese mir. Als die Schwester seinen Bettnachbarn hereinscheuchte und «Abendessen» rief, packte Laura das Spiel ein und ging.

Sie schien ihm seine Einsilbigkeit nicht krummzunehmen, wußte vielleicht sogar, weshalb er so war.

An dieser Verstörung und seiner Wut auf Bo merkte Giovanni, daß er sich verliebt haben mußte. Man erkennt es daran, dachte er, daß kein anderer das Mädchen kriegen soll. Genau wußte er es nicht, aber die Suche in dieser Richtung würde lohnen.

Bo war an diesem Tag nicht gekommen, kam am nächsten nicht, und dann wurde Giovanni nach Hause entlassen. Auch dort ließ Bo sich nicht blicken. Aber Laura besuchte ihn wieder. Giovanni hörte, wie sie sich artig seiner Mutter vorstellte, und warf das Buch, in dem er gelesen hatte, in die Ecke.

«Besuch für dich, Paul», sagte seine Mutter mit dieser Melodie in der Stimme, an der man hörte, daß ihr das Mädchen gefiel.

«Paul? Bist du dein Zwillingsbruder?» fragte Laura und zog sich die Jacke von den Armen.

Giovanni zeigte nur stumm den Gips vor und sagte: «Ich erklär's dir später mal, aber nenn mich bitte Giovanni.»

«Wann später?»

«Wenn du mich magst», fuhr es ihm heraus, bevor er noch den Mut dazu hätte verlieren können.

Sie warf die Jacke über einen Stuhl, schob sich die Pulloverärmel nach oben und sagte: «Ich besuch dich schon zum dritten

Mal. Du mußt ja blöd sein. Zwei Spinner und ein Blödian. Schöne Bande.» Und sie lehnte sich sehr erwachsen und überlegen an die Tür.

Giovanni schwieg, denn er freute sich und war verblüfft, einen geeigneten Köder beim Komplimentefischen benutzt zu haben. Um eine Antwort zu vermeiden, zog er die Schachtel Wildpralinen, um deren Fang er Ilse gestern gebeten hatte, unterm Bett hervor.

«Mmmmh», sagte sie, «so erzieht man kleine Hunde» und riß die Folie von der Packung. «In einem Jahr bin ich fett.»

Sie wollte sich gerade mit dem Rücken an die Tür zurückfallen lassen, als Giovannis Mutter öffnete. Lauras Schrei nach zu urteilen war die Klinke in ihrem Kreuz gelandet und dem Platsch- und Klirrgeräusch nach die Mutter mit Tee unterwegs gewesen.

Laura half beim Aufwischen und Einsammeln der Scherben und ging dann mit der Mutter in die Küche, um neuen Tee zu machen. Giovanni hörte die beiden lachen und hätte gern gewußt, ob sie über ihn lachten. Er hätte nichts dagegen. Im Gegenteil. Es war ihm recht, wenn man über ihn lachte. Gelächter, auch auf seine Kosten, war die ihm derzeit liebste Art, im Leben anderer vorzukommen. Das Talent, im richtigen Moment einen Witz zu reißen, hatte ihm endlich einen guten Platz am Familientisch verschafft. Und oft gelang es ihm mit dieser Gabe, ausweglose Streitereien über Politik zwischen Brüdern und Vater in ruhigere Wasser zu lenken. Die empört-erleichterten Reaktionen der Streithähne hatten manchmal einen Zug von Dankbarkeit. Als hätte er sie vor etwas gerettet.

War Laura nicht ein italienischer Name?

«Spanisch», sagte sie auf seine Frage, als sie mit dem Tee ins Zimmer kam. «Gibt es aber auch in Italien.»

«Klingt dunkelhaarig.»

«Vielleicht bin ich ja die einzige Blondine mit einem dunkelhaarigen Namen.»

Sie sprach das Wort «Blondine» aus, als sei das etwas Sexuelles. Auch «dunkelhaarig» klang aus ihrem Mund wie «Schamhaar». Er stellte sich ihre Scham vor, und ihm fiel zum ersten Mal die wesentlich dunklere Tönung ihrer Augenbrauen auf. War sie da unten so hellblond wie auf dem Kopf oder so dunkelblond wie im Gesicht?

Ihre unbekümmerte Art, mit Sex um sich zu werfen, ohne sich anscheinend sonderlich dafür zu interessieren, haute Giovanni um. Zwar behandelte sie sein Hauptthema wie eine Nebensache, aber doch so ausführlich, daß er keineswegs zu kurz kam. Und sie besuchte ihn, als sei das die normalste Sache der Welt, schon zum dritten Mal.

Ab morgen würde sie ihn mit ihrem Vater abholen und zur Schule fahren. «Bis der Gips abkommt», sagte sie.

Das Blaupunkt-Radio gab die Landtagswahlergebnisse bekannt. Der Vater freute sich über vierzehn Prozent für die FDP, Arno und Norbert entsetzten sich über neun Komma acht für die NPD. Giovanni interessierte sich für nichts, was im Radio passierte, außer Musik. Die Mutter sagte: «Jetzt hört doch mit eurer ewigen Politik auf.» Der Vater sagte: «Wenigstens haben eure Kommunisten keinen Stich gemacht», und konnte sich in der Folge seinen mittlerweile hundertprozentigen Autoritätsverlust vor Augen führen lassen. «Eure Kommunisten» war insofern eine Aussage mit Zündstoff gewesen, als Norbert der ML angehörte und Arno Flugblätter für die GIM verteilte. Die Mitglieder dieser beiden Gruppen kannten einander aber nur unter Bezeichnungen wie «Revisionist», «Revanchist» oder «Arschloch». Keinesfalls war für die jeweils anderen der Begriff «Kommunist» vorgesehen. Insofern war die Bemerkung des Vaters ein geschickter Schachzug, denn die beiden führten jetzt lautstark und in schönstem Traktatskauderwelsch exemplarisch die Spaltung der Linken vor. Das war den Autoritätsverlust wert.

«Lauras Vater ist Professor für Kunstgeschichte», sagte die Mutter, die das für eine gute Nachricht hielt.

«Ach», sagte der Vater, «und wer ist Laura?»

Bevor die Mutter noch «Pauls Freundin» hätte sagen können, gaben Arno und Norbert ihre Meinung dazu.

«Ist ja dufte», sagte Norbert und «Kann er sich den Arsch mit wischen» Arno.

Giovanni fiel Bos Vater ein. Der würde jetzt sicher betrunken und im Siegestaumel vor dem Fernseher sitzen und auf Adolf von Thadden anstoßen. Und er dachte auch an Bo.

Nach dem ersten Schrecken über dessen Versuch, sich Laura zu nähern, war Giovanni der Gedanke gekommen, Bo könne nicht anders, und er, Giovanni, müsse ihn einfach bitten, sie in Ruhe zu lassen. Bo würde das tun. Er mußte Gewissensbisse haben, sonst wäre er nicht weggeblieben. Gewissensbisse würden später einmal «Ein Moralischer» heißen.

FÜNF

Paris war vorübergehend nicht mehr die Hauptstadt der Liebe. Wer war Beate Klarsfeld? Dieselben Frauen, die einst Erich Mende zum attraktivsten Mann erklärt hatten, wandten sich jetzt von Kurt-Georg Kiesinger ab und Alexander Dubček zu. Die Notstandsgesetze erzeugten genau den Notstand, zu dessen Kontrolle sie erfunden wurden.

Bo war von der Schule geflogen. Giovanni erfuhr die Geschichte von Ilse. Im Religionsunterricht hatte die Lehrerin einer modernistischen Anwandlung folgend gefragt, worin der Sinn der Schöpfung bestehe. Bo hatte geantwortet, die Schöpfung habe seiner Meinung nach das Ziel verfolgt, ihn, Bo Pletsky, schließlich hervorzubringen, und sei deswegen jetzt abgeschlossen. Wortlos und nach Atem ringend war die Lehrerin aus der Klasse gestürzt, um den stets bereiten Winkler zu rufen, und Bo hatte nicht einmal mehr die Gelegenheit bekommen zu erklären, daß er damit irgendwie auf seine Gotteskindschaft habe anspielen wollen. Er war nach Hause geschickt worden, und am nächsten Tag war ihm ein blauer Brief gefolgt, der den Schulverweis besiegelte.

«Ich, Bernward Pletzky, verehrt und angespien!» hatte er mit Emphase geschrien, als ihn Winkler aus der Klasse winkte. Das war aus seinem derzeitigen Lieblingsgedicht von François Villon. Er hatte nur die Namen ausgetauscht.

Das Ganze war ein Mißverständnis. Er hatte zwar witzig sein wollen, aber nicht blasphemisch. Im Gegensatz zu Giovanni war er nämlich religiös. Erst vor einem halben Jahr war er von der katholischen Konfession seines Vaters zur evangelischen seiner Mutter übergetreten, hatte dafür extra Unterricht bei einem Pfarrer genommen und geduldig Giovannis Witzeleien ertragen. Es war ihm wirklich ernst, und er fühlte sich wie neu geboren, als er endlich dem Schoß dieser Kirche entkommen war. Gerade rechtzeitig vor der Enzyklika Humanae vitae, in der Papst Paul der Sechste seine Abneigung gegen Bos Lieblingsbeschäftigung in die Welt hinausposaunen würde.

SECHS

Im Blaupunkt-Radio starb Robert Kennedy, ohne je etwas von Panzern in Prag gehört zu haben. Eine Sache, die man dufte fand, nannte man «Spitze».

Spitze war zum Beispiel die Befreiung von der Gartenarbeit. Infolge von Bos Rausschmiß war das Augenmerk des Vaters auch auf Giovannis schlechte Leistungen gefallen. Er erklärte sich bereit, Nachhilfeunterricht zu nehmen. Bei einer Klassenkameradin namens Ilse. Den Job in der Bäckerei mußte er behalten, um den Unterricht bezahlen zu können, so blieb für die Gartenarbeit keine Zeit mehr. Und Ilse hatte seinerseits Unterricht bei ihm. Mit etwas Mißtrauen hätte Giovannis Eltern auffallen können, daß der Nachhilfeunterricht bei schlechtem Wetter regelmäßig ausfiel. Aber der Kontakt war mittlerweile immer beiläufiger geworden. Ein Minimum an Verboten stand einem Minimum an Gehorsam gegenüber. Für Giovanni stellte sich die ganze Erwachsenenwelt als Schwarzweißfilm am Rande des Hauptgeschehens dar. Das Hauptgeschehen war in Farbe. Laura, Ilse, die Erinnerung an Bo, die Mauer am Fluß und alle wilden Gegenstände, die es einzufangen galt, waren in Farbe. Alle anderen, Eltern, Lehrer, Busfahrer oder die Frau an der Kinokasse, waren schwarzweiß. Unwichtig. Der einzige nicht schwarzweiße Erwachsene war Lauras Vater. Er sprach mit Giovanni, als interessiere er sich für dessen Meinung, hatte nichts dagegen, daß Laura mit ihm zusammen war, und mochte ihn offenbar gern.

♡

Lauras Schwester war zur Mutter in eine andere Stadt gezogen, und Laura vermißte sie nicht. An Wochenenden kochten sie und ihr Vater gemeinsam, oft mit Giovanni als Gast, der anfänglich aus dem Staunen nicht herauskam. Laura durfte tun und lassen, was sie wollte, und konnte ihrem Vater offenbar zu jedem Thema Fragen stellen. Er liebte sie, aber schrieb ihr nichts vor. Würden Giovannis Eltern es erlauben, dann könnte er vielleicht sogar in der Landhausstraße übernachten. Dort stand außerdem ein Fernseher, für den sich allerdings niemand außer Giovanni interessierte. Der Fernseher würde später einmal «Glotze» heißen.

♡

Bo war auf eine Nordseeinsel ins Internat geschickt worden. Keine Schule in der Stadt hatte ihn aufnehmen wollen. Frech und faul, wie er war, blieb den Eltern nur die Möglichkeit, Geld zu bezahlen, damit er wenigstens den Hauptschulabschluß schaffen würde.

Einmal hatte Bo geschrieben. Einen nahezu unleserlichen Brief. Was Giovanni aber entziffern konnte, klang nicht nach allzu großem Kummer. Unter anderem enthielt der Brief den Tip, im «Museum» eine bestimmte Tür zu probieren. Durch diese Tür konnte man zu bestimmten Zeiten unbemerkt auf die Bühne gelangen und sich Filme ansehen. Das «Museum» war Theater und Kino in einem. Wenn keine Aufführungen stattfanden, war eine Leinwand vor die Bühne gespannt, und der Saal war Kino.

Den Bühneneingang, der zu Kinozeiten als Fluchtweg für den Brandfall offenblieb, hatte Bo bei der Bewerbung um eine Statistenrolle entdeckt. Man saß auf der Bühne und sah sich die Filme seitenverkehrt an. Das machte nichts, denn der Ton lief ja deshalb nicht rückwärts. Nur wenn Geschriebenes auftauchte, sah es wie Russisch aus.

Auf diese Weise konnten Giovanni und Ilse jede Menge Wespenstiche sehen. Sie suchten sich Filme aus, die «ab achtzehn» waren.

♡

Laura interessierte sich tatsächlich nicht für Sex. «Später», sagte sie immer, wenn Giovanni eine Andeutung versuchte. Er durfte in ihrem Bett liegen, sie gingen spazieren miteinander, sie küßte ihn und steckte beim Gehen ihre Hand in die Hintertasche seiner Jeans, aber mehr wollte sie nicht.

«Ist doch schön so», sagte sie, «hab's doch nicht so eilig.»

Andererseits nahm sie ihm nicht übel, daß er immer wieder probierte, den eher geschwisterlichen Rahmen ihrer Freundschaft zu erweitern. Manchmal schien es sogar, als wolle sie ihm kleine Schritte ermöglichen, als ginge sie millimeterweise auf seine Wünsche ein.

Eines Nachmittags zeigte sie ihm ihre Brüste, nachdem er vorher versprochen hatte, nicht näher zu kommen. Am anderen Ende des Zimmers zog sie sich Pullover und Unterhemd über den Kopf, warf beides neben sich aufs Bett und stand dann stolz und auch ein wenig schüchtern vor ihm. Von Wespenstichen konnte keine Rede sein. Seine Hand hätte nicht ausgereicht, sie zu bedecken. Sie sah ihm direkt in die Augen, aber so einverstanden, daß er sich nicht ausgespäht vorkam. Er brauchte sich nicht zu genieren für seinen indiskreten Blick.

«Jetzt mußt du aufs Klo», sagte sie, als sie den Pullover wieder anzog.

Nun war Laura über die Ferien mit ihrem Vater in Südfrankreich. Sie schrieb Briefe, deren Ankunft Giovanni mit fiebrigem Glück erlebte. «Ist schön, aber langweilig», schrieb sie. «Ich hätte gern Deine Schwitzhand auf meinem Bauch.» Und ein andermal: «Hier gibt es Jungs, aber sie reichen Dir das Wasser nicht. Sie wollen alle dasselbe. Ich weiß, das willst Du auch. Der Unterschied zwischen denen und Dir ist, daß Du es kriegst.» Und als Schlußsatz schrieb sie: «Ist alles Deins, mein geduldiger Prinz. Bis gleich, Deine Laura.»

Schon lange waren in Giovannis Leben keine Hirngespinste

mehr aufgetaucht. Jetzt lösten die Briefe Bilder aus, die ihn, ähnlich den Hirngespinsten früher, in Beschlag nahmen. Es waren ganze Filme. Stundenlang ließ er seine Schwitzhand über ihren Bauch spazieren. Langsam glitt sie tiefer, täuschte eine Eroberung der Haare an, um dann wieder zurückzuweichen. Oder sie streichelte die Brüste. Manchmal gelang es ihm auch, Laura nackt zu sehen. Sie ging dann vor ihm her, winkte, bückte sich, um etwas aufzuheben, kletterte auf Bäume, setzte sich auf Bänke, schlang die Arme um die Schultern und sprach dabei über die alltäglichsten Dinge.

Ihre Brüste hüpften, wenn sie auf ihn zurannte, die Haare flogen um ihr Gesicht, wenn sie lachend den Kopf drehte, und das Dreieck in ihrem Schoß war einmal hell- und das nächste Mal dunkelblond.

Er selbst war immer angezogen, denn auch in seinen Träumen hielt er sich an ihre Regeln.

♡

Er war allein mit Norbert. Die Eltern machten eine Reise durch Italien, und Arno verbrachte die Ferien bei einem Klassenkameraden, auf dessen Pferd er reiten durfte. Reiten war zwar nicht direkt sozialistische Praxis, aber Arno war der Ansicht, nach dem Sieg der Massen solle jeder Werktätige sein Pferd haben.

An den Plattenspieler zu kommen war kein Problem mehr. Der Schrankschlüssel lag in einer Schublade. Giovanni mußte sich nur mit Norbert absprechen, wenn er Musik hören wollte. Und Norbert war meistens weg, denn er lernte mit einer Freundin fürs Abitur. «Norwegian Wood» war lange schon wirkungslos geworden, war nur noch ein schönes Lied, das Giovanni gelegentlich hörte, ohne daß es in ihn drang. Das Weinen ohne Augen kam aus einem neuen Lied. «Suzanne» von Leonard Cohen. Laura war Suzanne, und überall war Sonne. Das ganze Lied war golden von Sonne und Laura. «And you want to travel with her, and you want to travel blind, and you know that she will trust you, for you've touched her perfect body with your mind.» Das stimmte alles. Giovanni würde mit ihr gehen, wohin immer sie wollte. Blind, wie er ohnehin für alles außer ihr war, würde er ihr folgen, ginge sie nur voraus und winkte. «Perfect body» stimmte, und daß er diesen Körper bislang nur mit seiner Seele berührt hatte, stimmte auch. Er lebte von ihren Briefen.

♡

Bo durfte in den Ferien nicht nach Hause kommen. Ein Internatslehrer hatte sich angeboten, ihm Unterricht zu geben, damit er den Anschluß an die Klasse schaffte. Ilse mußte tagsüber in der Malerwerkstatt seines Vaters helfen und war nur abends nach dem Essen frei, um sich mit Giovanni kostenlose Filme anzusehen.

Mittlerweile hatten beide so lange Haare, daß man sie in den Jazzkeller ließ, eine Kneipe, deren Name insofern überholt war, als dort ausschließlich Beatmusik lief. Die Beatmusik würde später einmal «Rockmusik» heißen. Ilse war in seinem Traum kein Maler mehr, sondern trainierte inzwischen auf Sänger. Progressive Musik würde er machen. Er hatte nämlich bei sich, vor allem, was die Breite seiner Lippen betraf, eine Ähnlichkeit mit Mick Jagger entdeckt, hatte die ganze Sammlung kaputter Puppen, die er für seine Collagen gehortet hatte, auf den Speicher gebracht und sich fortan in der Nähe aktiver Musiker herumgetrieben. Irgendwann würde er schon entdeckt werden. Spätestens wenn der Sänger bei einem wichtigen Auftritt plötzlich krank würde. Dem könnte man sogar ein bißchen nachhelfen. Er machte sich nützlich, half beim Tragen der Instrumente und beim Aufbau der Anlagen, tanzte exzessiv vor der Bühne und rannte, wenn der Sänger sein Mikro umkickte, sofort hin, um es wieder aufzustellen. Die Bands waren begeistert, einen Roadie zu haben, denn das war ein Statussymbol. Ilses Talent, Kleinteile ohne Belastung der Bandkassen aufzutreiben, tat ein übriges, ihn beliebt und unentbehrlich zu machen. Außerdem wurde er hübsch. Und seine Haarfarbe und der seltsame Name verliehen ihm etwas Exotisches.

Giovanni allerdings ging er mit seinem pseudoenglischen Gegröle auf die Nerven. Und «Suzanne» war nicht progressiv und deshalb für Ilse indiskutabel. Progressive Musik erkannte man daran, daß die Gitarren verzerrt waren, jeder Musiker in jedem Stück ein langes Solo spielte und die Haarlänge auf keinen Fall von Erwachsenen akzeptiert werden konnte. Selbstverständlich gab es auch keine Geigen in progressiver Musik.

Durch Ilse kam Giovanni in fast jedes Konzert. Dort gefiel ihm jedoch die Atmosphäre meist besser als die Musik. Er stellte sich in eine Ecke, schaute Ilse beim Tanzen zu, ließ seinen Blick schweifen, genoß den Geruch der tanzenden Mädchen, und irgendwann gelang es ihm, alles schwarzweiß zu sehen und inmitten der Tanzenden Laura in Farbe. Es war meist nur eine Frage der Geduld. Er mußte nur lange genug an sie denken, mußte nur genügend Konzentration aufbringen, um es zu schaffen, daß Laura gegen die Wirklichkeit siegte.

Er schrieb ihr nach Südfrankreich: «Ich sehe Dich nackt. Bist Du einverstanden?»

Sie antwortete: «Wir werden Deine Bilder überprüfen. Vielleicht im Winter. Da ist Nacktsein was Besonderes.»

Und Giovanni hatte zum ersten Mal in seinem Leben einen Grund, sich auf den Winter zu freuen.

Er vermißte Bo, vermißte dessen Beweglichkeit, vermißte das Abenteuer und die unberechenbaren Ausbrüche. Die Klauereien mit Ilse hatten bald nur noch den Vorteil gehabt, daß man zu Dingen kam, die man sich nicht leisten konnte. Die Angst, die man dabei ausstand, wich immer nur einer Erlösung, nie folgte Befriedigung. Es war nichts Tolles, mit französischen Fünfzig-Centime-Stücken Zigaretten aus Automaten zu ziehen. Es war nichts Tolles, daß die Centimes, weil sie ungültig waren, nur zehn

Pfennig kosteten, daß die Zigaretten beim Verkauf auf dem Schulhof eine Mark pro Schachtel brachten und daß, hatte man einen Automaten erst mal leergeräumt, der nächste Fischzug in einem anderen Viertel stattfinden mußte.

Giovanni beteiligte sich nur an Kleindiebstählen. Das Fahrradklauen hatte er Ilse ausgeredet, und an Geld wagte sich auch dieser nicht. Sie stahlen Baulampen, Straßenschilder, Fensterläden und Briefkästen, Schokolade, Zigaretten und Obst.

Irgendwann hörte Giovanni einfach wieder auf damit. Er war sich sicher, daß Laura ihn verachten würde, wenn sie herausbekäme, daß er stahl.

Eigentlich, wenn er ehrlich zu sich selber war, fand er keinen Platz in seinem Leben, an den Ilse richtig paßte. Nichts außer Laura interessierte ihn wirklich. Ilse half mit beim Vertreiben der Zeit. Natürlich mochte er ihn, aber nicht so, wie er Bo mochte. Ilse studierte er. Er beobachtete ihn und versuchte sich dann die Beobachtungen zu erklären. Bo hätte er niemals studiert. Bo riß ihn in einen seiner Gelegenheitsstrudel, wann immer er wollte. Allenfalls konnte Giovanni sich draußen halten, doch es gelang ihm nicht, den Strudel zu studieren. Bo warf die Dinge über den Haufen, Ilse versuchte sie auszuschlachten. Ilse formte die Welt nicht wie Bo.

Aber Ilse hatte ihn gern. Ilse wollte sein Freund sein und ihm imponieren. Giovanni verstand nicht, wieso. Was war denn an ihm dran?

Daß er Ilse studierte, daß er wissen wollte, was dieser alles täte, um sein Freund zu sein: war das Freude an der Macht? Wollte er Macht über Ilse? Ihn zappeln sehen? Vielleicht lag es daran, daß Ilse kein Fahrrad gekostet hatte. Im Gegenteil. Er hatte eines mitgebracht. Ich bin ein Beobachter, dachte Giovanni, ein Zeuge. Ich schaue zu, was die anderen tun, will es sogar verstehen, aber tun will ich es nicht. Einer wie ich müßte eine Tarnkappe haben. Ich bin ein Guckloch-Mensch. Und wurde traurig von solchen Gedanken.

Norberts Frühstück blieb unberührt, denn er war nicht nach Hause gekommen. Daß Giovanni sich mit seinem Bruder auf einmal so gut verstand, mochte an dessen Angst vor dem Abitur liegen. Und an der Freiheit, in der sie hier ohne Eltern hausten. Giovanni hatte Lust auf eine Zigarette. Die Schachtel von gestern war leer. Zwar gab es bei Ilse noch ein volles Depot, aber er ließ sich nur alle zwei Tage ein Päckchen mitbringen.

Weil er sich erinnerte, im Schreibtisch seines Vaters eine Schachtel «Ernte 23» gesehen zu haben, ging er in dessen Zimmer. Die Schachtel war ganz voll. Das enthob ihn der Gedächtnisleistung, sie genau so, wie sie war, mit der richtigen Anzahl Zigaretten, wieder zurücklegen zu müssen.

Es war noch zu früh, um von Laura zu träumen, und er suchte im Regal seines Vaters nach einem Buch, das ihn interessieren könnte. Er zog ein Fotoalbum heraus, blätterte darin, fand aber nur Kinderbilder, alte rötliche Fotos von den Eltern seines Vaters, Postkarten aus dem ersten Weltkrieg, auf denen der Kaiser zu sehen war, und Bilder von Verwandten. Er schob das Album wieder an seinen Platz und nahm ein anderes heraus. Hierin sah er seinen Vater als Schüler, als Studenten in Knickerbockerhosen, wie er stolz ein Fahrrad schob und ungeheuer erwachsen aussah. Ein paar Seiten weiter sein Vater in Uniform. Bilder einer Kaserne, Bilder von Manövern, Bilder von einem Ball. Unter den Fotos kleine Titel wie «Stubennachbarn» oder «Der Alte» oder «Picknick mit der Zweiundsechzigsten». Er blätterte weiter. Auf einem Bild war eine Kanone in den Straßengraben gerutscht, und zwanzig lachende Männer zogen an Seilen. Das Lachen war für den Fotografen. Ihre Körper waren angespannt und verbogen, die gute Laune wurde der Nachwelt vorgemacht. Giovanni fand seinen Vater nicht auf dem Bild. War er der Fotograf gewesen? War er da schon Offizier? Hatte die Mannschaft für ihn gelacht?

Drei Seiten später hatte der Krieg begonnen. Die Uniformen, auf den vorigen Fotos noch schmuck und geputzt, sahen auf einmal aus wie gebraucht. Rechts der Marschkolonne auf einem Bild standen Häuser, von deren Dächern nur verkohltes Gebälk übrig war. Französische Ortsnamen standen unter den Bildern. Man sah Frauen am Wegrand, und die lachten nicht. Vier Bilder weiter ein zerschossener Panzer. Acht weiter ein abgeschossenes Flugzeug, davor ein Mann, der mit verrenkten Gliedern am Boden lag, und im Halbkreis um ihn Soldaten. Sie lachten. Sein Vater war nicht dabei. Er mußte der Fotograf gewesen sein. Warum sonst war das Bild in seinem Album?

Es war dieses Bild, das Giovanni in die Brust schnitt. Sein Vater mußte gelacht haben, genauso gelacht wie die Männer, die eben diesen Fremden vom Himmel geschossen hatten.

Nicht daß Giovanni sich eine harmlose Vorstellung vom Krieg gemacht hätte. Sein Vater hatte erzählt. Von Grauen und auch davon, daß er nicht überwunden habe, was ihm begegnet sei. Auch glaubte Giovanni nicht, daß sein Vater gelogen hatte mit der Behauptung, er habe nie einen Menschen getötet. Der Schuß mußte ja nicht von seinem Vater abgegeben worden sein. Es war etwas anderes. Es waren die Zigaretten in den Mundwinkeln der Männer, das Lachen, die Rührt-euch-Haltung und der Eindruck einer ganz normalen Arbeitspause, den die Gruppe machte. Genau diesen Pauseneindruck hatte Giovanni schon einmal gesehen. Zigaretten in den Mundwinkeln, lässig ans Schienbein gelehnte Gewehre, aufatmend ins Genick geschobene Uniformmützen und dieses, genau dieses Lachen.

Bei Martins Eltern hatte das Buch im Flur gelegen. Giovanni schlug es auf und starrte auf das Bild darin. Nackte Frauen standen da in einer Reihe, andere zogen sich aus, und wieder andere lagen in einem riesigen Graben. Zwischen den Frauen Männer in derselben Uniform. Manche dieser Männer lachten. Giovanni verstand, was er sah. Das Buch hieß «Der gelbe Stern». Giovanni war sechs Jahre alt.

♡

Das Fotoalbum schob er achtsam ins Regal, holte sein Geld aus der Schublade, schrieb Norbert einen Zettel – Bin in einer Woche zurück, keine Aufregung, Giovanni – und schloß alle Fenster und Türen. Als er den Parka vom Haken nahm, wurde ihm zum ersten Mal bewußt, daß auch dies eine Uniformjacke war. Er ging noch einmal in sein Zimmer, um das Taschenmesser aus der Schublade zu nehmen. Man konnte nie wissen. Zelko, der längst vergessene Mäusebesuch aus dem Totenreich, fiel ihm ein. Er ertappte sich bei dem Gedanken, daß er die Maus jetzt gern bei sich trüge. Lebend. Als einen Freund, für den er da wäre, der sich auf ihn verlassen könnte. Blindlings.

♡

Vier Stunden und sechzehn Autos später war er schon an der Grenze zu Frankreich. Der Beamte sah ihn zwar prüfend an, sagte aber nichts. In diesen Tagen trampten viele durch die Welt, und er war sicher nicht der erste Fünfzehnjährige. Der Wagen, in dem er saß, fuhr bis Belfort.

Seit der Grenze hatte Giovanni neben dem Fahrer, einem Soldaten, der nach Hause fuhr, geschwiegen. Der nahm es nicht übel, drehte das Radio lauter und sang manche Zeilen der Lieder mit.

Es ist vielleicht derselbe Weg, dachte Giovanni immer wieder, vielleicht genau derselbe Weg. An den Straßenrändern meinte er die Spuren des Krieges noch sehen zu können. Hier ein Reifenabdruck im Lehm und dort eine Kettenspur. Panzer oder Planierraupe? Die Straße konnte genauso ausgesehen haben. Es ist vielleicht genau dasselbe Bild, dachte er, nur daß ich fahre, und Papa muß marschiert sein. Er sah Armeelastwagen, Panzer und marschierende Soldaten, halb durchsichtig, wie aus trübem Glas, und er dachte, die Panzer sind Schrott, die Soldaten sind tot.

In Belfort aß er zwei Croissants und staunte über sein ausreichendes Französisch. Nach zwei Stunden nahm ihn ein elsässischer Lastwagen mit bis Besançon. Er verstand kein Wort, obwohl der Fahrer eine Art Deutsch sprach.

Durch Besançon ging er, immer den Schildern nach, eine Stunde lang zu Fuß, und es wurde kalt und begann zu regnen. Gott sei Dank hatte er den Parka mitgenommen. Er stand am Straßenrand im Kies, bis es dunkel wurde. Er hätte heulen können. Nur der Gedanke an Laura und sein Stolz hielten ihn davon ab.

Ihn fror, er wurde naß und hatte Angst. Die sich nähernden Autoscheinwerfer waren plötzlich keine Hoffnung mehr, sondern gelbe gefährliche Augen. Auf einmal war das Vorbeifahren der Wagen mit Erleichterung verbunden. Er ging zurück in die Stadt.

Weltläufig, erwachsen und souverän wollte er sich fühlen, als er ohne Probleme ein Hotelzimmer bekam, aber ihm war nur noch kläglich zumute. Er horchte auf die Geräusche außerhalb des Zimmers, das Knacken und Scharren im Flur, die Stimmen mit der fremden Melodie zwei Stockwerke tiefer und den unentzifferbaren Lärm von draußen.

Erst daran, daß er morgens aufwachte und sich nicht an die letzten Stunden erinnern konnte, merkte er, daß er geschlafen haben mußte. Sein Schlaf war so hell und alarmiert gewesen, daß er in seinen Träumen geglaubt hatte, wach zu liegen.

Nach fünf Stunden am Straßenrand gab er auf und ging zum Bahnhof. Seine Wut auf die Franzosen, von denen keiner angehalten hatte, verflog, als er dachte: vielleicht wissen die, daß ich ein Deutscher bin. Aber es war Tag, die Sonne schien, nichts wirkte bedrohlich, und das gestern noch fehlende Gefühl von Souveränität und Weltläufigkeit schien heute morgen mit dem Milchkaffee in sein Inneres geflossen zu sein. Seit dem Frühstück jedenfalls war es da. Aus dem Zugfenster sah er jetzt eine farbige, lebende, heitere Welt ganz ohne gläserne Marschkolonnen und Panzer.

Später, entlang der Rhône, sah er Stellen am andern Ufer, die dem Platz aus dem Lied von Suzanne glichen. Er wurde immer aufgeregter, je weiter die Fahrt nach Süden ging. Etwas wie Jubel sprang in ihm herum, und er ging alle paar Minuten auf den Gang hinaus, um nur nicht sitzen bleiben zu müssen.

Aix-en-Provence schließlich lag da wie die Erfüllung eines langgehegten Wunsches, obwohl um den Bahnhof eine triste, staubige Stimmung war. Ich bin da, dachte er, kurz vor Laura.

Die Ruelle des Prunes zu finden stellte sich als fast unmöglich heraus, er bekam jede Frage danach mit einem Schulterzucken beantwortet. Einen Polizisten anzusprechen, wagte er nicht, und so fragte er bald nur die älteren Leute. Er dachte, die müßten ihre Stadt am besten kennen. Aber er irrte noch lange von Frage zu Frage, bis ein Kind an der Hand einer Oma sagte: «Toute droite l'avenue là, et demandez encore dans la place du quatorze juillet.»

Als er endlich vor dem Haus stand, lag die ganze Umgebung mit den kleinen, efeuumwachsenen Häusern, den Hecken und Gärten in abendlicher Ruhe, und das Klappern von Geschirr und Gläsern, die Stimmen von Veranden und Balkons spielten eine sparsame Melodie zum brummenden Bordun einer entfernten großen Straße.

Nummer dreiundzwanzig stand in einem verwilderten Garten. Ein zweistöckiges altes Haus mit drei Veranden und einer kleinen steinernen Treppe zur Tür. Am Gartentor gab es keine Klingel, also öffnete Giovanni und ging hinein. «Muller» stand auf einem kleinen Schild, das war der Name auf den Briefen. «Laura Ohlenburg chez Muller», hatte Giovanni die Fahrt über wie ein Lied in seinem Kopf gehört, «Ruelle des Prunes vingt-trois, Aix-en-Provence, France». Niemand war zu Hause.

Nach dem fünften Klingeln setzte er sich auf die Bank neben der Treppe. Das Haus, der Garten und die Gewißheit, daß Laura und ihr Vater hier wohnten, ließen es Giovanni ganz selbstverständlich erscheinen, hier zu warten und nicht auf der Straße. Bitte kommt nach Hause, dachte er, endlich bin ich hier.

Irgendwann – der Raum um die Geräusche in der Nachbarschaft schien sich zu vergrößern, und Giovanni vergaß die Zeit, obwohl er sich nach Schritten oder Autogeräuschen sehnte – da sprang ein Kätzchen auf seinen Schoß, und er erschrak, so ruhig und gelöst hatte er gesessen.

Das Kätzchen war hellgrau getigert, hatte lustige weiße Ränder um die Augen und kleine Pinselchen auf den Spitzen seiner Ohren. Es zitterte wohlig mit der Schwanzspitze, schnupperte an Giovannis Nase, da er den Kopf zu ihm gebeugt hatte, und schnurrte wie eine kleine, warme Nähmaschine. Plumps, knickte es die Beinchen und ließ den leichten Körper fallen, rollte sich ein und schnurrte und schnurrte.

«Bonjour, kleiner Luchs», sagte Giovanni, «du bist aber ein süßer Fratz» und legte die Beine auf die Bank, um sich seitlich anzulehnen.

♡

Er wachte auf, weil eine Hand sanft an seine Schulter rührte.

«Qu'est-ce que il y a?» fragte eine Stimme, weit weniger sanft als die Hand. Das Kätzchen lag noch immer zusammengeringelt auf ihm, und er drehte den Kopf nach oben. Da standen ein grauhaariger Mann und eine Dame, beide fein angezogen, als kämen sie von einem Ball. Wohl wegen des Kätzchens in seinem Schoß und vielleicht auch wegen des Anblicks, den er schlafend geboten haben mußte, schauten beide freundlich auf ihn herab und warteten geduldig, bis er endlich «Excusez moi, je cherche les Ohlenburgs» herausgebracht hatte.

«Ohlenburg?» lachte die Dame und deutete mit der Hand am Haus vorbei. «C'est là. En arrière.»

54

Und als er das Kätzchen vom Schoß nahm und neben sich stellte, um aufzustehen, sagte der Mann auf deutsch «Hinterhaus». Es klang wie Inter-Aus. Giovanni hatte am falschen Platz gewartet. So kurz vor Laura, vielleicht zwanzig Meter entfernt von ihr.

Sie zeigten ihm den Weg, das Haus lag tatsächlich nur wenige Meter hinter dem andern im Garten. Es dämmerte, und in einigen Fenstern war Licht. Giovanni rief Lauras und Herrn Ohlenburgs Namen, und zwei Köpfe erhoben sich über die Brüstung einer kleinen Terrasse.

«Merci», rief er dem wartenden Paar zu, und die beiden winkten und verschwanden um die Ecke. Als er auf die Terrasse zulief, sah er das Kätzchen, das ihn mit fröhlich gebogenem Schwanz überholte und beim Laufen beide Vorderbeine zugleich in die Luft warf.

«Giovanni», rief jetzt Laura und kletterte über die Brüstung. Als er vor ihr stand und sich gleich darauf in ihren Armen spürte, bemerkte er gleichzeitig, wie gut sie roch und daß er diesen Geruch vergessen hatte. Und daß ihm Tränen aus den Augen liefen.

«Kommt rein», sagte Herr Ohlenburg, der neben ihnen aufgetaucht war. Er legte seinen Arm um beide und schob sie sanft in Richtung Tür.

Mit Laura hinter sich und ihrer Hand auf seiner Schulter fiel es Giovanni überraschend leicht, die Verzweiflung zu erklären, die eben, gleichzeitig mit Lauras erlösendem Geruch, wieder wie ein Sandsack auf ihn gefallen war. Das Lachen der Männer, das Bild in dem Buch, das wiederentdeckte Entsetzen. Lauras Vater saß still und hörte zu, und nur einmal erhob er sich, um zwei Kerzen anzuzünden und ein Glas vor Giovanni zu stellen, in das er ihm großzügig einschenkte. Giovanni weinte jetzt nicht mehr, auch nicht, als er das Bild mit den Frauen beschrieb. An der

Erleichterung, die er spüren konnte wie Luft, die aus ihm wich, erkannte er, daß dies eine Art Geständnis war, und er sagte: «Ich sehe aus wie mein Vater. Aus dem Gesicht geschnitten.»

«War er in der SS?» fragte Herr Ohlenburg.

«Nein, ich glaub nicht. Er ist weich.»

«Das ist kein Beweis. Aber darum geht's ja nicht. Warum sprichst du nicht mit ihm?»

«Unmöglich.» Giovanni erschrak bei dem Gedanken. Seit einiger Zeit schon war die Verbindung abgebrochen. Der Vater war schwarzweiß. Kam zufällig eine freundliche Stimmung zwischen ihnen auf, dann verdrückten sich beide verlegen in die eigene Ecke des unsichtbaren Boxrings. «Nein, das ist ganz unmöglich.»

«Deswegen?» fragte Lauras Vater. «Wegen dieser Bilder?»

«Nein, schon lang», sagte Giovanni, «*Sie* hätt ich gern als Vater.»

Herr Ohlenburg legte die Hand auf seinen Arm und lachte: «Das wäre, bei alldem, was du dir von Laura erhoffst, eine blutschänderische Idee, meinst du nicht?»

«Papa», sagte Laura jetzt in dem vorwurfsvollen Ton wie damals nach dem Unfall.

Giovanni mußte rot geworden sein. Er fühlte die Hitze in seinem Gesicht und hielt den Blick auf die Tischplatte gesenkt.

«Entschuldige, Giovanni.» Lauras Vater schob ihm das Päckchen Gitanes unter die Nase. «Ich wollte nicht indiskret sein. Denk nicht, daß Laura bei mir petzt.»

Und wieder lachte er: «Aber ich liege doch richtig, oder? Was ihr beiden tut, ist seit ein paar Millionen Jahren nicht mehr sehr originell.»

«Papa, hör auf.» Lauras Stimme klang jetzt nicht mehr bittend, sondern fordernd.

«Entschuldigt, Kinder. Ich bin vielleicht ein Dummkopf. Es tut mir leid. Wie kann ich Giovanni aufmuntern, wenn ich Witze auf seine Kosten mache. Nicht böse sein, Giovanni.»

♡

Er ging, nachdem er sich Giovannis Telefonnummer hatte gegeben lassen, zum Haus der Mullers, um Norbert von der sicheren Ankunft seines kleinen Bruders zu unterrichten.

Giovanni und Laura blieben in derselben Stellung wie vorher, nur hatte sie jetzt ihre Arme um ihn geschlungen und den Kopf an seine Wange gelegt.

«Du schläfst bei mir», sagte sie weich in sein Ohr, und es klang so mütterlich, daß er sich fast der erlittenen Not schämte. Aber in diesen Schutz, in diese Wärme und Vertrautheit gehüllt zu werden war nach den beiden Tagen unterwegs wie eine Lust.

Mit Herrn Ohlenburg kam auch das Kätzchen herein. «Komm», sagte er und hielt die Tür auf, bis es, neugierig jeden seiner Schritte beschnuppernd, sich mit leisen Tappgeräuschen ins Zimmer vorgewagt hatte. Laura gab ihm Milch, und es rollte sich, nachdem es den Teller leergeschleckt hatte, auf Giovannis Tasche zusammen und schnurrte.

«Die Katze ist mein Freund», sagte er. «Die hat mich vorhin getröstet, als ihr nicht da wart. Sie hat gesagt, die kommt schon, deine Laura, die kommt schon.»

«Die Katze ist ein Katz», sagte Laura, «wir haben ihn Freddie getauft.»

«Geht schlafen, Kinder.» Herr Ohlenburg nahm ein Buch von der Fensterbank. Er sah nicht in ihre Richtung, als sie aufstanden, und er hob auch den Kopf nicht, als Laura sagte: «Giovanni schläft bei mir, Papa.»

Er sagte «Soso» und schien schon ganz in die eben aufgeschlagene Seite vertieft.

Giovanni ging zu Freddie und küßte ihn auf sein struppiges warmes Fell. Dann folgte er Laura, die, die Tür in der Hand, auf ihn wartete.

«Vielen Dank für alles», sagte er noch durch den schmaler werdenden Türspalt.

♡

Lauras Zimmer am Ende des Flurs war mit dem Bett, das darin stand, fast völlig ausgefüllt. Giovanni zog sich bis auf die Unterwäsche aus, während Laura mit ihrem Nachthemd ins Bad ging. Als sie von dort, jetzt mit ihren Kleidern auf dem Arm, zurückkam, lag er schon kerzengerade. Sie zog die dünne Decke hoch, schlüpfte zu ihm und gab ihm einen schnellen, begütigenden Kuß auf den Mund. Dann drehte sie sich um und sagte: «Schlummern!»

Er spürte ihren Po und versuchte mit seiner Erektion auszuweichen, legte nur sanft seine Hand auf ihren Oberarm. Daß er so nah bei ihr, nur durch ein Nachthemd von ihrer Haut und all den Geheimnissen getrennt, würde einschlafen können, schien ihm unmöglich, und doch geschah es nach wenigen Minuten. Wie ein Strudel sog ihn der Schlaf in sich ein, und Lauras Geruch war ein dunkler Trost, der ihn erlöste.

♡

Morgens erwachte er davon, daß er etwas Weiches, Warmes und Schnurrendes auf seinem Hals spürte. Freddie lag, die Pfötchen auf Giovannis Kinn, den Kopf auf seinem Ohr, um ihn gewickelt wie ein Schal. Es klapperte im Haus, durchs Fenster kam helles Gezwitscher, und irgendwann steckte Laura den Kopf durch die Tür und sagte: «Frühstück.»

Er zog die Hose an und ging ins große Zimmer, um ein frisches Hemd aus seiner Tasche zu holen. Noch unrasiert saß Herr Ohlenburg und sah in das Buch, als hätte er die ganze Nacht gelesen.

«Guten Morgen», sagte Giovanni.

«Morgen», sagte Lauras Vater.

Und als Giovanni ins Bad gehen wollte, schlug der Vater das Buch zu und sagte: «Ich heiße Paul.»

«Ich eigentlich auch», sagte Giovanni.

An dem Geschmack in seinem Mund merkte er, daß er sich gestern abend nicht einmal mehr die Zähne geputzt hatte. Jetzt bürstete er, um aufzuholen, doppelt so lange in seinem Mund herum, dann half er Laura, Teller und Besteck ins Zimmer zu tragen, und der Kaffee roch so, wie das Vogelzwitschern klang.

♡

Giovanni wusch Geschirr, und Paul trocknete ab, als er sagte: «Ich war auch im Krieg.»

Giovanni schwieg. Er wußte darauf nichts zu antworten.

«Ich habe Menschen getötet, viele.»

Seltsam, Giovanni hatte tatsächlich geglaubt, Paul wäre nicht dabeigewesen. Wie dumm von ihm, kein Deutscher dieses Alters konnte verschont geblieben sein.

«Versteh mich recht, Giovanni», fuhr Paul fort, «es geht nicht darum, mich zu entschuldigen, du bist nicht mein Richter, und ich möchte kein Geständnis ablegen», er nahm sich eine Zigarette aus der Schachtel und zündete sie an, «und es geht nicht darum, so zu tun, als sei es nicht so schlimm gewesen. Ich will dir nur sagen: Wir haben keine Wahl. Wir können uns nicht mehr entscheiden. Das, was war, geht nie mehr weg.»

Er sah aus dem Fenster und sog tief den Rauch der Zigarette ein.

«Haben Sie gelacht?» fragte Giovanni, ohne in Pauls Richtung zu sehen.

«Mein Gott, nein.» Pauls Stimme war jetzt leise, und noch leiser, mit brüchigem Ton, fügte er hinzu: «Ich hoffe nicht.»

Giovanni schluckte. Er schämte sich für die inquisitorische Frage, schämte sich, dieses Mannes Stimme brüchig gemacht zu haben, und wußte, das, was er schluckte, war so etwas wie Mitleid. Mit Paul, der nicht mehr davonrennen, der sich nicht mehr gegen seine Schuld entscheiden konnte und der vor einem ahnungslosen Jungen den Mut hatte zu sagen «Ich *hoffe* nicht.»

«Es tut mir leid», sagte er, «ich hab kein Recht dazu.»

«Du hast kein Recht, von da, wo ich stehe, aber du *mußt* fragen, von da, wo *du* stehst», sagte Paul. Er stippte die Zigarette ins Spülwasser und warf sie in den Abfalleimer.

Nach einer Weile, in der sie sich auf ihre Handgriffe konzentrierten, als müßten Abwaschen, Trocknen und Einräumen des Geschirrs unter Zeitdruck und mit großem Ehrgeiz erledigt werden, sagte Paul: «Du hast gestern was gesagt, worüber ich nachgedacht habe. Du hast gesagt ‹Ich sehe ihm ähnlich›. Was hast du damit gemeint?»

«Ich weiß nicht», sagte Giovanni, obwohl er das Gefühl hatte, er wisse es *fast*. Am Ton seiner Stimme hörte er, daß die Antwort deshalb auch fast eine Lüge war, und sagte: «Ich weiß es fast.»

Er sah, daß Paul antworten wollte, und hörte gleichzeitig, wie die Haustür geöffnet wurde. Paul legte den Finger an die Lippen und sagte: «Nicht vor Laura.»

♡

Sie fuhren ans Meer in demselben Citroën, der ihn damals ins Krankenhaus geschaukelt hatte. Durch Lauras gute Laune waren sie bald aus ihrer angespannten Stimmung geholt worden, und Giovanni dachte, zu reden ist schon die halbe Rettung, obwohl es dadurch noch wahrer wird.

Er mußte lachen, als ihm einfiel, daß nichts wahrer werden kann, es kann nur wahr sein oder nicht. Aber er verriet nicht, worüber er gelacht hatte, als Laura danach fragte.

«Geheim», sagte er und fühlte sich Paul, der sie gemächlich nach Süden steuerte, verbunden.

♡

«Kuck weg», sagte Laura und hielt ihre Hand vor seine Augen, als er in Nizza nackte Frauenbrüste sah. Und ihre Hand vor seinen Augen war nicht nur eine Entschädigung für den Anblick, sondern fühlte sich viel besser an. Da er zu Hause vergessen hatte, eine Badehose einzupacken, gingen sie nicht schwimmen, sondern spazierten die Uferpromenade entlang zum Hafen. Giovanni bestaunte die riesigen Hotels und spürte Lauras Nähe als ein neues Gefühl. Sie hatten im selben Bett gelegen.

Abends zeichnete sie mit einem Kugelschreiber Grenzen auf ihre Haut, die seine Hand nicht überschreiten durfte. Sie trug einen Pyjama. Die Jacke klappte sie hoch bis zu der Linie, die knapp unter ihrer Brust verlief, und die Hose schob sie hinab bis zu der über den Hüften. Als Giovanni einen Ausfall nach oben versuchte, hielt sie seine Hand fest und sagte: «Spielverderber.»

Das Einschlafen war diesmal viel schwieriger.

«Hast du noch Geld für die Fahrt?» fragte Paul am nächsten Morgen, als sie wieder das Geschirr wuschen. «Ich mag nicht, wenn du autostopst.»

Freddie apportierte wie ein kleiner Hund, aber immer erst, nachdem er die zu einem Ball geknäuelte Socke ausgiebig gejagt hatte. Später fuhren Laura und Giovanni auf Mullers Solex durch die Wiesen. An einem Wäldchen machten sie Rast. Statt der Kuligrenzen waren jetzt rote Striemen von der Badebürste auf Lauras Haut. Aber die galten noch.

In der Nacht streichelte sie seinen Rücken. Sie zog ihm die Hose über den Hintern, verbot ihm aber, sich umzudrehen. Er bekam fast keine Luft mehr vor Begierde.

«Wieso gehorche ich dir eigentlich», fragte er leise, damit ihr Vater nebenan nichts hörte. «Weil ich dir traue», flüsterte sie ebenso leise in sein Ohr. Zum ersten Mal schickte sie ihre Zunge in seinen Mund, und zunächst wußte er nicht, wohin mit seiner, bis ihm klar wurde, daß die Zungen zueinander sollten. Danach war das Einschlafen unmöglich. So lernte er, daß auch Frauen

61

schnarchen können. Aber das Schnarchen bezauberte ihn. Es war ein kleines, helles Geräusch und klang für ihn wie ein großes Versprechen.

♡

Madame Muller mußte Freddie festhalten, als sie Giovanni zum Bahnhof brachten. Es schien, als wolle ihn der Kater nicht gehen lassen. Giovanni winkte aus dem Heckfenster, und Madame winkte mit Freddies Pfote zurück.

Paul bezahlte die Fahrkarte, und die beiden winkten, als der Zug anfuhr. Kurz bevor sie mit dem Hintergrund verschwammen, schien es, als winke Paul mit Lauras Arm.

«Ich schreib dir sofort einen Brief», hatte Laura gesagt, als er einstieg, und schon vom Stadtrand von Aix an wartete er auf dessen Ankunft.

♡

Als es kurz vor Straßburg dunkel wurde, schrieb er sein erstes Gedicht. Draußen fährt die Nacht vorbei/Drinnen fahre ich/ Dazwischen fährt ein Fenster/und spiegelt mein Gesicht/Ich denke nur an dich.

Das würde er Laura schenken, wenn sie käme.

♡

Es war vier Uhr morgens, als er zu Hause ankam. Er weckte Norbert nicht auf, legte ihm nur einen Zettel vor die Tür, auf dem stand: «Bin wieder da.»

Einzuschlafen war überhaupt kein Problem.

♡

Am nächsten Nachmittag, er hatte bis ein Uhr geschlafen, ging er bei Ilse vorbei. Er fand ihn in der Malerwerkstatt seines Vaters, wo er Fensterläden strich, die in einer Reihe auf Böcken lagen.

«Ich war in Frankreich», sagte Giovanni, als Ilse den Kopf zu ihm herdrehte, doch er erschrak so sehr über dessen Anblick, daß er sich gleich wieder zurückzog. «Bis später», murmelte er und schloß die Tür hinter sich. Ilse war schwarzweiß.

SIEBEN

Drei Männer flogen ins All und sahen die Erde von allen Seiten. Auch die Beatles waren nur noch zu dritt, denn Paul McCartney war sein eigenes Double. Die drei Buchstaben DKP bedeuten etwas ganz anderes als die drei Buchstaben KPD. Das Wort «primitiv» klang wie eine Aufforderung zum Wegwerfen.

Giovannis Mutter war mit der Erkenntnis aus Italien zurückgekehrt, daß nicht alle Italiener so primitiv seien wie die Gastarbeiter, die man hier sah. Die Norditaliener seien groß, manchmal auch blond, und manche von ihnen arbeiteten in angesehenen Berufen wie Rechtsanwalt, Arzt oder Direktor. Man durfte also nicht alle über einen Kamm scheren. Das wußte sie jetzt. Die Eltern waren gelöst und heiter wie lange nicht mehr. Manchmal glaubte Giovanni sogar, seine Mutter im Haus singen zu hören, aber immer wenn er die Ohren darauf einstellen wollte, war es wieder still.

Mit Ilse saß er stundenlang auf der Mauer am Fluß. Sie sahen den Stocherkähnen der Studenten nach, verhökerten Zigaretten und genossen Ilses neuen Bekanntheitsgrad. Er wurde hier gegrüßt, da zu einem Fest eingeladen, dort von einem Mädchen angesprochen und sonnte sich gespreizt in diesem Glanz. Er war nach einigen Tagen wieder farbig geworden. Aber nicht wie vorher. Jetzt war er eher pastell, als könne oder müsse Giovanni selbst bei der Kolorierung nachhelfen. Sie sprachen nicht viel.

Giovanni schrieb noch zwei Gedichte, aber nur das erste, das aus dem Zug, wollte er Laura zeigen. Wenn sie nur endlich wiederkäme.

♡

Er half seinem Vater im Garten. Freiwillig. Er selbst hatte sich angeboten, als er sah, wie der Vater vom Essen aufstand und sich mit einem leisen Stöhnen an den Rücken griff. In den letzten Tagen, wenn Giovanni schweigend neben Ilse auf der Mauer gesessen hatte, waren ihm Gedanken gekommen, die sich zu einem warmen Gefühl für seinen Vater verdichtet hatten. Er wollte ihm etwas schenken. Sein Vater hatte nicht gelacht, *konnte* nicht gelacht haben. Und falls doch, dann würde er heute genauso sagen «Mein Gott, ich hoffe nicht.»

Aus den Augenwinkeln betrachtete er ihn, und was er sah, war ein zarter, melancholischer Mann, der in seinem Leben gestört worden war. Ein Mann, der Bilder von Paul Klee liebte und sich in diesem Garten eine Heimat graben wollte. Graben und schneiden und harken und roden.

«Deine Laura ist eine nette», sagte dieser Mann sogar, denn auch er war gerührt vom überraschenden Hilfsangebot seines sonst so verschlossenen Jüngsten.

Giovanni wollte gerade antworten, als seine Mutter von der Terrasse aus rief: «Besuch für dich.»

Er schaute hinunter, und in der Glastür stand Laura. Er warf den Haufen Äste, den er eben zur Feuerstelle hatte tragen wollen, von sich und rannte über die Steinplatten, so daß er fast gestolpert wäre. Laura hatte die Haare, die jetzt noch blonder aussahen, zu einem Pferdeschwanz gebunden, und ein kleines, hellgraues Bündel, das auf ihren Armen saß, versuchte diesen Pferdeschwanz zu fangen. Freddie. Giovannis Mutter strahlte.

Er umarmte sie beide und küßte Laura auf den Mund, ohne sich zu fragen, was seine Eltern dazu sagen könnten. Er küßte Freddie zwischen die Ohren und hörte, wie der Katz schnurrte.

Hinter Laura stand Herr Ohlenburg. Er begrüßte Giovanni, hatte es aber eilig, wieder wegzukommen. Giovanni wußte, warum. Bliebe er, dann würde er Giovannis Komplize bei all den Lügen, die jetzt unweigerlich folgen mußten.

«Giovanni kann dich ja nach Hause begleiten», sagte er zu Laura, winkte Giovannis Vater zu und rief: «Muß gleich los.»

«Darf Giovanni ihn haben?» fragte Laura seine Mutter. «Ich hab ihn Freddie getauft.»

«Freddie», sagte Giovanni, als fragte er sich, ob das der passende Name sei, und seine Mutter sagte: «Natürlich wollen wir den. So ein süßes Vieh.»

Da legte Laura ihr den Kater in die Arme, und der betörte sie augenblicklich, indem er ihren Ohrring fing.

ACHT

Im Klo des Jazzkellers stand «Auch Nixon tut wixon». Das Blaupunkt-Radio zog um und spielte fortan hauptsächlich «Stars und Hits» und die «Mittwochsparty». Statt seiner stand im Wohnzimmer jetzt ein Wega. Das Wega-Radio wußte zuerst, daß Verbrechen gegen die Menschlichkeit nicht verjähren. Eine Sache, die man Spitze fand, nannte man «Wahnsinn».

Ilse war nicht mehr allein. Bei einem Auftritt von Red House hatte ihn die Freundin des Sängers von der Lightshow weg nach draußen in den Bandbus gezogen. Dort löste sie in einer halben Stunde all das ein, was die Filme im Museum versprochen hatten. Sie gingen zum Fluß, stahlen einen Stocherkahn, legten weit flußaufwärts wieder an, und in dem schaukelnden Kahn löste sie ein, was damals ein Film, auch einer ab achtzehn, nicht zu versprechen gewagt hätte.

Am nächsten Tag hörte Ilse, daß eines der Dias, aus denen die Lightshow von Red House bestand, verbrannt war. Und dann der Projektor, da man die Flammen zuerst nicht bemerkt hatte. Er wandte sich vom Rockgesang ab und wieder der bildenden Kunst zu, holte die Puppenteile vom Speicher und lackierte sie alle weiß. Nicht ein einziges Mal war ein Sänger krank geworden, und Gitte, so hieß seine Freundin, wollte zur Kunstakademie. Ein paar Puppenköpfe, Arme und Torsi fehlten noch in ihren Collagen.

Ilse hieß außerhalb der Schule wieder Roger. Allerdings wurde sein Name jetzt englisch ausgesprochen. Wie Roger Daltrey.

♡

Giovanni bezog Norberts Zimmer im unteren Teil des Hauses. Norbert war jetzt in Berlin und verbrachte sein erstes Semester damit, gegen das Hochschulrahmengesetz zu protestieren. Das alte Radio durfte Giovanni mitnehmen, da die Eltern gefunden hatten, ein Radio, bei dem die Stationen «Mährisches Ostreich», «Königsberg» und «Danzig» hießen, sei fürs Wohnzimmer nicht mehr tragbar. Er stellte es ans Kopfende seines Bettes und hörte leise, wie die Welt klang. Doch ein Lied, aus dem das Weinen ohne Augen kam, hörte er darin nie.

♡

Auch zu den Herbstferien durfte Bo nicht nach Hause kommen. Aber er schrieb, eine Schule in der Stadt sei nun möglicherweise doch bereit, ihn aufzunehmen. Eine müsse ja, da er schulpflichtig sei, und er werde sich wieder melden. Der Brief kam Giovanni schwarzweiß vor, obwohl er mit blauer Tinte geschrieben war.

♡

Immer öfter wurde Giovanni in der Schule schlafend ertappt, und so mußte er die Arbeit in der Bäckerei aufgeben. Er hörte eine Woche früher auf, als seine Eltern glaubten. In dieser Woche ging er mit Laura jeden Morgen den steilen Waldweg hinter ihrem Haus hinauf. Im Morgennebel küßten sie sich fröstelnd und suchten unter den Kleidern des andern. Sie zogen sich nie aus, aber ihre Hände waren schon fast überall.

Wenn Laura nach Hause mußte, um ihren Vater zu wecken, radelte Giovanni zur Bäckerei, klopfte an die Tür der Backstube und trank mit dem Bäcker Kaffee. Bis die Schule anfing.

♡

Die Herbstferien verbrachte Laura bei ihrer Mutter in der anderen Stadt. Sie war nur dazu bereit gewesen, weil Giovanni sie besuchen durfte. Seine Eltern erlaubten es, weil Lauras Vater solchen Eindruck auf sie gemacht hatte. Und Laura selbst hatte seine Mutter mit Freddie erobert. Die Mutter ertappte sich manchmal bei dem Gedanken, eine Tochter zu haben wär auch schön gewesen. Eine Tochter wie Laura.

Giovanni versprach, sich von Laura bei den Mathematikaufgaben helfen zu lassen, und trampte, um das Geld für die Bahn zu sparen. Er brauchte nur einen 2 CV und drei R 4 und überreichte artig seinen Blumenstrauß. Lauras Mutter war eine schöne Frau mit genau demselben Unterschied zwischen Haar- und Augenbrauenfarbe wie Laura.

«Du bist also Lauras Freund», sagte sie. «Komm rein.»

In ihrem Tonfall klang etwas wie eine hochgezogene Augenbraue mit, so ein spöttischer, spitzer Unterton, und sofort hatte Giovanni das Gefühl, seine Fingernägel könnten zu lang sein, die Zähne zu schief oder gelb.

Er wagte nicht, Laura zu küssen, als sie vor ihm stand. Sie sah aus, als fühle sie sich ebenso unerwünscht wie er. Hinter ihr sah ihre Schwester mit abschätzigem Blick aus der Tür. Giovanni wußte nicht wohin mit sich.

Laura erkannte die Situation und sagte: «Wir gehen einkaufen. Ich hab Lust auf Kuchen.»

Nach der ersten Hausecke küßte sie ihn tief und streichelte seinen Nacken.

«Geht's dir gut?» fragte er.

«Nein», sagte sie, «die mögen mich nicht.»

Sie trödelten so lange wie möglich herum, obwohl es regnerisch, kalt und richtiges Novemberwetter war. Nachher, als sie alle um den Wohnzimmertisch saßen, Kaffee tranken und Kuchen aßen, hatte Giovanni zum ersten Mal in seinem Leben das Gefühl, seine Manieren reichten nicht aus. Die Mutter wie die kleine Schwester hatten etwas in ihrem Benehmen, das ihn verstoßen wollte. Er merkte, wie Laura sich auf seine Seite schlug, sie redete und tat abgebrüht wie eine Abenteurerin, der man in Wohnzimmern nichts mehr bieten kann. Aber das verschlimmerte sein Gefühl noch. Sie hatte die Wahl, er nicht.

«Tanzen Sie auch?» fragte die Mutter, als die Rede auf den Abschlußball der Schwester kam.

«Den Lehrern auf der Nase rum», sagte er, noch bevor er sich hätte beherrschen können. Laura lachte, und die Mutter wechselte das Thema.

«Komm, wir gehn ins Kino!» Laura zog ihn vom Tisch hoch. Er wollte seinen Teller und die Tasse in die Küche bringen, aber sie legte die Hand auf seinen Arm und sagte: «Das macht die Minna.»

♡

Sie gingen eingehakt den Weg zum Stadtzentrum, und nach einer Weile fragte er: «Haben sie wirklich ein Dienstmädchen, in der kleinen Wohnung?»

«Nein», sagte Laura traurig, «das war als Gemeinheit gedacht. Die sollen nicht so etepetete tun.» Und nach einiger Zeit, in der sie schweigend gingen: «Ich hasse sie. Alle beide. Die finden sich was Besseres und scheißen mit Messer und Gabel.»

«Heh», sagte Giovanni erstaunt, «das ist aber nicht deine Ausdrucksweise.»

«Nein», Laura lachte und kniff ihn in die Wange, «das ist Notwehr.»

♡

Nach einem Abendessen in frostiger Stimmung half Laura ihm bei den Aufgaben. Das war die einzige Möglichkeit, in Ruhe gelassen zu werden. Sie küßten sich mit spitzen Ohren.

«Schlaf noch nicht ein», sagte Laura, als sie ihm später im Wohnzimmer sein Bett richtete. Das Wohnzimmer lag direkt neben dem Zimmer der Mutter.

♡

Es mußte eine Stunde oder länger gedauert haben, bis er sie endlich leise die Tür öffnen hörte. Eher sogar spürte er, daß die Tür sich bewegte, so vorsichtig ging sie ans Werk. Sie war vollkommen nackt. Ohne sich zu vergewissern, ob er wach war, stellte sie sich in die Mitte des Lichtscheins, der von draußen hereinfiel, hob die Arme, verschränkte sie hinter dem Kopf und drehte sich langsam um die eigene Achse.

«Träumst du mich oder bist du wach?» flüsterte sie.

«Bist du schön», sagte er und hatte sofort Angst, es könnte zu laut gewesen sein.

Sie hörten ein Geräusch nebenan. Laura wollte zurück, aber

69

schon ging die Tür im Flur, und sie erstarrte in ihrer Flucht-
bewegung. Die Mutter sah in Lauras Zimmer, man hörte sie dort
Licht anknipsen, und gleich darauf bewegte sich die Klinke seiner Tür.

Laura stemmte, nackt wie sie war, die Hände in die Hüften,
ließ ihr Spielbein hüpfen und schleuderte ihrer Mutter, als das
Licht anging, entgegen: «Was hast du im Zimmer von minder-
jährigen Jungs verloren?»

Die Mutter stand fassungslos. Noch wollte der triumphie-
rende Ausdruck aus ihrem Gesicht nicht weichen, da war er
schon überholt und sie selber blamiert.

«Geh in dein Zimmer», sagte sie nur und blieb fordernd in
der Tür stehen.

«Geh du erst in deins», sagte Laura, «ich bin zu alt, als daß du
mich nackt sehen darfst.» Und dann, als die Mutter draußen war:
«Das ist garantiert nicht mein Zimmer.» Sie küßte Giovanni noch
schnell, bevor sie ging.

Er wußte nicht, wo ihm der Kopf und alles andere stand, als
der Spuk vorbei war. Ein unteilbarer Mischmasch aus Peinlichkeit, Schrecken, Glück, Ärger und Scham durchwirbelte ihn,
und im Lichtfleck stand das Nachbild von Laura und hielt ihn
noch lange gefangen.

Irgendwann, schließlich mußte er doch eingeschlafen sein,
stand sie angezogen vor ihm und rüttelte sanft an seiner
Schulter.

«Zieh dich an», flüsterte sie, «wir hauen ab.»

Es war vier Uhr und eiskalt, als sie nach draußen schlichen,
und der Weg zum Bahnhof fühlte sich an wie verboten. Sie
küßten sich und alberten. Laura imitierte ihre Mutter, wie sie am
Frühstückstisch «Ich denke, es ist wohl besser, Sie gehen, Herr
Giovanni» sagen würde.

«Ach, Sie *denken*? Ist ja ne dolle Geschichte», steuerte er zu
dem Sketch bei. «*Ganz* dolle Geschichte, gnä Frau, immens dolle
Geschichte, gnä Gans.»

«Wetten, sie hätte mit den Nachbarn angefangen?» sagte Laura. «Und vom Kuppeleiparagraphen hätte sie's auch gehabt. Daß es ja nicht wegen ihr sei, aber es sei halt strafbar.»

«Ich hätte kein Wort rausgebracht», sagte Giovanni, «kein einziges Wort.»

«Ich schon, ich hätte sie gefragt, wie die Nachbarn ins Wohnzimmer kommen. Nachts um halb eins.»

Fast zwei Stunden lang streiften sie frierend durch die nächtliche Stadt, bis endlich ein Zug, der sie nach Hause brachte, fuhr.

NEUN

Drei Männer flogen um den Mond und sahen die Erde in Blau. Ho Chi Minh starb im Wega-Radio und am nächsten Tag noch einmal in der Zeitung. Und am Montag danach, ganz langsam, im ‹Spiegel›. In Berlin hatte «Gewalt gegen Sachen» Premiere.

Bo war wieder da. Das Kepler-Gymnasium hatte eingewilligt, ihn aufzunehmen, und als diese Nachricht bei ihm eingetroffen war, hatte er die Leidenszeit auf der Nordseeinsel durch einen dreitägigen Lachkrampf abgekürzt. Die Lehrer und Erzieher wurden durch sein nicht enden wollendes Lachen in solche Verzweiflung gestürzt, daß er schon eine Woche vor den Weihnachtsferien nach Hause durfte.

Sein Vater verbot ihm zwar den Umgang mit Giovanni, denn in seiner Lesart hatte der ihn immer zum Schlechten verführt, aber schon zwei Stunden nach seiner Ankunft stand Bo vor der Tür. In Farbe.

Er hatte sich verändert. In seinem Benehmen zeigte sich ein seltsamer Wechsel von Selbstsicherheit und Unterwürfigkeit. Je nachdem, auf wen er traf oder reagierte, konnte er seine gesamte Körperhaltung ändern. Bei Giovanni war er gerade, klar und witzig und gegenüber dessen Mutter im nächsten Augenblick von einer trüben, servilen Höflichkeit, die Giovanni erschreckte. Aber dieses Erschrecken verdarb ihm die Wiedersehensfreude nicht, denn erst jetzt, da er Bo wieder hatte, bemerkte er das Ausmaß des Verlustes.

Als wäre seine rechte Hosentasche vernäht gewesen und die Naht jetzt unverhofft geplatzt, stand er auf einmal wieder im Gleichgewicht.

♡

Obwohl es kalt war, streunten sie durch die Stadt wie ausgerissene Hunde. Laura war beim Skilaufen, und Giovanni hatte Zeit. Bo wollte jeden Winkel wiedersehen und spielte seine Rolle als Spinner bei jeder sich bietenden Gelegenheit.

«Äch bän verröckt nach deinäm Ärdbärmond», rief er einer Frau zu, die beim Fensterputzen war. Er brüllte «Vive la France» hinter einem Pulk französischer Soldaten her, die sich daraufhin wie ein Mann umdrehten und drohend auf sie beide zukamen. Bo bequasselte sie in seinem perfekten Französisch, bis sie von ihrem Vorhaben, seine Boche-Fresse zu polieren, wieder Abstand nahmen. «Ich bin zwei Berliner» schrie er zum Balkon des Rathauses hinauf, von wo sich gerade ein hoher Besuch das Treiben auf dem Marktplatz ansah.

Ilse hatte einen Stand auf dem Dreikönigsmarkt. Er verkaufte Gekreuzigte aus Kuchenteig. Das heißt, er versuchte sie zu verkaufen. Dreißig Stück hatte er modelliert und im Herd seiner Mutter gebacken. Die Jesusse waren durchaus erkennbar, man konnte sogar das INRI auf dem Kreuz lesen. Aber niemandem schien ein solcher Marterlkuchen die drei Mark wert zu sein, die Ilse dafür verlangte.

«Dies ist mein Leib», brüllte Bo in seinem Kinski-Tonfall über den Platz. «Eßt ihn.»

Ein paar Leute blieben stehen.

«Das ist empörend, junger Mann», sagte eine Oma, nachdem sie das Angebot eine Weile studiert hatte, und ein Mann sekundierte ihr: «Eine Blasphemie.»

«Blas-Phemie», rief Bo und warf seinen Schal über die Schulter wie Maurice Chevalier, «Blas-Ebalg, Blas-de la Concorde...», und als die Dame mit ihrem Schirm drohte und «Frechheit» rief, fügte er noch mit einer Gebärde großzügigen Schenkens hinzu: «Blasez vouz dans mon Schuh!»

Dann ging er zum Glühweinstand und kam zurück mit einem Plastikbecher, den er in der erhobenen Hand anpries: «Dies ist mein Blut, trinkt es. Es hat einen leichten Goût von Zimt und anderen Spezereien, es ist mild im Geschmack und doch würzig...»

«Unerhört», schrie jetzt der Herr und fegte die Christusfiguren von Ilses Tisch. Ein Menschenauflauf hatte sich gebildet, und Bo setzte noch hinzu: «...wenn auch etwas seifig im Abgang.»

Der Herr schlug ihm den Becher aus der Hand, und die Oma wollte ihn festhalten, worauf Bo ihr ins Gesicht sah, von Chevalier wieder auf Kinski umschaltete und stieren Blicks mit Speichel auf den Lippen «Selbst vor dem Podex und den Brüsten der Fraun ergriff ihn ein Gelüsten» deklamierte. Die Oma floh.

♡

Auf der Wache ließ man sie bald wieder gehen, denn abgesehen davon, daß Ilse keine Verkaufserlaubnis hatte, war ihnen nichts Ungesetzliches vorzuwerfen. Fünfzig Mark Standgebühr und fünfzig Mark Strafe würden Ilse demnächst in Rechnung gestellt werden. Bo versprach, die Hälfte aufzutreiben. «Ist ja meine Schuld», sagte er.

Am nächsten Tag standen sie in der Zeitung. Leider ohne Bild.

♡

Seit Weihnachten besaß Giovanni eine Gitarre und ein Lehrbuch mit Tabulaturen. Er übte stundenlang und beherrschte bald einfache Stücke wie «Blowing in the Wind» oder «Donna Donna». Es machte ihm Spaß und störte niemanden, denn außer seinem Zimmer lagen im unteren Hausteil nur noch Keller, Waschküche und ein derzeit unbewohntes Gastzimmer.

Er wollte endlich sechzehn werden. Sechzehn wie Arno, dem die Welt offenzustehen schien, und vor allem sechzehn wie Laura, die dann natürlich siebzehn sein würde. Den Abstand würde er nie verringern. Aber dennoch glaubte er, alles werde anders, der Abstand sei egal, wenn er nur erst diese Grenze überschritten hätte. Ihm waren auch Pauls Worte in Erinnerung, der über die Geschichte bei Lauras Mutter sehr böse gewesen war. «Warum tut ihr so was Blödes», hatte er gesagt. «Sie kann mir Laura wegnehmen, wenn sie das geschickt ausschlachtet. Wenn irgendein Richter glaubt, daß ich euch zusammensein lasse, dann kriegt sie Laura zugesprochen. Ihr seid beide minderjährig, und du, Giovanni, bist noch minderjähriger.»

«Es tut mir leid», sagte Giovanni, «ehrlich», aber Paul lenkte nicht ein. «Wenn ihr vorher nachgedacht hättet, bräuchte es euch jetzt nicht leid zu tun. Ihr seid zwei dumme, verliebte Kälber.»

«Muh», sagte Laura, die bis dahin stumm in ihrer Ecke gesessen hatte.

Pauls Kopf fuhr herum, und in der Bewegung wich der Ärger aus seinem Gesicht. Als er dem Blick seiner Tochter begegnete, lachte er schon. «Meine Lieblingskälber seid ihr allemal, davor schützt euch keine Dummheit.»

«Blöök», sagte jetzt Giovanni, und als auch Paul in das Gemuhe und Geblöke einstimmte, streckte die Putzfrau den Kopf ins Zimmer und schüttelte ihn indigniert.

Daran mußte Giovanni bei Donna Donna denken. Er sah sich

selbst als das gefesselte Kalb in dem Lied. Aber wer war der Bauer?

♡

Bo und Ilse teilten das Zigarettengeschäft unter sich auf. Bo mit seinen Französischkenntnissen trampte ins Elsaß, wo er bei Banken nach alten Fünfzig-Centime-Stücken fragte. Er sei Sammler. Eine Bank gab ihm die Adressen von Leuten, die nicht rechtzeitig umgetauscht hatten, und er kam zurück mit über vierhundert Münzen.

Die Münzwaagen der Zigarettenautomaten in der Gegend waren allerdings schon nachjustiert worden. Ohnedies war es nicht ratsam, einen Automaten zweimal leerzuräumen. Also fuhren sie abends mit der Bahn in andere Städte, trennten sich dort und kamen einige Stunden später mit vollen Rucksäcken zurück. Giovanni machte schon lange nicht mehr mit, bekam aber immer noch so viele Zigaretten von Ilse geschenkt, wie er wollte.

♡

Bos Frauengeschichten waren phantastisch. Zwar spürte Giovanni manchmal einen Stich, wenn er dachte, Laura könnte eine davon sein, aber die Eroberungen seines Freundes waren doch ein unglaublich spannender Stoff. Er hatte mit zwei Lehrerinnen und der Tochter des Direktors geschlafen, war ein Wochenende in Hamburg bei den Huren gewesen. Er war mit Mädchen aus dem Ort und Mädchen aus der Schule ins Bett gegangen, und selten hatte ein Verhältnis länger als wenige Tage gehalten. «Aber es war fast immer Liebe», sagte Bo.

Auf die Frage, wie viele Frauen er schon gehabt habe, schloß er die Augen, bewegte tonlos die Lippen und klappte einen Finger nach dem andern aus der Faust. Und immer wenn beide Hände geöffnet waren, kratzte er mit dem Daumennagel einen Strich ins Leder seiner Schultasche.

Kurz vor dem dritten Strich sagte Giovanni: «Hör auf. Ich will's nicht mehr wissen.»

«Und du?» fragte Bo. «Wie ist es mit Laura?»

«Ich erzähl dir nichts, das käme mir gemein vor.»

«Unfair», fand Bo, «aber erwischt hat's dich.»

«Das kannst du singen», sagte Giovanni.

Und Bo sang: «Uuhuunfair ist Burgats Giovanni, er hält seine *sexuellen* Erfahrungen vor seinem allerallerbesten Freunde noch geheim!»

Das Wort «sexuellen» brüllte er doppelt so laut, und da sie gerade im Omnibus saßen, wandten sich ihnen zwölf Köpfe zu.

«Arsch», sagte Giovanni.

«Denn er ist verklemmt», improvisierte Bo weiter und deutete dabei auf ihn. Der Fahrer hielt den Bus an und deutete stumm auf die offene Tür. Das, was Bo da immer inszenierte, sollte später einmal «Selbstbewußtseinstraining» heißen.

ZEHN

Über den Ussuri führten winzig kleine Luftbrücken. Sie waren aus Blei und so schnell, daß nicht mal eine Fliege auf ihnen hätte übersetzen können. Eine Flamme auf dem Wenzelsplatz wurde weltberühmt. Im Wega-Radio sagte Willy Brandt, er werde den Nutzen des deutschen Volkes mehren und Schaden von ihm wenden. Das war nicht mehr Wahnsinn, sondern «toll».

Manchmal, wenn Freddie nach tagelanger Abwesenheit abgekämpft und wie auf platten Reifen nach Hause kam, mußte Giovanni an einen von Ilses Witzen denken. Ein kleiner Kater trifft einen großen, der ihn fragt, ob er das Ficken lernen wolle. Klar, sagt der kleine, was man denn da mache. Du machst mir einfach alles genau nach, sagt der große und geht los. Sie sehen eine Katze und verfolgen sie, bis sie auf einen Baum flüchtet. Dann gehen sie im Kreis um den Baum herum. Stundenlang. Irgendwann sagt der kleine Kater zum großen: Jetzt fick ich noch drei Runden mit, dann geh ich heim.

Freddie war erwachsen geworden.

Und ich, dachte Giovanni manchmal, wann ich? Alles wurde verstreut, zerfiel in Teile und verlor die eindeutige Adresse. Früher hatte es immer ein Hirngespinst zur Zeit gegeben, eine Freundschaft, einen Vater, eine Schule. Nun hatte er ein Oberhirngespinst mit Laura in der Hauptrolle und dazu einige Untergespinste, die teilweise Bos Geschichten ähnelten und teilweise solchen aus Büchern und Filmen. Väter hatte er zwei, seinen eigenen und Paul, und eine Spur von dem ihnen gebührenden Respekt schien auch an Willy Brandt und Herrn Krüger zu gehen. Die Freundschaft teilte sich durch Bo, Ilse, Paul, Freddie und Laura, und selbst das Weinen ohne Augen war nicht mehr nur in einem Lied. Es war zwar noch immer in Suzanne, hatte aber Filialen in «Little Wing», «Fourth Time Around» und «A Salty Dog» eröffnet. Nur die Liebe, das, was er schon von ihr kannte, gehörte ausschließlich zu Laura.

Dieser Frühling kam anders als je einer zuvor, an den sich Giovanni erinnerte. Ein beängstigendes Gewitter schlug den Winter aus der Luft, wusch den Frost aus dem Boden und die Blässe aus der Welt. Am nächsten Tag schien die Sonne, und es war, als hätten Bäume und Büsche über Nacht ausgeschlagen. Die Geräusche klangen heller, das Licht war mild und neu, sogar Arno pfiff beim Frühstück, und der Schulweg roch wie eben frisch geteert.

Es war so warm, daß die Frauen in luftigen Kleidern gingen und die Männer ihre Jacketts über die Schulter warfen. Herr Winkler hatte ein Lächeln ohne den geringsten sardonischen Zug im Gesicht und Frau Lohr die Bluse zwei Knöpfe weit geöffnet.

♡

Giovanni schwänzte den Musikunterricht und fuhr freihändig mit dem Rad zum Wildermuth-Gymnasium. Als Laura aus einem Schwarm von Schülern auf ihn zukam, war der Anblick ihres wehenden Kleides, der fliegenden Haare und das Schlenkern ihrer Mappe wie ein Schubs in seinem Herzen. Ein Schubs von irgendwo.

Sie gingen zur Mauer in der Hoffnung, daß ein Stocherkahn sie mitnähme. Aber der Anlegeplatz war leer. Der Frühling war zu überraschend gekommen. Also fuhren sie in die Weinberge hinter den Kasernen, und Laura saß auf dem Weg dorthin auf dem Gepäckträger seines Rades.

Auf einer Bank im Wäldchen berührte sie ihn wie niemals zuvor, sie umfaßte ihn und bewegte ihre Hand. Er wußte nicht, was er mehr spüren sollte, den Stoff von ihrem Slip an seinem Handrücken, seinen Finger, der endlich in ihr war, oder ihre Hand, die sich, vorsichtig um ihn gelegt, auf und ab bewegte. Aber bald stand die Adresse seines Gefühls wieder fest, als er sich mit einem Stöhnen abwandte, um nicht auf ihr Kleid oder seine Hose zu kommen.

«Das ist schön», sagte sie und kramte ein Taschentuch aus ihrer Mappe. «Der Frühling ist pünktlich.»

«Und du?» fragte er leise. Die Fontäne aus seiner Mitte war ihm peinlich vor ihr.

«Ich noch nicht. Ist schön genug so», sagte sie.

78

♡

Er konnte abends kaum einschlafen. Dies war eine neue Art von Hirngespinst. Ein Hirngespinst ganz ohne Bild, ein Gefühl, das, wenn er die Augen schloß, nicht stärker wurde, weil es stärker wohl nicht ging. Ein Gefühl, ein Geräusch, ein Geruch. Noch eine Spur von diesem Geruch war an seiner Hand, er hatte sie nicht gewaschen seither. So, genau so roch dieses beste aller Hirngespinste, das größte der Gefühle, und so roch auch die schönste aller Frauen. Und der letzte Tag, an dem er fünfzehn war.

♡

Es kratzte an seinem Fenster. Sein Schlaf mußte leicht gewesen sein, denn er fühlte sich hellwach. Seit wann kratzte Freddie, wenn er nachts nach Hause kam? Giovanni war darauf trainiert, Freddies Miauen zu hören, um ihn nachts zu sich ins Bett zu lassen. Es war nicht Freddie.

«Sei leise», flüsterte Laura. «Wenn *deine* Mutter auch noch kommt, geb ich's auf.»

«Bloß nicht», flüsterte er zurück und half ihr beim Einsteigen durchs Fenster, «ich glaub, ich werd verrückt.»

«Nein», sagte sie, schloß das Fenster und zog ihre Jacke aus. Sie stellte sich in den Lichtschein, der auch hier von den Straßenlaternen hereingeworfen wurde, und zog ihren Pullover über den Kopf. Dann öffnete sie den Reißverschluß ihrer Jeans, löste die Schuhbänder, zog die Schuhe von den Füßen und stellte sie leise auf den Boden neben sich. Sie streifte die Jeans von den Hüften, zog das Unterhemd aus, löste den BH, ließ ihn fallen, schob den Slip an die Knie und stieg heraus.

«Du auch», sagte sie.

Er riß sich den Schlafanzug vom Leib und schleuderte Hose und Jacke ins Regal. Dann breitete er die Arme aus, und sie kam auf ihn zu.

«Sei bitte ganz vorsichtig», flüsterte sie, «es tut sicher weh.»

Es wurde schon heller, und man hörte ein paar Vögel zwitschern, als sie sich anzog, «Herzlichen Glückwunsch zum Geburtstag» sagte und so leise, wie sie gekommen war, durchs Fensters stieg und ging.

ELF

Ein Mensch setzte tapsig seinen Fuß auf den Mond, und dreihunderttausend Kilometer entfernt wußte ein sechzehnjähriger Junge genau, was das für ein Gefühl ist. Muammar al Gaddafi war nicht das neue Pseudonym von Cassius Clay. Eine Sache, die man toll fand, nannte man «irre».

An diesem Tag hatte Giovanni versucht, sein Fahrrad zu verschenken, aber zwei kleine Jungs, ein Mädchen und ein Student lehnten ab. Also fuhr er nach der Schule zum Wehr, wuchtete das Rad über die Brüstung und gab es dem an dieser Stelle aufgewühlten Fluß. Schicksal, wenn du mich hörst, dachte er, nimm es nicht als Kleinlichkeit, nimm es als Respekt.

Ilse war von der Schule abgegangen, um eine Lehre bei seinem Vater zu machen. «Ich brauch Kohle», hatte er gesagt, «und keine Mathematik. So gut kann ich schon rechnen.»

Mit Gitte war er nicht mehr zusammen, aber wie Bo hatte er immer eine Freundin. Er wechselte sie nicht so schnell, aber blieb auch nie lange allein. Seine feuerblonden Locken, sein hübsches Gesicht und die Tatsache, daß er immer Haschisch hatte, machten ihn zu einer begehrten Figur in der Szene. Haschisch würde später einmal «Shit» heißen.

Inzwischen machte er Skulpturen. Zahnräder, Puppenteile und Spiegelscherben, mit Gips und Ton vermischt und meistens weiß lackiert, blockierten die Werkstatt seines Vaters, der dafür nichts übrig hatte. Aber wann hatten je Väter etwas für die Kunst ihrer Söhne übrig gehabt? Der Vater malte selber. Nicht nur die Schilder für Weihnachtsmärkte, Werkstätten und Messestände, sondern auch Wandbilder in Lokalen, historische Szenen und Rotwild in der Landschaft. Allesamt Bilder, bei denen man wußte, was sie darstellen sollten. Kein Wunder, daß ihm Ilses Werke nicht gefielen. Er ahnte nicht, daß sein Sohn ihn bewunderte und so sein wollte wie er. Nur eben moderner.

Ilses Vater hielt sich für etwas Besseres und liebte nur die, die das auch taten. Da Ilse sich in dieser Hinsicht nie geäußert hatte, sein Vater also nichts von der Bewunderung wußte, war das ganze ein Mißverständnis. So etwas würde man bald einen Kommunikationsfehler nennen.

Giovanni hielt Distanz zu Bos und Ilses Freundinnen, denn er wußte, sie würden bald wieder ausgetauscht sein. Er beugte den Verlusten vor, indem er sich verschloß. Manche mochte er gern, und es tat ihm weh, wie sie bei zufälligen Begegnungen ihre neuen Freunde fester unterhakten, lauter lachten und den Blick in Bos oder Ilses Richtung vermieden. Und Bos und Ilses sichtbarer Stolz in solchen Augenblicken tat ihm auch weh.

Mit Lauras stetiger Hilfe hatte er den Anschluß an die Klasse wiedergefunden und war in den schwierigen Fächern auf eine haltbare Vier geklettert. Er tat nur so viel, daß es für diese Vier reichte. Außer in Englisch und Deutsch entwickelte er keinen Ehrgeiz. In diesen Fächern zählte er zu den Besten und half Laura, obwohl die ein Jahr weiter war.

Im Akkord, für fünf Pfennig pro Stück, alphabetisierte er inzwischen Karteikarten für ein umfangreiches Lexikon, an dem Paul arbeitete. Dieser Job und Lauras Nachhilfeunterricht erlaubten ihm, die meisten Nachmittage bei ihr zu sein. Natürlich verbrachten sie die Zeit nicht nur mit Lernen und Kartei.

Es war nicht mehr nur ein Geschenk, das Laura ihm machte, auch sie hatte Lust dazu. Die Pille hatte ihre Brüste vergrößert, und obwohl sie manchmal weh taten, trug sie keinen BH und mochte es, wenn Giovanni darauf schielte.

«Lechz, lechz», sagte sie dann, und er machte Stielaugen.

♡

«Votz» stand mit großen schwarzen Lettern an der Wand der Fußgängerunterführung beim Museum. Er fragte sich, was Laura beim Lesen empfände.

Einmal fuhr er mit ihr auf dem Gepäckträger seines neuen Mofas durch und gab vor, ein Kinoplakat neben der Inschrift zu studieren. Aber sie sagte nichts, und er wollte sie nicht fragen. Und doch ging ihm manchmal, wenn er sie berührte, der Gedanke durch den Kopf, ist das jetzt ein Votz oder nicht? Aber er schämte sich dieses Gedankens und versuchte ihn immer, so schnell es ging, zu verdrängen.

♡

Mit dem Mofa war er auf einer seiner Fahrten auch am Schlachthof vorbeigekommen. Von einer erhöhten Stelle an der Straße sah man hinter die Mauer. Es gab eine Halde, auf die der Inhalt der Mägen geschüttet wurde. Grünes, breiiges Zeug, dessen Geruch in Giovannis Nase drang. Zwei Metzger in blutigen Schürzen zerrten ein Kalb zur Tür, das sich, trotz der Prügel und des Seils um seinen Hals, dagegen sträubte. Einer der Metzger sagte: «Es will halt auch nicht sterben.» Er sagte es lachend, in einem freundlichen, fast verständnisvollen Ton, während er unnachgiebig mit einem Stock auf das Kalb einschlug. Giovanni wurde schlecht. Bei der Fahrt nach Hause sah er die Straße nur verschwommen. Da war es wieder, das Lachen. Er sprach mit niemandem darüber, nicht mit Laura und nicht mit Paul, aber er aß kein Kalbfleisch mehr.

ZWÖLF

Es gab eine Konrad-Adenauer-Stiftung, eine Hanns-Seidel-Stiftung, eine Friedrich-Ebert-Stiftung und eine Friedrich-Naumann-Stiftung. Alle diese Stiftungen hatten den Zweck, einer Partei zu nützen. Aber welchen Zweck hatte die Kaufhausbrand-Stiftung? Eine Sache, die man irre fand, nannte man «abgefahren».

Freddie war ein Jäger geworden. Fast jede Nacht kündigte er vor Giovannis Fenster mit einem kehligen Miauen die Anlieferung eines Geschenkes an. Das Geschenk war meistens eine Maus, manchmal auch ein Vogel. Die Vögel waren immer tot, aber die Mäuse konnte Giovanni oft retten. Er zwängte sie dem stolzen Jäger aus den Kiefern, fing sie mit einem Handtuch ein und setzte sie am anderen Ende des Gartens ins Gebüsch. Bei Regen, Schnee und Eis. «Piep», sagten manche noch zum Dank, bevor sie flitzten.

Obwohl ihm Freddie in diesen Momenten grausam erschien, konnte er ihm nicht böse sein. Er kann nichts dafür, dachte er, er ist eine Jagdmaschine, er hat keine Wahl. Man kann nicht Mäuse und Katzen zugleich lieben.

Irgendwann nahmen Freddies Geschenke derart überhand,

daß Giovanni sich entschloß, sie zu ignorieren. Er dachte, für Freddie ist das ein tolles Spiel. Er bringt die Maus, und ich nehm sie ihm ab. Je mehr Mäuse ich ihm abnehme, desto mehr schleppt er an.

Der Trick funktionierte, aber es war eine Tortur. Giovanni hielt sich ein Kissen über den Kopf, um die Schreie der Maus nicht zu hören, die von Freddie gefangen, wieder freigelassen und wieder gefangen wurde. Ich opfere dich, dachte Giovanni, für deine Brüder und Schwestern, bitte verzeih mir. Nach etwa zehn Minuten war es endlich vorbei, und Freddie hörte tatsächlich mit dem Mäusebringspiel auf.

Giovanni schenkte seinen Eltern einen Fernsehapparat. Den hatte Ilse ihm angeboten, wieder für fünfzig Mark. Halbwild, wie er sagte, ein Versicherungsding. «Eine Glotze, ist ja abgefahren», sagte Arno, als er den klobigen Kasten mit der Aufschrift «Grundig» im Wohnzimmer sah.

Die Mutter war begeistert. Der Vater meinte: «Das Fernsehen tötet die Phantasie.»

«Davon wär mir weniger eh lieber», sagte Giovanni, denn er dachte an die Bilder in seinem Kopf, die lachenden Männer vor allem, aber auch das Wort «Votz» und die Qualen des Kalbes und der Maus. Er verwechselte Phantasie mit Erinnerung.

«Na ja, für die Nachrichten», sagte der Vater. Der Vater liebte Nachrichten.

Giovanni durfte in den großen Ferien mit Laura und Paul nach Aix fahren. Paul zeigte ihm Les Baux, die Werkstätten der Keramiker, das Atelier Picassos, den Mont Saint Victoire, und zog Reproduktionen von Cézanne aus der Tasche, wann immer sie mitten in einem der Motive standen. Giovanni fragte viel, und je mehr er verstand, desto mehr gab es zu fragen.

84

Er und Laura schliefen nicht miteinander, wenn Paul im Haus war. Sie warteten, bis er ausgegangen war, oder fuhren mit dem Solex in die Umgebung der Stadt. Paul hatte nichts dergleichen verlangt, aber Laura wollte es so, und Giovanni fand, daß sie recht hatte.

Und dann standen Bo und Ilse im Garten.

«Schau mal, deine beiden Spinnerfreunde», sagte Laura.

Ob sie ein paar Tage im Garten zelten dürften, fragte Bo in seiner kratzfüßigen Art. Giovanni war der Gedanke unangenehm, Paul könnte glauben, das sei hinter seinem Rücken verabredet gewesen.

Das Zelt, das die beiden auf ihre Rucksäcke geschnallt hatten, war erstaunlich groß. Als sie nach drei Tagen wieder aufbrachen, luden sie Laura und Giovanni ein, mitzukommen. Sie wollten ans Meer. Paul versprach, sie beide abzuholen, und fuhr alle vier in seinem Wagen nach Saintes-Maries-de-la-Mer.

Der Zeltplatz, auf dem sie schließlich landeten, war eine Art Hippiekolonie. Schnell war Giovanni mit seiner Gitarre und dem mittlerweile umfangreichen Repertoire in verschiedene spontan gegründete Bands aufgenommen. Bo rezitierte Gedichte, und Ilse trug mit seinem Geschick im «Tütendrehen», wie er es nannte, zum Gelingen der Abende an wechselnden Lagerfeuern bei. Und vor allem mit dem Inhalt der Tüten.

Giovanni rauchte niemals mit. Ein Instinkt oder Vorurteil gab ihm ein, daß diese Droge nichts für ihn sei. Dann schon lieber Wein.

«Don't burgat that joint, my friend, pass it over to me», sang Ilse jedesmal, wenn Giovanni das Ding weitergab, bis ihn Bo darauf hinwies, daß ein Spruch durch ständiges Wiederholen nicht besser wird.

85

Laura verstand sich gut mit den beiden. Es störte sie weder, daß jeden Abend andere Mädchen in ihren Armen schnurrten, noch daß Ilse meist grinsend herumsaß und, wenn das Grinsen nachzulassen drohte, den nächsten Joint drehte.

Tagsüber schwammen sie, lasen Bücher, alberten herum oder dösten in der Sonne, und nachts gingen sie von Feuer zu Feuer, sangen, tranken, rauchten, und Ilse und Bo wurden immer erst eine Stunde später müde als Laura und Giovanni.

Einmal nahm Laura unter Ilses Anleitung tiefe Züge von seinem Joint. Ihr wurde schlecht, und Giovanni mußte sie zum Zelt tragen. Sie war kreideweiß, weinte und bat ihn, sie nie wieder mitrauchen zu lassen.

«Es fühlt sich an, so wie es heißt», sagte sie. «Scheiße.»

Bo, Ilse und Giovanni verwöhnten Laura so, daß sie sich fühlen mußte wie eine Prinzessin mit drei Rittern. Ilse, wenn er mal nicht bedröhnt war, schwamm mit ihr um die Klippen – sie schwammen beide wie Fische –, und Bo las ihr jeden Wunsch von den Augen ab. Giovanni sowieso. Jedes Mädchen ließen die beiden stehen, wenn Laura einen Vorschlag machte, der nicht für sechs Personen taugte.

Viele badeten nackt, und Laura sehnte sich nach ihrem einteiligen Badeanzug, denn die Blicke der Nackten waren verächtlich auf alle gerichtet, die nicht wenigstens ihre Brüste zeigten.

«Die gehören mir», sagte sie, «die laß ich mir nicht flachglotzen.»

«Und mir», fügte Giovanni hinzu.

«Und dir.»

Und auf einmal wollte sie zurück nach Aix. Beim Frühstück flüsterte sie in Giovannis Ohr, sie werde ihren Vater anrufen.

«Aber wieso?»

«Kannst ja bleiben, ich gehe.»

Trotz des Flüsterns klang sie wütend, und Giovanni folgte ihr, als sie aufstand, um zum Telefon zu gehen.

«Ich will nicht bleiben», sagte er, als er sie fast eingeholt hatte.

«Um so besser.» Sie drehte sich nicht um.

Sie packten ihre Sachen und gingen zum Hafen. Weder Bo noch Ilse waren beim Zelt gewesen, als sie vom Telefon zurückkamen. Also legten sie einen Zettel auf den Boden und verschwanden.

«Was, glaubst du, würde Bo für dich tun?» fragte Laura auf dem Weg.

«Alles, glaub ich», sagte Giovanni, «er ist mein bester Freund.»

«Eines jedenfalls nicht», Lauras Tonfall war sarkastisch. «Nämlich die Finger von mir lassen.»

Giovanni erstarrte. «Er hat...?»

«Er hat», sagte Laura und zog ihn weiter, «zumindest wollen.»

So ein Arschloch, ging es Giovanni durch den Kopf, so ein gemeines, hinterhältiges Arschloch. Er hatte nie mit ihm darüber geredet, hatte angenommen, Bo wisse, daß Laura nicht zu seinem jagdbaren Wild gehörte.

«So ein Arschloch», sagte er.

«Ich hab gedacht, das bist du, und erst als ich wach genug war, fiel mir auf, daß deine Hand von der anderen Seite kommen müßte. Er hat so getan, als schliefe er. Ich hab ihn so angezischt, daß er's gelassen hat, aber ich wäre am liebsten nicht mehr eingeschlafen danach.»

Das hat etwas von einem saublöden Western, dachte Giovanni, aber es tat ihm weh, und er wußte nicht, wohin mit diesem nagenden Gefühl.

♡

87

Nach den Ferien ließ Bo sich wochenlang nicht blicken. Dann kam er mit einem riesigen Blumenstrauß zu Laura und sagte: «Es tut mir leid.»

Giovanni, der einige Stunden später mit ihm sprach und Bos Entschuldigung annahm, hatte das beklemmende Gefühl, Laura zu verschachern. Dieses «Gespräch unter Männern» kam ihm so falsch und gemein vor – was hatten denn er und Bo um Laura zu würfeln? –, daß er irgendwann sagte, das alles gehe ihn nichts an, sei Lauras und Bos Sache. Ihm tue es nur weh.

«Mich hat der Teufel geritten», sagte Bo.

«Der geht mich auch nichts an», sagte Giovanni, «falsche Staatsbürgerschaft.»

DREIZEHN

Die Italiener waren keine Gastarbeiter mehr, sondern Pizzeriabesitzer. Man bekam einen kostenlosen Sambuca, wenn man die Pizzeria betrat. Die Gastarbeiter waren jetzt Jugoslawen. Unter den Rockstars hatte sich «Zuviel von allem» als beliebteste Todesursache durchgesetzt. Es rangierte um Längen vor «Flugzeugabsturz» und «Autounfall».

Eine lokale Literaturzeitschrift druckte eines von Giovannis Gedichten. Aber es war nicht wie in den amerikanischen Romanen, wo so etwas den Beginn einer großen Schriftstellerkarriere markiert. Es interessierte einfach niemanden. Das Gedicht handelte von einem, der einen Fremden sterben sieht und erst, als er tot ist, merkt, daß er selber dieser Mann war. Als Giovanni es gedruckt sah, gefiel es ihm schon nicht mehr halb so gut. Das Beste daran war, daß «Giovanni Burgat» darunterstand. Trotzdem zeigte er es Paul und natürlich Laura. Sonst niemandem.

«Wenn du reimst», sagte Paul, «dann solltest du sauber reimen. Ich auf nicht, das ist nix. Laß lieber die Reime weg, wenn du keine schönen findest.»

Giovanni wollte schon enttäuscht sein, denn so schlecht war sein Gedicht doch auch wieder nicht, da sagte Paul noch: «Aber raffiniert ist es, außer den Reimen find ich's toll. Du solltest mehr davon schreiben.»

Giovanni kaufte ein Reimlexikon.

♡

Ilse stellte wieder auf dem Weihnachtsmarkt aus. Diesmal hatte er Standgebühr bezahlt und einen langen Tapeziertisch mit achtzehn seiner rätselhaften Skulpturen bestückt. Die Bezeichnung «rätselhaft» stammte von Giovanni, der sich damit vor einer herberen Stellungnahme gedrückt hatte.

«Soll ich dir verkaufen helfen?» hatte Bo gefragt.

«Bitte nicht», lautete Ilses Antwort.

Und von Verkaufen konnte auch nicht die Rede sein, obwohl die Preise, wie Ilse sagte, zivil waren.

♡

Laura, Bo und Giovanni bekamen jeder eine Skulptur zu Weihnachten geschenkt, die restlichen beerdigte Ilse in einer feierlichen Zeremonie mit Plattenspieler, Zaubermantel und Joint.

«Ihr seid Frühgeburten, ihr schafft es nicht durchs Leben», rief er seinen Werken in das Loch, das er für sie gegraben hatte, hinterher.

♡

Die Veröffentlichung des Gedichts hatte den Redakteur der Schülerzeitung ‹Cumulus› auf Giovanni aufmerksam gemacht.

Der Redakteur war eine Klasse unter ihm und bat ihn mitzuarbeiten. Giovanni, der sich wegen der schwachen Reime genierte, war die Ehrerbietung, die ihm der Jüngere entgegenbrachte, unangenehm. Aber er versprach, eine Aufführung, in der Bo spielte, zu besprechen.

Ein tückisch imposanter König starb spuckend und Giftpfeile schleudernd am Mittwoch in der Aula des Kepler-Gymnasiums, schrieb Giovanni. Talentiert und fast routiniert spielte der siebzehnjährige Bo Pletsky seine Mitschüler und vor allem die Regie an die Wand… Den Tonfall hatte er von der Kulturseite der Tageszeitung abgeschaut. Bo war begeistert, und sein stolzer Vater schenkte Giovanni eine Flasche Napoleon-Cognac.

VIERZEHN

In Erfurt riefen die Bürger «Willy, Willy» und meinten nicht Willy Stoph damit. Die Namen Baader und Meinhof hatten einen ganz ähnlichen Klang wie Starsky und Hutch. Oder Robin und Hood. Oder Sacco und Vanzetti, Bonnie und Clyde, Sjöwall und Wahlöö oder Sartre und Beauvoir.

Kostenlos Filme im Museum anzusehen war nicht mehr möglich, seit Ilse dort mit einem Mädchen «Decamerone» von Pasolini synchron nachgespielt hatte. Plötzlich fanden sie sich, vom Hausmeister gepackt und unter Beschimpfungen nach draußen geschubst, auf der Straße wieder, wo sie nur kurze Zeit warten mußten, bis ihre restlichen Kleider hinterhergeflogen kamen. Seither war die Tür mit Klingel und Sprechanlage versehen und ging nur noch von innen auf. Das war Ilses Beitrag zur Steigerung der Lebenshaltungskosten.

Für Giovanni war es kein großer Verlust, denn Laura war ohnehin nie mitgekommen. «Man klaut nicht ohne Not», hatte sie gesagt, und Giovanni hatte sie nie mehr gefragt.

♡

Bo spielte inzwischen als Statist beim Theater mit. Seine Gesten wurden größer und seine Vokale majestätisch. Und er spuckte immer mehr beim Sprechen. Das alles machte er den Schauspielern nach, die er aus der Kulisse studierte. Der Nimbus des Theaters verschaffte ihm Zutritt zu den besseren Kreisen. Er ging in einen Tanzkurs und hatte plötzlich nur noch Freundinnen, deren Väter entweder reich, respektabel oder beides zugleich waren.

Zweimal wurde Giovanni von ihm zu Parties in große, dunkle Häuser mit Gärten voller Bäume am Hang geschleppt, fühlte sich aber dort so unwohl, daß er bald wieder ging. Es lag nicht an den Häusern. Die Häuser waren schön. Die Teppiche und Bilder, Pools und Bibliotheken, die Höflichkeit der Eltern und ein leichter, fröhlicher Umgangston gefielen Giovanni sehr. Was ihm nicht gefiel, war Bos unterwürfiges Gediene, mit dem er ein Klassenbewußtsein demonstrierte, das hier weder angebracht noch seiner würdig war. Giovanni genierte sich für Bo.

Einmal küßte Bo Lauras Hand, und sie sagte: «Ach schau mal, eine Leiche auf Urlaub.»

Bo aber schien so stolz auf diese Bekanntschaften, seine neuen Manieren und diese große, verheißungsvolle Welt, daß Giovanni nicht den Mut fand, ihm zu sagen, er mache sich zu klein. So hielt er sich einfach entfernt oder schaute beiseite, wenn höhere Töchter im Spiel waren.

Vielleicht am meisten daran störte ihn, daß Laura auch eine höhere Tochter war. Noch war ihm das Glänzen in den Augen seiner Mutter in Erinnerung, als sie sagte «Lauras Vater ist

Professor», und Bos krumme Haltung in Aix-en-Provence. Das Schlimmste daran war, daß Laura überhaupt in eine Schublade passen sollte. Er, der sie niemals kategorisieren würde, mußte nun mitansehen, wie andere, Bo zum Beispiel, sie unter der Überschrift «Höhere Tochter» ablegten.

♡

Im Sommer sollte sie für ein Jahr nach Amerika gehen. Nach Seattle zu Freunden ihres Vaters. Sie freute sich darauf, sagte aber zu Giovanni: «Ich vermisse dich jetzt schon.»

Er hatte Angst davor, ein ganzes Jahr lang ohne sie zu sein, so große Angst, daß er sich nicht einmal vorstellen konnte, wie das wäre. Aber der Zeitpunkt rückte näher, und man konnte nicht nach Seattle trampen. Irgendwann fing er an, ihr übelzunehmen, daß sie gehen wollte, daß sie sich freute und daß sie tat, als wäre das ganz normal. Aber er wußte, auch er würde gehen, wenn er könnte, und stellte fest, daß Gehendürfen so anders ist als Bleibenmüssen.

♡

Pauls Lexikon war fertig alphabetisiert, und Giovanni gab inzwischen Gitarrenunterricht. Er bekam zehn Mark für die Stunde und verdiente so viel Geld wie nie zuvor. Sechs Schüler pro Woche hatte sein Vater erlaubt, aber er hätte leicht doppelt so viele unterrichten können. Jeder wollte «House of the Rising Sun» spielen können, und jedem brachte Giovanni es bei.

♡

Und dann stand Laura vor der Schule und sagte: «Ich muß mit dir reden.»

Sie fuhren auf seinem Mofa in den Wald. Als sie vom Gepäckträger stieg, weinte sie.

«Ich hatte sozusagen etwas mit deinem Spinnerfreund Bo», sagte sie und setzte sich auf die Bank.

Etwas drückte in Giovannis Zwerchfell, als solle ihm die Luft herausgepreßt werden. Er sagte nichts und setzte sich neben sie.

«Ich war bei Evi, und er war auch da, anscheinend geht er gerade mit ihr», sagte Laura. «Wir haben viel getrunken, und ich war einverstanden, daß er mich nach Hause begleitet...»

«Hör auf», hörte Giovanni sich sagen, «ich will es nicht wissen.»

«Aber du *mußt* es wissen. Es ist nicht so, wie du denkst.»

«Ich denke gar nicht», sagte Giovanni und stand auf. «Ich fahr dich nach Hause.»

«Ich geh lieber.»

Diesmal verschwamm ihm der Weg nicht vor den Augen, nur dieser Druck auf dem Zwerchfell blieb. Natürlich war klar, daß man einander nicht besitzt, daß der andere kein Objekt ist und die Freiheit oberstes Gesetz. Das alles hatte sich bis zu Giovanni herumgesprochen. Nicht herumgesprochen aber hatten sich Vorschläge, wie es auszuhalten sei, daß ein anderer solche Geheimnisse mit der Geliebten teilt, daß fortan aus jedem Blick von ihr, aus jedem Wort und ihrem Schoß ein Gespenst hervorgrinsen würde. Hase und Igel. Giovanni der dumme Hase und Bo die beiden Igel. Wäre er wenigstens ein Fremder, ohne Gesicht für mich, dachte Giovanni, einer, bei dem ich mir nicht so gut vorstellen kann, wie er es tut.

Und Laura? Die stolze, kluge Laura, die immer so genau weiß, was sie will, was macht sie mit einem Serienficker, bei dem es auf die Summe ankommt, was hat sie zu tun mit einem, der die Frauen als Zielscheiben benutzt, was will sie von einem, der schon in jedem Astloch der Umgebung, in jedem tieferen Aschenbecher und jeder weggeworfenen Coladose war?

Er warf sich in sein Bett und drückte ein Kissen über seinen Kopf, aber keine Dunkelheit und schon gar nicht Ruhe konnte das Rasen der Gedanken bremsen.

Freddies Pfote stöberte ihn in seinem Versteck auf, und traurig ließ er sich die nasse Nase von ihm lecken. Und der

Rhythmus von Freddies schnurrenden Atemzügen schließlich schaffte es auch, daß seine Gedanken langsamere und weitere Kreise zu ziehen begannen und der Druck von seinem Zwerchfell wich.

♡

Den nächsten Tag verbrachte er mit Fieber im Bett, getröstet von Freddie, der nur selten und nie lange das Zimmer verließ. Am Morgen darauf gab ihm seine Mutter einen Brief.

Wer nicht hören will, muß lesen, stand da. Es tut mir leid. Ich fühle mich scheußlich und Dir gegenüber hundsgemein. Giovanni, ich liebe Dich und würde einen Finger dafür opfern, es rückgängig zu machen. Oder eine Zehe. Nase, Auge oder Ohr biete ich Dir extra nicht an, weil ich mir nicht sicher bin, ob Du mich noch haben willst, wenn ich auch noch aussehe wie ein Monster. Du liebst mich doch, oder? Falls Du es selber nicht entscheiden kannst, frag Freddie. Er kennt Dich. Er hat mir in Aix von Dir erzählt.

Jedenfalls, hier kommt die Geschichte: Mir war schlecht, ich mußte sogar kotzen, und Bo half mir so lieb, daß ich ihm dankbar war. Zu Hause, bei mir, machte er Kaffee und beruhigte meinen Vater, der auf dem Sprung zu seiner Freundin war. Ja, Du hast richtig gelesen, er hat eine Freundin. Sie ist grade vier Jahre älter als ich, und ich fürchte, ich kann sie nicht leiden. Das hat insofern was mit der Geschichte zu tun, als ich auf einmal sehr traurig wurde und mich allein fühlte und Deinen Spinnerfreund Bo einlud, hier zu schlafen. Ich hatte auch Angst, es könnte mir noch mal so schlecht werden wie vorher. Kurz und gut, irgendwann in der Nacht wachte ich auf und war mittendrin mit ihm. Keine Ahnung, wie es dazu kam. Ich dachte an Dich und dachte, du tust ihm weh, das ist es nicht wert, du hast es nicht einmal gewollt, läßt es nur passieren. Aber dann dachte ich auch, Bo liebt Giovanni, Giovanni liebt Bo, Giovanni liebt Laura, und Laura macht's gerade mit Bo, ist das denn so schlimm? Und vor lauter Denken war es auch schon vorbei. Ich habe sozusagen nichts davon mitgekriegt.

Liebster Giovanni, ich weiß, das tut Dir weh. Daß ich das alles aber hinschreibe, liegt daran, daß ich glaube, echte Bilder gehen weg, sie sind überwindbar, Du kannst Dich davon erholen. Gegen Bilder, die Du Dir selber machst, habe ich niemals eine Chance. Soviel ich weiß, schämt sich Bo vor Dir, ich jedenfalls schäme mich, denn das Ganze war nicht wert, Dir weh zu tun. Bitte verzeih mir, sobald Du kannst.

Die Schrift wackelte vor Giovannis Augen, weil Freddie sein Köpfchen an den Blättern rieb. Er schmuste mit dem Brief.

Zuerst taten die genaueren Bilder, die er jetzt vor Augen hatte, mehr weh, denn sie boten weniger Fluchtwege und Änderungsmöglichkeiten als die selbstgemachten. Bo turnt auf Laura herum, während sie langsam erwacht. Eine Wut auf Bos Kleinlichkeit, diesen Geiz, mit dem er sich stahl, was er nicht freiwillig bekam, stieg Giovanni in die Kehle und ließ ihn die Faust so heftig gegen die Wand schlagen, daß Freddie erschrocken aus dem Zimmer flitzte.

Aber gleichzeitig lagen in den Sätzen «Ich liebe Dich» und «Verzeih mir, sobald Du *kannst*» ein Glück, ein Trost und eine Sicherheit, die so etwas wie ein Ausatmen, ein Lösen von Giovannis innerer Verknotung bewirkten. Zuerst hatte er den humorigen Ton ihres Briefes als Spott gelesen, aber je weiter er kam, desto mehr erwuchs aus diesem Tonfall das Gefühl ‹Laura ist treu, Laura liebt mich, Laura will mich und nicht Bo›.

«Bo Pletsky ist ein *Arschloch*!» schrie er laut und fügte leiser hinzu: «Aber das ist nicht neu.»

«*Was* sagst du?» kam die Stimme seiner Mutter von oben, und er antwortete: «Ich will noch Kaffee, wenn's noch welchen gibt. Aber laß, ich hol ihn selber.»

Einen Tag später ging das Fieber zurück, und Giovanni nahm Block und Kugelschreiber mit ins Bett. Er wollte die Geschichte aus Bos Perspektive aufschreiben. Daß das ein Fehler war, merkte er schon nach den ersten Sätzen, denn die relative Ordnung in den Bildern wich sofort wieder einer Reihe von Möglichkeiten. Wie hatte Bo sich angeschlichen, wo hatte er geschlafen, hatte er die Decke von Lauras Körper gezogen, hatte er ihr Nachthemd oder was auch immer sie getragen haben mochte, hoch- oder heruntergezogen, hatte er ihre Brüste geküßt, hatte er den Geruch an ihrem Hals, in ihren Achseln und ihrem Schoß gerochen, hatte er ihre Beine auseinandergeschoben, hatte sie sich schon im Schlaf, erst wach oder gar nicht seinen Stößen angepaßt, hatte sie gestöhnt, sich gewehrt oder an ihn geschmiegt, hatte er sich gewaschen oder mit den Resten irgendeiner Evi Lauras heilige Haut berührt?

Giovanni zerknüllte die Seite. Am liebsten hätte er sich den Kopf abgeschnitten.

Am Abend versuchte er es wieder und schrieb vier Seiten voll. Er wählte aus den vielen Möglichkeiten wenige aus, schrieb die Geschichte einer gestohlenen Gnade, die Geschichte eines jungen Mannes, der das Aufblitzen echter Liebe nach einer langen Reihe von Bettbekanntschaften spürt, der mit diesem Aufblitzen nichts anfangen kann und den die erwiesene Gnade so beschämt, daß er die Liebe zerschlagen glaubt. Ist sicher Kitsch, dachte Giovanni, aber tut mir gut.

Es tat ihm wirklich gut. Ob er die Bilder nur nacherzählt hatte oder sich fortan einbilden konnte, er habe sie selbst erschaffen, auf irgendeine Weise schienen sie jetzt sortiert, folgerichtig und erträglicher als vorher.

Die Dinge ändern sich durch einfaches Beschreiben, dachte er, sie gehen über in mein Eigentum. Und irgend etwas daran war aufregend selbstverständlich.

Bo Pletsky ist ein Arschloch, dachte er vor dem Einschlafen, aber eines, das mir leid tut. Und er hatte dabei das Gefühl, sich selber zu belügen, und zugleich das Gefühl eines Rechtes darauf. Dieser Vorgang sollte später «Mit etwas klarkommen» heißen.

♡

Natürlich war nichts klar, aber es war wie mit dem Tod. Man versteht es nicht, man glaubt es nicht, man akzeptiert es nicht und gewöhnt sich dennoch irgendwann. Giovanni gewöhnte sich daran, daß Bo und Laura immer wieder einmal unerwartet in seiner Seele miteinander schliefen.

Nachdem er zwei Tage lang über die Wiesen gegangen war, von Freddie begleitet, der ihn mit großen Sprüngen überholte und an jeder Wegbiegung wartete, rief er Laura an und sagte: «Ich bin wieder gesund.»

In ihrem Zimmer fielen sie einander in die Arme, als sei Giovanni von weither zurückgekommen. Und so war es ja auch. Einige Tage später schliefen sie auch wieder miteinander, und zuerst war es, als müsse Giovanni eine Wand durchdringen, aber mehr und mehr kehrte die Vertrautheit ihrer Körper zurück und fühlte sich neu und wieder wie ein Rätsel an.

Es schien, als sei Laura leidenschaftlicher geworden, als habe sie mehr davon, wolle mehr und hole sich das freier und mutiger von ihm. Der Gedanke, dies könnte Bos Verdienst sein, Bo könnte sie irgendwie aufgeweckt oder angezündet haben, war ein Schrecken und ein Schmerz wie zwei Wochen zuvor. Aber auch dieser Gedanke ließ sich umbauen, und Giovanni erklärte sich das Neue, das andere, die Leidenschaft aus der Entfernung, die zwischen ihnen bestanden hatte. Er gönnte Bo nicht die Ehre, etwas für Laura getan zu haben, und ersparte sich damit selbst die Schande, seinem Freund so unterlegen zu sein. Und fand sich selber lächerlich, als er erkannte, was er tat.

♡

Und wieder war Bo wie vom Erdboden verschluckt. Giovanni suchte nicht nach ihm, vermied es auch, Ilse zu treffen, und verbrachte so viel Zeit wie möglich mit Laura. Der Termin ihrer Abreise rückte näher. Die Zeit war kostbar geworden. Sie machte schon die ersten Prüfungen fürs Abitur, und Giovanni richtete sich nach ihr, war da, wenn sie ihn haben wollte, und wartete geduldig, wenn sie lernte.

«Ein ganzes Jahr ohne unsere Liebste», sagte Paul, als das Flugzeug in den mittäglichen Himmel verschwand. «Das wird hart.»

Giovanni wußte nicht, wie ihm zumute war. Da war auch etwas wie Erleichterung in seiner Traurigkeit, und er verstand dieses Gefühl nicht. Erleichterung darüber, daß Bos lange Finger nicht bis Amerika reichten? Es wurde vom Fragen nicht klarer, und er beschloß zu warten, bis er es verstehen würde.

«Leben wir halt eine Weile von Luftpost und Liebe», sagte er und knuffte Paul auf die klimpernde Jackentasche.

FÜNFZEHN

War da eine Ausbuchtung auf dem Sarg de Gaulles zu sehen, oder trug irgendein General die Nase in einem Extrafutteral über die Champs-Élysées? Das Frauenmünster in Zürich bekam atheistische Fenster. Eine Sache, die man abgefahren fand, nannte man «far out».

«Schlag mir doch die Fresse mit 'nem Eisenhammer ein, aber sei so gut, vergesse und versuch mir zu verzeihn», brüllte es aus einem Maisfeld über dem Haus. «Giovanni, komm raus, ich stelle mich deiner Gnade, ich beuge mich der Gerechtigkeit des einzigen, der mein Freund zu sein das Pech und ich die Ehre habe … äh … hat!»

Bo war wieder da.

«Halt die Raffel, du Arschloch!», schrie Giovanni aus dem Wohnzimmerfenster. Er war vom Mittagessen aufgestanden und fühlte die erstaunten Blicke seiner Eltern im Rücken, als er hinausging. Bo lag auf dem Rücken im Feld und riß sich theatralisch das Hemd auf, als er Giovanni vor sich stehen sah.

«Todesstoß», sagte er mit weher Stimme.

«Du hast noch nicht mal mehr ein schlechtes Gewissen.» Giovanni konnte ein Lächeln nicht unterdrücken, als er sah, wie Bo sich im Dreck wälzte.

Gar nicht mehr weh und sterbenswund klang Bos Stimme, als er jetzt antwortete: «Es hieß doch seinerzeit, das ginge dich nichts an?»

Hätte Giovanni etwas darauf zu sagen gewußt, es wäre ihm augenblicklich im Hals steckengeblieben, denn im Aufstehen riß Bo sich eine Perücke, die seinen Haaren zum Verwechseln ähnelte, vom Kopf und stand mit glattrasiertem Schädel vor seinem Freund.

«Hier», sagte er und hielt Giovanni den toten Schopf vor die Brust, «meine Buße.»

«Bäh», sagte der, «die eklige Glatzennummer ist doch schon mal gelaufen.»

Er nahm Bo mit hinunter, bat ihn aber, die Haare wieder aufzusetzen, holte einen Teller aus der Küche und legte Bohnen und Kartoffeln darauf. Dann gab er ihm den Rest seines Stückchens Fleisch und sagte: «Mahlzeit.»

Giovannis Vater, der Bo gern hatte, obwohl auch er der Ansicht war, die beiden verführten einander zu allerhand Blödsinn, fragte: «Seit wann herrscht denn bei euch beiden so ein Umgangston?»

«Das kann ich unmöglich erklären», sagte Giovanni.

Bo schwieg und tupfte sich geziert die Mundwinkel mit der Serviette ab.

Später gingen sie zusammen in die Stadt und ließen sich von einem Stocherkahn voller Mädchen mitnehmen. Bo grüßte Passanten am Ufer, indem er artig die Perücke lüpfte. Das brachte ihm großen Beifall und neugierige Fragen der Studentinnen ein.

«Eine Ehrensache», sagte er nur großspurig, aber Giovanni, der glücklich war wie schon lange nicht mehr, fügte hinzu: «Sühne für ein Fickvergehen.»

Vier der Mädchen versteinerten empört, aber zwei schienen wider Willen lachen zu müssen. Jedenfalls glucksten sie und stierten angestrengt aufs Wasser. Sie hießen Gundi und Margaux.

Ein Satz aus Lauras Brief, den Giovanni wieder und wieder gelesen hatte, fiel ihm ein. Bo liebt Giovanni, Giovanni liebt Bo, Giovanni liebt Laura, und Laura macht's mit Bo, ist das denn so schlimm? Nein, es ist nicht so schlimm, dachte er, Hauptsache, Bo liebt Giovanni und Giovanni liebt Bo. Und wenn es grad geschliffen kommt, auch Gundi und Margaux.

Der Sommer war in Farbe. Alles war in Farbe, denn Giovanni schrieb Geschichten. Er notierte Beschreibungen, hielt Personen, Orte und Ereignisse fest, und obgleich die wenigsten dieser Skizzen ihm nach dem Hinschreiben noch etwas sagten, waren seine Augen doch immer auf der Suche. Diese Suche erlaubte keine schwarzweißen Randgebiete mehr.

Gundi und Margaux spendierten zwei Mensakarten, und nach dem Essen fuhren sie in Gundis Ente zu einem abgelegenen Baggersee. Die Zeit bis zur Dämmerung vertrieben sie sich mit spitzen Bemerkungen, und als endlich alle anderen gegangen waren, zogen sich die beiden Mädchen aus.

«Schwimmzwang», sagte Gundi und streifte sich mit einer Gebärde, die frech und schüchtern zugleich aussah, Jeans und Slip in einem Zug von den Hüften. Margaux hatte schon Bo an der Hand genommen und zerrte ihn, angezogen, wie er war, zum Wasser. «Allons», sagte sie nackt und bestimmt, «nager!»

«Halt, halt», schrie Bo und schüttelte sie ab, um sich auszuziehen.

«Kannst *du* glotzen», sagte Gundi zu Giovanni, der sich nicht entscheiden konnte, welchen der beiden Mädchenkörper er betrachten sollte. Auch er zog sich aus, während die anderen schon platschend, lachend und um sich spritzend ins Wasser stürmten.

Mit einem kaum von Schüchternheit und dem Gedanken an Laura beeinträchtigten Hochgefühl stürzte er sich den drei lachenden Gesichtern entgegen. Es ist das Leben, dachte er, das richtige Leben, und ich bin mittendrin.

Eines der Mädchen küßte ihn, und er konnte in der Dämmerung nicht ausmachen, ob es Gundi war oder Margaux. Erst als das Mädchen «Hoppla» sagte, während es ihm zart, aber entschieden zwischen die Beine griff, erkannte er Gundi. Sie schwamm weg von ihm, und den nächsten Kuß, begleitet von einem fliegenden Abtasten seiner Brust und seines Bauches, bekam er von Margaux.

«Ouch, tu es pas Bo», sagte sie, nachdem er seine Hand über ihre Brüste streichen lassen und das Glatte, Weiche und Runde zwischen den Schwimmzügen erfühlt hatte.

«Aber *du* bist schön», antwortete er.

«Aber nein», lachte sie, «ich meinte nicht schön, ich meinte, du bist nicht dein Freund.»

«Doch, gelegentlich schon», sagte er.

Sie lachte und spritzte ihm Wasser ins Gesicht.

Naßgespritzt zu werden, hatte er noch nie gemocht, also schwamm er in schnellen Zügen ans Ufer zurück. Das hatte den

Vorteil, daß er sich, bevor die anderen nachkamen, ein Handtuch um die Hüften legen konnte. Er mußte es kunstvoll bauschen, damit die Erhebung nicht so auffiel. Zum Glück war es schon ziemlich dunkel.

«Aber bleibt in Rufweite», sagte Gundi, als die drei aus dem Wasser stiegen. Margaux und Bo setzten sich zwanzig Meter entfernt ins Gras, wo Giovanni sie gerade noch als schwarze Silhouetten erkennen konnte. Gundi kam zu ihm, zupfte das Handtuch von seiner Hüfte und breitete es aus, direkt neben ihrem eigenen. «Komm», sagte sie, legte sich auf den Rücken und öffnete die Beine. Er wollte sich gerade auf sie legen, da nahm sie ihn an den Schultern und drehte ihn herum. Schon lagen sie neben den Handtüchern, und das Gras juckte in seinem Rücken. Sie ist mir fremd, dachte er, ganz fremd, während sie etwas zu fest an ihm zog und rieb. Aber das Gefühl, von diesem ganz fremden Mädchen mit seinem ganz fremden Geruch, seinen ganz fremden Bewegungen, geküßt, gestreichelt, erforscht und schließlich in sich aufgenommen zu werden, war so überraschend schön, daß er fast im Zweifel war, ob er sich dies alles nicht nur ausdachte. Schnell, viel schneller, als ihm so etwas möglich erschien, hüpfte sie bald auf und ab. Sie reitet mich, dachte er und versuchte, an ihre Brüste zu fassen. Im einen Moment schien ihm ihrer beider Zentrum, er in ihrem Schoß, der Mittelpunkt der Szene zu sein, und im nächsten Augenblick hörte er Margaux spitze Schreie, Kiekser und schnaubende Geräusche ausstoßen. Es war wie ein Hall und ein weiter Blick von oben. Als flöge er über das Geschehen hinweg, mit den beiden Paaren am Ufer durch Nervenstränge verbunden, schien ihm die jetzt sich anbahnende Lust die Lust aller vier zu sein, die er alleine spürte.

Und auf einmal warf sich Gundi herum, wobei sie ihn so fest hielt, daß er, als er plötzlich oben lag, noch immer in ihr steckte. Er war überrascht und enttäuscht, ihre tanzende Silhouette nicht mehr über sich zu haben, und brauchte einige Zeit, seine

Lust wiederzufinden. Jetzt hatte sie ihn am Hintern gefaßt und hieb ihn in sich hinein. Es schien bei ihr zu kommen, das merkte er daran, daß er selber alle Lust einbüßte, Angst vor Seitenstechen bekam und sich ganz in den Dienst ihres Rhythmus zu stellen bemühte. Tatsächlich warf sie nun den Kopf hin und her, fuhr mit ihren Fingern kreuz und quer über seinen Rücken und schüttelte ihren Unterleib, als leere sie ihn aus.

Giovanni, der eben noch ein fast unbeteiligter Beobachter seines eigenen Anteils am Geschehen gewesen war, wurde von diesem Triumph mitgerissen und fühlte sich übergehen in die Reste ihres ausklingenden Refrains.

Daß dies, der Zenit an der Wölbung jeder Lust, ein einziger Refrain, der Refrain eines einzigen Liedes sei, eines Liedes, das die ganze Welt nie zu singen aufhört, das glaubte er in diesem Augenblick zu spüren. Als Teil einer einzigen, dauernd vollzogenen Handlung aller fühlte er sich, war verbunden nicht nur mit Bo und Margaux, nicht nur mit Büchern und Filmen, sondern mit allem, was lebte, mit jedem Beteiligten des großen Hin und Her.

«Der Gong, der die ganze Welt zum Mittagessen ruft» – diese Zeile fiel ihm ein, und er nahm sich vor, sie nicht zu vergessen. Er schrieb sie an irgendeine Wand seines Gehirns.

Von nebenan, wo seit einiger Zeit Stille geherrscht hatte, schlurften jetzt Schritte durchs Gras.

«Tiens», sagte Margaux und steckte zuerst ihm, dann Gundi eine schon angezündete Zigarette in den Mund. Nackt wie sie war setzte sie sich im Schneidersitz ins Gras und kümmerte sich nicht darum, daß Giovanni, trotz der Dunkelheit, mitten in sie hineinsehen konnte. Da war nur ein heller Fleck im Schatten ihres Schoßes, und noch war Giovanni zu keiner erneuten Begehrlichkeit fähig, aber er legte sich doch so mit dem Kopf auf Gundis Schenkel, daß dieser Fleck aus seinem Blickfeld rückte.

Das ganze Erlebnis, zwei Frauen, freche fremde Frauen, die einfach ihr Vergnügen miteinander und mit Bo und ihm teilten,

103

die einfach nackt herumsaßen, helle Flecke zeigten und scham-
los nach Liebe rochen, das schien ihm so unglaublich, daß er sich
vornahm, nichts falsch zu machen. Schon gingen ihm Gedanken
durch den Kopf wie: Was sag ich jetzt, wie tu ich so, als wäre das
ganz normal, wie gebe ich mir den Anschein, ungerührt und
bestenfalls zufrieden zu sein, wie gebe ich mich lässig, was
kommt als nächstes?

«Was ist mit meinem Freund?» fragte er Margaux.

«Er lebt noch, aber vielleicht weiß er es nicht.»

«Ich lebe *nicht* mehr!» rief es von dort, wo Bo lag.

Gundi stand auf und zog Margaux mit sich hoch. Dann half
sie auch Giovanni auf die Beine. Alle drei, einander an den
Händen haltend, gingen ins Wasser, wo sie planschten und sich
wuschen. Gundi zog den sich sträubenden Bo in den See. Margaux schwamm dicht an Giovanni heran und fragte ihn leise, wie
es gewesen sei. Er wußte keine Antwort und fragte statt dessen
zurück, warum sie das wissen wolle.

«Nur so», sagte sie.

«Was macht ihr morgen?» fragte Bo und stieg aus dem Wasser, um sich abzutrocknen.

Gundi, die jetzt auf einmal die Führung zu haben schien,
sagte: «Vielleicht dasselbe wie heute, aber mit unseren Freunden.»

«Feste Freunde?» fragte Bo.

«Feste Freunde», antwortete Gundi.

Still und plötzlich seltsam ungerührt gingen sie zu Gundis
Ente. Bo und Giovanni ließen die beiden Mädchen allein fahren
und beschlossen, die fünf Kilometer nach Hause zu Fuß zu gehen.

Giovanni küßte Margaux und dann Gundi, deren Verhalten
ihm jetzt abweisend und ein bißchen ängstlich erschien.

«Danke», sagte er, und die Mädchen stiegen ein.

Sie sahen den Rücklichtern nach, bis die um eine Kurve verschwanden, lauschten dem Geräusch des Motors, bis es vom Rau-

schen der Bäume verschluckt wurde, und machten sich dann selbst auf den Weg durch den Wald.

«Können zwei dasselbe träumen?» fragte Giovanni.

«Das war schon echt», antwortete Bo versonnen. «Man erkennt es daran, daß es für einen Traum zu abgefahren ist.»

«Far out», sagte Giovanni, «das heißt far out.»

«Ich kann kein Englisch», sagte Bo, und sie trotteten schweigend nebeneinander her.

♡

Mit den Gedanken an Laura mischte sich auch das schlechte Gewissen in Giovannis Verwirrung. Daß es ohne Liebe so schön sein konnte, hätte er nicht gedacht. Daß er Laura betrogen hatte, daß es ihr weh tun mußte, so wie ihm das mit Bo und ihr weh getan hatte, daß ihr Bild, ihre Stimme, ihr Geruch, ach einfach alles von ihr gerade so weit weg war, auch in ihm so weit entfernt, beschämte ihn. Die Scham war die eine Seite, das begeisterte Staunen über den eben erlebten Gong die andere. Und zu dieser anderen Seite gesellte sich noch die Ahnung, auch Laura könne so etwas erleben, auch für sie könne er so weit weg, so blaß, so unwichtig sein wie sie im Augenblick für ihn, und, schlimmer noch, die Vorstellung, mit Bo könne es ihr so ergangen sein wie ihm mit Gundi. Es herrschte Chaos in seinen Gedanken. Sie lösten einander ab ohne Reihenfolge, ohne Beziehung, und es gelang ihm nicht, ein Ereignis unter ein anderes zu ordnen. Er fand keine Haupt- und Nebensachen mehr, keine Titel, Untertitel, Verse und Refrains in dem, was ihm geschah.

«Wie findest du den Satz ‹Der Gong, der die ganze Welt zum Mittagessen ruft›?», fragte er den ebenso nachdenklichen Bo.

«Tja», murmelte Bo, «muß Poesie sein, ich versteh's nicht.»

«Arsch.»

«Arsch versteh ich, Arsch ist keine Poesie.»

Seltsam, sie sprachen kein Wort mehr über die Szene am See und fühlten sich doch einander verbunden wie vielleicht seit den ersten Monaten ihrer Freundschaft nicht mehr. Das erlösende «Feste Freunde» von Gundi hatte einen so sauberen Schnitt ins Geschehen gemacht, hatte so eindeutig diesen Abend aus jeglichem Zusammenhang genommen, daß alles jetzt schon, nur einen Kilometer davon entfernt, Erinnerung war. Dieser Erinnerung hingen sie beide nach, bis sich ihre Wege trennten.

♡

Er hörte «Suzanne» wieder und wieder und stellte fest, daß Laura noch immer darin saß. Und so, wie sie in dem Lied saß, den Kopf halb abgewandt, mit Glanz von der Sonne im Haar, liebte er sie und wünschte, sie wäre wieder da. Und war doch froh, daß sie jetzt gerade fort war.

♡

Und endlich kam der erste Brief von ihr. Als hätte sie gewußt, daß er dringend ihrer Absolution bedurfte, schrieb sie darin, er solle keinen allzu großen Bogen um das Glück machen. Er sei ihr keine Askese schuldig, und sie habe noch etwas gutzumachen. Ein Jahr sei lang, und falls es weh täte, täte es eben weh. An ihrer Liebe *jetzt* würde es nichts ändern, das spüre sie genau, und für ihre Liebe *dann* könne sie heute noch nicht garantieren. Auch von ihm erwarte sie keine Garantie, aber sie hoffe und ersehne sich, daß er sie mit Haut und Haaren wiederhaben wolle und mit Haut und Haaren wiederbekomme.

Das ist keine versteckte Bitte an Dich, irgendwelche Seitensprünge von mir zu verzeihen, schrieb sie am Ende des Briefes, ich bin nicht scharf auf Jungs. Ich liebe Dich, wir werden sehen, Deine Laura.

SECHZEHN

Jeder war ein Außenseiter. Wer kein Außen-
seiter war, gehörte nicht dazu. Man erkannte
den Außenseiter am Habitus, aber es gab
auch Ausnahmen. Solschenizyn war ein Au-
ßenseiter, trotz Krawatte, und wer weiß, viel-
leicht war auch Salvador Allende einer.

Ilse hatte es nicht geschafft, seinen männlichen Namen Roger
durchzusetzen. Daß er Ilse gerufen wurde, blieb eine so beliebte
Nachricht, daß ihn dieser Name überall einholte.

Inzwischen lebte er mit einem Ehepaar in dessen Villa etwas
außerhalb der Stadt. Er schlief mit beiden, der Frau und dem
Mann, gemeinsam und einzeln. Es sei sehr schön, sagte er, und
Giovanni staunte, aber traute sich nicht, Ilse auszufragen, wie das
im einzelnen vor sich ging. Steckten die alle drei gleichzeitig
ineinander? Der Reihe nach? Jede Frage, die ihm einfiel, kam
ihm, gemessen an der Weltläufigkeit, die er bei Ilse vermutete,
derart provinziell vor, daß er sie nicht zu stellen wagte. So blieben
seine Vorstellungen von dem, was Ilse mit den beiden trieb, von
Pornographie, Buchzitaten und der eigenen Phantasie geprägt.
Er fand es toll und nahm sich vor, Laura davon zu erzählen.

Ilse hatte angefangen zu fotografieren. In einem kleinen
Club, den man nur nach Gesichtskontrolle betreten durfte und
wo man bis morgens um fünf sitzen und sich als Teil der
Avantgarde fühlen konnte, stellte er Fotografien aus, auf denen
man blasierte Gesichter mit tiefen Schatten sah. «Salon der
Hundert» hieß der Club, und Giovanni gehörte zu den Stamm-
gästen, seit Ilse ihn eingeführt hatte.

Das Ehepaar, mit dem Ilse zusammenlebte, war sehr schwarz
gekleidet und reich. Ali, ein Frauenarzt, fuhr einen alten Jaguar
Mark 10, und Helke, seine Frau, besaß einen Postershop beim
Schloß, wo man Che Guevara, Jimi Hendrix, Janis Joplin,

107

Humphrey Bogart, Mao, James Dean und Frank Zappa auf dem Klo kaufen konnte.

Im Salon der Hundert herrschte schwarze Kleidung vor. Meist liefen Platten von Juliette Greco, und Jeanne, die Besitzerin des Clubs, war noch schwärzer als alle Besucher zusammen. Das einzige nicht Schwarze an ihr waren die wenigen sichtbaren Stellen ihrer lakenweißen Haut und der blutrot geschminkte Mund. Sie hatte den Club vor einem Jahr übernommen, nachdem der Vorbesitzer, in ein schwarzes Tuch gehüllt, vom höchsten Bau eines Wohnheimkomplexes für Studenten gesprungen war.

♡

Giovanni schrieb inzwischen Konzertkritiken für die Zeitung. Er war einfach in die Redaktion gegangen und hatte gefragt, ob man ihn nicht brauchen könne. Man konnte. Die kleineren und größeren Rockkonzerte waren ein Gebiet, an das sich die festangestellten Kulturleute nicht so recht heranwagten, und Giovanni lernte schnell, sich dem Zeitungsstil so anzupassen, daß seine Berichte kaum noch redigiert wurden.

Möglicherweise hatte ihm dieser Umstand erst den Einlaß in den Club beschert, denn eigentlich mußte man, um Mitglied zu sein, schwul, reich, schwarzgekleidet oder irgendwie bekannt sein. Oder befreundet mit einem, der diese Kriterien erfüllte.

Eines Abends, nach einem Konzert der Gruppe East of Eden in der Mensa, saß Giovanni im Club und schrieb seine Kritik auf die Blätter eines Notizblocks, den er immer bei sich trug. Es war kurz vor zwölf, der Club hatte eben erst geöffnet, und er war mit Jeanne allein, die an der Theke stand und Platten sortierte. Da klingelte es, und herein kamen Paul und eine Frau. Giovanni freute sich sehr, denn er hatte Paul seit Lauras Abflug im Juni nicht gesehen. Paul stellte die Frau als seine Freundin Sabine vor und nahm Giovanni fest in den Arm, wobei er «Luftpost und Liebe» murmelte. Es klang traurig.

Allmählich füllte sich der Club, und da der Raum nur etwa fünfzehn Leuten Platz bot, also jeder jeden hören konnte, sprachen sie nur über das Theaterstück, das Paul und Sabine gesehen hatten, und Giovannis Eindrücke vom Konzert.

Bald kamen Bo und eine Schauspielerin und, nicht viel später, Ilse mit Helke. Giovanni war fasziniert von Sabine. Obwohl sie noch jung war, hatte sie graue Haare, machte einen ruhigen und gleichzeitig feurigen Eindruck und schien ihm Zentrum des Geschehens. Er merkte, daß er sich Mühe gab, von ihr gemocht zu werden, und fühlte einen feinen Stich von Schuldbewußtsein Laura gegenüber, die doch Sabine nicht leiden konnte. Irgendwann sagte Paul, er staune, wie erwachsen sie geworden seien, Ilse, er und Bo, und Giovanni war stolz auf seine Freunde vor Paul und stolz auf Paul vor ihnen. Gegen fünf Uhr brachen Paul und Sabine auf und nahmen ihn mit, da er es von der Landhausstraße nicht mehr weit nach Hause hatte.

«Scheiße, es ist soweit», murmelte Paul, als er in die Landhausstraße einbog. Schräg gegenüber seinem Haus parkte ein VW ohne Licht, aber mit zwei Personen darin, deren Zigaretten abwechselnd aufglühten. Er fuhr ruhig und ohne den Kopf zu drehen an ihnen vorbei, bog in die Denzenbergstraße ein und von dort auf die große Straße, die aus der Stadt führte. Dann nahm er nach einigen Kilometern einen Waldweg und stellte den Wagen erst ab, als er nicht mehr von der Straße aus gesehen werden konnte.

Giovanni hatte kein Wort gesagt. Die Stimmung war angespannt, und er wußte, daß etwas Gefährliches passierte.

«Ich hab noch nicht mal Geld dabei», sagte jetzt Sabine. Ihre Stimme war fast tonlos; den Kopf hielt sie in den Händen, hatte das Gesicht darin vergraben, und einzelne Haarbüschel ragten zwischen den gespreizten Fingern hervor.

«Du kannst nicht mehr nach Hause und nicht mehr zu mir. Wir sind einen Tag zu spät dran», sagte Paul.

«Sie kann in meinem Zimmer schlafen», sagte Giovanni, und

beide nachtgrauen Köpfe drehten sich zu ihm her, als sei er ein Lichtblick.

«Das ist gefährlich für dich», sagte Paul leise, «sehr gefährlich.»

«Erklär's mir doch, Paul, ich sitz ja eh schon mittendrin.»

«Das ist ja die Katastrophe.» Paul suchte nach Worten. «Weißt du ... es ist ... man will ...»

«Laß *mich*», unterbrach Sabine und legte ihm die Hand auf den Arm. «Ich bin verheiratet mit Jürgen Kunolt. Sagt dir der Name was?»

«Das ist unser hiesiges Baader-Meinhof-Mitglied?» Giovanni erschrak, aber gleichzeitig fühlte er eine fiebrige Euphorie. Er war hart an der Wirklichkeit. Ganz hart. Oder gar mittendrin.

«Nicht das einzige», sagte Sabine, «aber der erste bekannte hier. Hör zu, es ist kompliziert. Ich gehöre nicht dazu, habe ihm aber geholfen, weil er mein Mann ist. Wir sind schon lange getrennt, aber ich weiß Sachen von ihm, die ich besser nicht wüßte. Wenn ich aussage, kriegen sie ihn vielleicht. Und jetzt kommt das Komplizierte an der ganzen Sache ...»

Paul hatte eine Zigarette angezündet, die er ihr nun zwischen die Lippen schob. «Ich hab Angst, dich da mit reinzuziehen, Giovanni», sagte er.

«Bin schon drin», antwortete Giovanni, stolz auf seinen Platz in dieser Geschichte.

«Also», fuhr Sabine fort, «die Bullen halten mich nicht für ein Mitglied der RAF, aber sie suchen mich seit gestern als Zeugin. Das weiß ich von einem ehemaligen Freund meines Bruders, der bei der Staatsanwaltschaft ist. Vergiß das gleich wieder, ich bin bescheuert, dir das alles zu erzählen. Das Wichtigste: ich muß weg. Ich kann nicht aussagen gegen Jürgen, das bring ich nicht fertig. Ich kann auch nicht in den Knast, ich weiß nicht, was ich tue, wenn ich drin bin. Außerdem hab ich Angst vor Jürgens Freunden. Die können sich ja denken, was ich weiß, und haben allen Grund, mich sozusagen zum Schweigen zu bringen. Ich hab Angst vor denen. Inzwischen trau ich denen alles zu. Ich muß weg. Jetzt komm ich noch raus, bevor sie die Fahndung nach mir einleiten. Morgen kann es schon zu spät sein.»

«Also», sagte Giovanni, «du kannst in meinem Zimmer schlafen, und wir gehen aus dem Haus, bevor meine Eltern aufstehen. Das ist völlig ungefährlich.»

«Könntest du denn morgen den Kurier spielen?» fragte Paul. «Sie braucht noch Geld, und mich scheinen sie ja schon zu beobachten.»

«Natürlich.»

«Also komm kurz nach neun in mein Büro im Institut, dann hab ich Geld, und Sabine kann fahren.»

Er startete den Wagen, und sie fuhren los. Ein paar Häuser von Giovannis Elternhaus entfernt hielt er an und Giovanni stieg aus, um die beiden allein zu lassen. Es dauerte nicht lange, bis auch Sabine ausstieg und sagte: «Gehn wir.»

«Du bist ja schon erwachsen», flüsterte Giovanni ihr auf der Treppe zu. «Bei euch hieß das vielleicht noch sturmfreie Bude.»

«Nein, nein», lachte sie leise, «so erwachsen bin ich auch noch nicht. So hieß das bei meinen Eltern.»

Er nahm sich eine Decke aus dem Schrank, zeigte ihr die Dusche nebenan und verzog sich in die leere Gästewohnung, wo er sich auf das unbezogene Bett legte. Den Wecker plazierte er neben sich, stellte ihn auf sechs Uhr und hoffte einzuschlafen.

Noch bevor der Wecker klingeln konnte, drückte Giovanni den Knopf an der Oberseite, stand auf und zog sich an. Sabine schlief, als er leise die Tür öffnete, aber kaum hatte er ihren Namen geflüstert, schnellte ihr Oberkörper hoch, und sie sah mit wachen Augen her. Er wartete vor der Haustür, bis sie geduscht und angezogen sein würde, und zündete sich eine Zigarette an. Die schmeckte scheußlich, doch er rauchte sie zu Ende.

111

Es war Viertel nach sechs, als Sabine herauskam, und sie gingen einfach zu Fuß in die Stadt, um einen Teil der Zeit bis neun Uhr totzuschlagen.

«Was wirst du machen?» fragte Giovanni, aber noch bevor sie antworten konnte, wurde ihm bewußt, daß sie nichts sagen würde. «Schon klar», sagte er, «hoffentlich kannst du bald wieder zurück.»

Statt dessen fragte sie ihn aus, was er tue, interessierte sich für seine Gedichte und sagte, sie wolle sie lesen, wenn sie zurück sei. «Aber ob du dann noch welche schreibst?»

Unterwegs kauften sie Brötchen und eine Tüte Milch, denn Sabine wollte nirgendwo frühstücken. Sie gingen den Fluß entlang bis zum Wehr, dann wieder aufwärts, bis die Häuser aufhörten, und als sie wieder bei der Brücke ankamen, war es endlich kurz vor neun, und Giovanni konnte losgehen in Richtung Institut.

Jemand hatte den beiden bronzenen Athleten vor dem Audimax Unterwäsche angezogen. Der Mann trug eine gerippte Unterhose, die Frau Slip und BH. Es sah toll aus, aber Giovanni schielte neben und hinter seinen Weg und fragte sich, ob jemand Pauls Tür im Auge habe. Aber sie konnten ja nicht jeden Studenten verfolgen, der aus seinem Büro käme, also tat er besser nicht so schuldbewußt, damit nicht ein heller Kopf noch auf ihn aufmerksam würde. Heller Kopf, haha, dachte er. Es war nicht mehr üblich, an helle Köpfe im Polizeidienst zu glauben.

Pauls Büro war verschlossen, aber bald kam er den Gang entlang gehastet, machte Giovanni ein Zeichen, daß er nicht reden solle, und öffnete die Tür.

«Ihre Arbeit», sagte er, im Zimmer angekommen, «sollte in zwei Wochen bei mir vorliegen. Längeren Aufschub kann ich Ihnen nicht geben.»

Nachdem er die Tür geschlossen hatte, zog er einen Briefumschlag aus der Tasche und gab ihn Giovanni. Er zeigte auf seine Ohren und machte eine Gebärde der Unsicherheit.

Giovanni nickte, steckte den Umschlag ein und sagte: «Also in zwei Wochen. Vielen Dank.»

«Wenn Sie wollen, reden wir heute mittag noch ausführlicher darüber, jetzt hab ich leider keine Zeit», sagte Paul. «Holen Sie mich doch gegen halb eins hier ab.»

«Ja, gern», sagte Giovanni und schloß die Tür hinter sich.

Es war, als könne er sich auf den eigenen Gang nicht mehr verlassen, als seien seine Schritte unsicher und wacklig. Der Flur hatte Augen und Ohren. Giovanni erschrak darüber, wie beschwerlich die alltäglichsten Verrichtungen werden, wenn man sich beobachtet glaubt. Der Flur war völlig leer.

Der Umschlag wog schwer in der Jackentasche, und er war froh, ihn endlich an der Brücke in Sabines Tasche legen zu können. Heiße Ware, dachte er, so fühlt sich heiße Ware an.

Er brachte sie noch zum Bahnhof und wartete mit ihr auf den nächsten Zug in Richtung Frankreich. Bevor sie einstieg, küßte sie ihn auf die Wange und sagte: «Danke.» Er winkte, bis er ihren Arm, der noch eine Weile aus dem Zugfenster ragte, nicht mehr sah.

♡

«Obwohl sich der Staat widerlich aufführt», sagte Paul am Mittag in der Platanenallee, «widern mich die Kunolt und Konsorten viel mehr an. Krieg gegen den Staat zu führen! Ich könnte diese grausamen Idioten mitsamt ihren Nachplapperern eigenhändig zu Brei hauen. Zufällig weiß ich nämlich, was Krieg ist, und ich kenne den Faschismus und weiß, daß wir hier keinen haben. Und ich weiß auch, daß man Soldaten nicht mit Bombenwerfen abschafft. So *erzeugt* man sie.»

Giovanni hatte Mühe, mit Pauls wütendem Schritt mitzuhalten. Diesen Weg, den Fluß entlang, ging er heute zum vierten Mal.

«Ich sag dir das alles, weil ich nicht will, daß du dieses ganze Verschwörergetue toll findest. Es ist nicht toll. Es ist bloß kriminell. Und mir ist schrecklich, daß ich dich da mit hineingezogen habe. Wenn du kannst, sag Laura nichts davon. Ich bitte dich, deine Liebste zu belügen. Ach, ich weiß auch nicht, sag's ihr, wenn du willst. Ich hoffe, das alles geht gut aus und Sabine kann bald zurück. Am besten wär's, ihr blöder Jürgen würde geschnappt. *Ich* würde ihn jedenfalls verpfeifen.»

Paul war so außer sich, daß Giovanni kein Wort sprach. Er ließ ihn reden und nahm sich vor, niemandem, nicht Bo, nicht Ilse, ein Sterbenswörtchen zu sagen. Obwohl er stolz auf sich und Paul war und das Leben wieder spürte. Das echte, gefährliche Leben.

Denn mit Laura war auch das Leben fortgeflogen. Hierher, zu ihm, kam es nur noch zu Besuch. In Gestalt von Gundi und Margaux, die er nicht wiedergesehen hatte, oder jetzt in Sabines Flucht, seinem Beschützer- und Kurierdienst und Pauls Verzweiflung und Wut.

Einige Tage später kam ein Brief aus Amerika, in dem Laura schrieb: Dein Spinnerfreund Bo hat mir seine Haare geschickt. Kannst Du bitte so gut sein und ihm von mir eine runterhauen, aber so, daß es wirklich weh tut? Und ihm ausrichten, daß er seine widerlichen Mätzchen nicht mit mir versuchen soll? Ich bitte Dich, hau richtig zu. Sag ihm, was immer ich auch von ihm in guter Erinnerung behalten haben mag, es ist gelöscht. Sag ihm, ich will keine Post von ihm, weder mit noch ohne Skalp, ich will ihn nicht mehr sehen. Sag ihm das. Und vergiß nicht, fest zuzuhauen. Wenn sein Gesicht nicht rot ist, mußt Du noch mal hinlangen. Er versteht keine andere Sprache. Mein Liebster, schrieb sie weiter, sei nicht traurig über ihn, ich freue mich schon jetzt auf Dich. Amerika hat seine Schattenseiten. Später mehr, Deine Laura.

114

Er ging mit dem Brief zu Bo und sagte: «Fühl dich geohrfeigt, ich kann's nicht.»

Es ging tatsächlich nicht. Seit Gundi und Margaux war er Bo in einer Weise verbunden, die seine Loyalität zu Laura schwächte. Er konnte Bo nicht schlagen. Nicht mal in Lauras Auftrag und obwohl ihm danach war.

«Du bist schon ein seltenes Arschloch», sagte er.

«Aber selten», sagte Bo, «immerhin selten.» Und demnächst werde er noch wesentlich seltener sein, er gehe nämlich nach Hamburg, um sich dort an der Schauspielschule zu bewerben.

«Und die Schule?»

«Hab ich schon geschmissen, weiß nur noch niemand. Ich fahr übermorgen, meine Eltern werden staunen.»

«Ja», sagte Giovanni, «glaub ich auch.»

SIEBZEHN

In den jugoslawischen Restaurants bekam man einen kostenlosen Slibowitz zur Begrüßung. Wenn man Willy Brandt war, bekam man den Nobelpreis zur Belohnung, und wenn man Ian McLeod hieß, konnte man durch eine geschlossene Tür hindurch nackt in Notwehr erschossen werden.

Vor einem erbosten Dealer, dem er Geld schuldete, und dem Kreiswehrersatzamt, das ihn zur Musterung bestellt hatte, war Ilse nach Berlin geflohen. Die Liaison mit Helke und Ali hatte in einem Fiasko geendet. Einer der drei, vermutlich Ilse, hatte einen Tripper in die Beziehung eingebracht, worauf jeder jeden beschuldigte und keiner es gewesen war. Schließlich wurden Schlösser ausgewechselt und Anwälte bemüht. Eine Umzugsfirma, drei Hehler und ein Privatdetektiv profitierten am Ende von der totalen Auflösung des auf einmal gar nicht mehr so lockeren Dreiecksverhältnisses.

Ilse war froh, auch seinem Vater, der Werkstatt und der Malerlehre entkommen zu sein. Das war alles unter seiner Würde. In Berlin entwickelte er schnell eine Nase für Antiquitäten, entrümpelte Wohnungen, und was nicht direkt eine Antiquität war, machte er zu einer. Seinen Anspruch auf Ruhm und Ehre als Künstler stornierte er vorübergehend zugunsten des Vorteils, immer Geld in der Tasche zu haben.

Helke wollte ihm folgen, doch er gab sich so kühl, daß sie blieb und eine Ein-Zimmer-Wohnung im Westen der Stadt bezog. Nah beim Postershop, den Ali ihr nicht hatte wegnehmen können.

Das Abitur rückte näher, und Giovanni setzte sich, wie sein Vater es ausdrückte, auf den Hosenboden. Bald blieben Lauras Briefe, Spaziergänge mit Freddie und ein neues Lied, in dem das Weinen ohne Augen aufgetaucht war, noch die einzigen Verbindungen zum Leben. Das übrige war stures, stumpfes Den-Kopf-Vollpauken mit Formeln, Daten und Begriffen. Gut, daß der Herbst naß und kalt war, daß niemand ihn verlockte, kein Bo in der Stadt, kein Ilse in der Nähe und nichts, was das Kragenhochschlagen oder Stiefelanziehen wert gewesen wäre.

Laura verschwand nach und nach aus Suzanne. Ihr Bild wurde blasser, und Giovanni ertappte sich manchmal dabei, daß er die Augen fest zusammenkniff, als könne er es dadurch noch beschwören. Es nutzte nichts. Laura zog sich aus dem Lied zurück. Jetzt verhalf ihm auch die Erinnerung nicht mehr zu ihrem Geruch, zu ihrer Stimme und ihrer Berührung, und er bekam Angst, sie nicht mehr in sich halten zu können. In ihren Briefen immerhin existierte sie noch und ein wenig auch in Freddies Fell, in das Giovanni manchmal traurig seine Nase vergrub, um nach dem Rest von Laura, der dort noch war, zu suchen.

Manchmal, wenn er Paul besuchte, fand er auch dort dieses halbleere Dunkel, diesen etwas zu lauten Klang der eigenen Schritte und die etwas zu langen Gesprächspausen.

Wenn Giovanni auf Sabine kam, bat Paul darum, von anderem zu reden. Giovanni gehöre nicht in diese Geschichte, er solle vergessen, daß und wie er darin gewesen sei. Schließlich trafen sie sich nur noch zufällig spät abends im Salon der Hundert, wenn ihnen beiden wieder einmal die Decke auf den Kopf gefallen war.

Wo stehe ich eigentlich, fragte sich Giovanni manchmal, wenn er die an Bürgerkrieg erinnernden Bilder aus Berlin sah. Dort irgendwo, in der gegen die Polizistenfront anbrandenden Menschenwelle, war auch Norbert und befreite die werktätigen Massen. Gegen deren Willen, dachte Giovanni oft. Ich habe noch keinen Werktätigen gesehen, der etwas anderes als Haß für euch übrig hat. Ich sage schon «euch», zähle mich nicht dazu. Würde ich Kunolt verpfeifen? Vermutlich nicht, aber wäre das richtig?

Es widerstrebte ihm, sich in eine Demonstration einzureihen. Er hatte es immer geschafft, sich von Ansammlungen fernzuhalten. Er wußte nicht, ob das Feigheit oder Individualismus war. Hielt er sich instinktiv heraus oder weil es bequem war? Und wenn es ein Instinkt war, war es dann ein guter? Hatte er sich nicht großartig gefühlt, als sie beide, Paul und er, Sabine zur Flucht nach Paris verhalfen? Hatten Norbert und all die anderen Helden nicht recht, wenn sie eine Republik angriffen, die Globkes, Oberländers, Kiesingers und wie viele alte Nazis noch an oberster Stelle brauchte? Hatten sie nicht recht, wenn sie das Seelengift der ‹Bild-Zeitung› bekämpfen wollten? Natürlich hatten sie recht, und trotzdem mußte es ohne Giovanni gehen. Vielleicht sollte ich mitschreiben, dachte er manchmal, vielleicht bin ich als Beobachter eingeteilt und nicht als Kämpfer. Und dann, sofort, fand er den Begriff «Kämpfer» wieder albern. Kitschig und unangemessen war das. Pauls Worte «Das ist hier kein Faschismus» klangen ihm im Ohr. Aber war es nicht auch falsch, die RAF mit der ganzen Studentenbewegung gleichzusetzen?

Mit diesen Gedanken wurde er nie fertig. Es gab immer eine Fortsetzung, eine Zusatzfrage, immer noch ein Argument, und meist brach er irgendwann ab mit einem inneren Schulterzukken, dem Gefühl, es eben nicht zu wissen, und dem Schimmer eines Heiligenscheins, dem Glauben, anders als alle andern zu sein und deshalb ganz allein.

ACHTZEHN

Die Beatles mochten populärer als Christus sein, populärer als Bing Crosby waren sie jedenfalls nicht. Schnee fiel nur im Radio, die Weihnachtsbäume tropften. Seit dem 28. Januar war man nur noch außerhalb des Staatsdienstes radikal.

Eines Tages im Februar stand Bo vor der Tür. Seine Eltern bräuchten nicht zu wissen, daß er hier sei, und ob er ein paar Tage bleiben könne.

Giovanni war froh über die Unterbrechung in der tristen Routine des Lernens, die mittlerweile seine ganze Zeit ausfüllte, froh über Bo, der überschäumend von der Welt da draußen erzählte. Er war in Hamburg, arbeitete als Kulissenschieber am Schauspielhaus, verspielte sein Geld beim Roulette und besuchte regelmäßig die Frauen auf St. Pauli.

«Ist das nicht eklig?» fragte Giovanni.

«Ganz im Gegenteil», sagte Bo, «es ist toll.»

Vermutlich war er François Villon, der auf die Konventionen pfiff, oder Walther von der Vogelweide in edler Minne. Giovanni jedenfalls glaubte ihm nicht. Er hielt sich lieber an sein Vorurteil, daß käufliche Liebe beschämend sei. Er gönnte es Bo, als dieser erzählte, eine Frau habe ihm sein Geld gestohlen, fast zweihundert Mark. Das schien ihm eine gerechte Strafe für die Ausbeutung dieser armen, deklassierten Person. Insgeheim aber bewunderte er die Weltläufigkeit, das großartig Lebensgierige an Bos selbstverständlichem Umgang mit den Huren. Er gab es nur nicht zu.

Bo, der wohl spürte, daß Giovannis sittenstrenges Getue nicht echt war, berichtete jede Kleinigkeit, beschrieb die Zimmer, rekapitulierte Dialoge und sah in den Augen seines Freundes die Sehnsucht, aus der Enge des eigenen Lebens entführt zu werden.

Sie gingen jeden Abend in den Salon der Hundert, das war das einzige Stückchen Leben, das sich Giovanni in dieser Zeit noch erlaubte, die einzige Erholung von den Büchern. Melancholisch sah er zu, wie Bo eine Frau nach der anderen um den Finger wickelte. Nur eine einzige Nacht schlief er bei ihm, in allen anderen verschwand er mit einer Neuerwählten und tauchte erst am nächsten Abend wieder auf.

Einmal aus dem stumpfen Trott gehoben, bemerkte auch Giovanni das Zölibat, in dem er lebte, und fühlte sich spitzig, empfindlich und neidisch angesichts der Schönheiten, die Bo, wie mit Fliegenleim bestrichen, anzog. Warum der, dachte er oft, warum nicht ich? Warum nie ich? Allerdings tat er nichts, um jemandem zu gefallen. Im Gegenteil: Sobald Bo seine Fühler wieder ausgestreckt hatte, zog Giovanni alles ein, was über die

Schale seiner Schüchternheit hinausragen könnte. Er machte sich selber unsichtbar, verschwand hinter Bo und verengte seinen Blick in die Außenwelt auf schmale Sehschlitze, durch die er Bos Pirouetten unglücklich, aber in Sicherheit beobachten konnte.

NEUNZEHN

Es war keine Kunst, einmal täglich irgendwo hervorgezerrt zu werden und eine Maschinenpistole auf sich gerichtet zu sehen. Bangladesch kam als Neuzugang auf die Weltkarte, und in Augsburg starben das RAF-Mitglied Weissbecker und der Polizist Eckhardt. Seltsam, je nach Blickwinkel wurde immer einer der beiden Toten als eine Art Pluspunkt geführt.

Die Nachrichten aus Vietnam, die Bilder, die sich hinter den trockenen Bezeichnungen des Geschichtsunterrichts verbargen und die aus Filmen wie «Catch 22» in Giovannis Leben einschlugen, Angst, die bei der Erwähnung des Namens Kunolt in ihn fuhr, das Fehlen von Laura und das Fehlen allen Trostes erzeugten langsam, aber sicher einen Dauerschmerz in ihm, der, tagsüber von der Schule verdrängt, ihn nachts um so tiefer verstörte. Bald schien das Erträgliche, Banale, immer wieder so Normale in Giovannis Welt nur noch eine Lüge zu sein. Eine Fassade, hinter der sich eine schlimmere Wirklichkeit verbarg.

Als hätte er ein solches Ziel angesteuert, geriet Giovanni einen Tag vor der mündlichen Mathematikprüfung beim unschlüssigen Streunen durch die Stadt in eine Spätvorstellung des Löwen-Kinos. Unter dem Titel «Das Wiegenlied vom Totschlag» hatte er sich einen Western vorgestellt, der seinen Kopf leer und müde machen würde. Aber nach einiger Zeit fand er sich, die Hände um die Sitzlehne gekrampft, in atemlosem Entsetzen auf die Leinwand starrend. Das war kein Western. Das war der Vietnamkrieg in historischer Verkleidung. Da wurde ein fliehendes Indianermädchen von einem jubelnd vorbeigaloppierenden Soldaten geköpft, da wurde in Zelte geschossen, ein Kind ins Feuer geworfen und eine Frau vergewaltigt, während man ihr die Brust abschnitt. Giovanni blieb sitzen und wußte nicht, wieso. Seine Augen waren naß. Nicht einmal vereinzeltes Lachen aus den Zuschauerreihen, Lachen bei den schlimmsten Stellen, Lachen als Begleitmusik zur Grausamkeit, das ungerührte Lachen, das ihn bis hierher verfolgt hatte, vermochte einen klaren Gedanken in seinem Kopf zu erzeugen. Er saß da in einem Matsch aus Entsetzen und wußte nicht, was tun.

Als der Film zu Ende war, sah er keinem ins Gesicht, ging schnell, als wäre das Tempo ein Schutz vor den Bildern, wußte nicht, wie lange er nach Hause gebraucht hatte, als er sich ins Bett warf und kein Auge schloß.

♡

Sein übernächtigtes Äußeres fiel bei der Prüfung niemandem auf. Daß er unkonzentriert war, weil sich die Bilder der Nacht in jede entstehende Pause schoben, nahm ihm niemand übel. Er kam durch.

So nebensächlich waren die Prüfungsfragen gegenüber dem, was er gesehen hatte, daß es schien, als antworte er erschöpft, aber souverän. Er verbesserte sich sogar um eine halbe Note. In Mathematik, seinem zweitschlechtesten Fach.

Er ging nach der Prüfung nicht nach Hause, rief nur an, es sei wohl gut gelaufen, setzte sich dann an den Fluß und starrte durch die jungen Blätter der Weide aufs Wasser. Er hätte seinen

Kopf gegen die Mauer schlagen wollen, damit ein körperlicher, ein echter Schmerz gegen diese Bilder stünde, sie vielleicht sogar besiege, aber er saß nur da und ließ auf Wasser und Weide als Leinwand diese Bilder geschehen. Da lachten die Soldaten, da lachte es im Publikum, da flog der Kopf des Kindes und quoll die Spur des Messers auf in dunklem Rot. Ich halte das nicht aus, dachte Giovanni, ich muß was tun. Er beschloß, den Film noch einmal anzusehen. Bei jedem Bild, nahm er sich vor, werde ich wissen, daß es Kino ist. Es ist künstlich, es ist ein Trick, es entspricht zwar der Wahrheit, *ist* sie aber nicht. Nur ein Film. *Diese* Bilder sind nur ein Film.

Die Gewaltkur half. Er mußte sich zwingen hinzusehen, wußte ja schon, was kam, und löste jedes Bild in seine technische Entstehung auf. Hier war Ketchup, da ein Gegenschnitt auf die Puppe, hier ein Schnitt auf ein Wachsmodell, alles wurde Handwerk, Technik, Trick und verlor fürs erste seine Wahrheit.

Zu Hause legte er sich Freddie um den Hals und schlief bis zum nächsten Morgen.

Gegen die allzu penetrante Aufmerksamkeit, die seine Mutter ihm entgegenbrachte, wußte er sich nur durch Entziehen zu schützen. Er kam so spät zum Frühstück, daß er nur Minuten sitzenbleiben konnte, und abends erst nach Hause, wenn beide Eltern schliefen. Auch sein Vater hatte so etwas ungewohnt Gütiges, wenn sie sich zufällig begegneten. Dabei war ihr Verhältnis schon seit langem auf eine Art Höflichkeit abgekühlt, die keinen von beiden zu irgend etwas verpflichtete, aber den Anschein eines zivilen Umgangs aufrechterhielt.

Es liegt am Abitur, dachte Giovanni, sie haben das Gefühl, mir helfen zu müssen. Schließlich erklimme ich die vorletzte Sprosse der Leiter, die sie für mich aufgestellt haben. Ach herrje, was bin ich wieder gut im Dichten. Die vorletzte Sprosse der Leiter... Große Klasse. Toll.

Die Prüfungen gingen vorbei, eine nach der anderen, und am Ende war es Giovanni egal, ob er bestanden haben würde oder nicht. In einem Brief von Laura stand: Du brauchst ein Stück Papier, sonst stimmt es nicht. Du kannst nicht sagen, ich bin intelligent, es muß schon irgendwo geschrieben stehen. Mit Stempel, sonst taugt es nichts. Wenn Du Dein Abiturzeugnis hast, bist Du endlich genauso intelligent wie ich. Ist das nicht toll? Dann können wir von gleich zu gleich miteinander reden. Ich freu mich schon drauf.

Ihr Spott tat ihm gut. Warum war sie nur so weit weg? Und so lange? Schon jetzt war es zu lange. Sie war nur noch eine Fiktion. Irgendwo existiert Laura und versteht mich, dachte er. Irgendwo, wo ich sie nicht sehen, nicht anfassen und nichts fragen kann.

Er bestand das Abitur mit der Gesamtnote Drei Komma acht und ärgerte sich, daß er für zwei Dezimalstellen zuviel gelernt hatte. Er tauchte auf wie aus einem tiefen Tunnel, blinzelte überrascht in eine wieder warm gewordene Welt, in der jetzt alles neu und anders war. Es fühlte sich an wie früher, wenn er zwei Mark gehabt hatte und sich, angesichts des ungeheuren Reichtums, einfach nicht entscheiden konnte, was damit zu tun sei. Zehn Hanutas, fünf Mars, zwanzig Karamelstangen oder eine Mischung aus allem? Oft hatte er die Münze tagelang herumgedreht, um dann etwas völlig anderes zu kaufen. Zum Beispiel weißes Isolierband für den Fahrradlenker.

Er besuchte Paul, um von seinem Triumph zu berichten. «Ich bin jetzt genauso intelligent wie Laura», sagte er. Aber Paul, der das kleine Schwimmbad im Garten putzte, schlenkerte wortlos den Schlauch hin und her, als sei dieser ein gebrochenes Glied seines eigenen Körpers, über dessen lächerliche Bewegungen er staunte.

«Was ist los?» fragte Giovanni.

«Ich, meinen Job.»

«Was?»

«Ich bin meinen Job los. Gekündigt. Ich bin ein Sympathisant.»

Giovanni erschrak. «Sie wissen von dir und Sabine und haben dir deshalb gekündigt?»

Natürlich wußten sie von seiner Freundschaft mit Sabine, wieso sonst hätte damals der Polizeiwagen vor dem Haus stehen sollen. Aber wie kam das an die Uni?

«Hast du dein Abitur?» fragte Paul.

«Ja.»

Sie schwiegen einige Zeit. Giovanni setzte sich auf die Terrassenmauer und sah Pauls fahrigem Hantieren mit dem Wasserstrahl zu.

Mehr zu sich selber als zu Giovanni sagte Paul irgendwann: «Weißt du, was mich am meisten daran stört, ist, daß die einfach über mich verfügen. Ich meine jetzt nicht den Rektor. Daß *der* mich rausschmeißt, wenn ihm der Verfassungsschutz den Zettel reinreicht, das wundert mich nicht. Nicht bei *dem* Mann und nicht bei dieser Hochschule. Was mich rasend macht, ist, daß mich einen Tag nach meiner Kündigung eine Frau anruft – der Name tue nichts zur Sache – und mich ‹kontakten› will. Die verfügen über mich. Ich bin deren Freiwild. Plötzlich kann mich jeder brauchen. Verstehst du, daß mich das rasend macht?»

«Ich glaub schon», sagte Giovanni.

«Das kann jetzt eine von der RAF gewesen sein, vom 2. Juni, von der Polizei, vom Verfassungsschutz, sie kann mich als medienwirksamen Märtyrer wollen, als mögliches Mitglied, als Trottel, als Spitzel … Was glauben diese Leute eigentlich? Ich stehe nicht zu deren Verfügung.»

«Was hast du ihr denn gesagt am Telefon?»

«Sie solle mich in Ruhe lassen, ich wolle nichts mit ihr zu tun haben.»

«Na, ist doch gut», sagte Giovanni, «dann bist du sie doch los.»

«Ach, das glaubst *du*. Wenn sie von der RAF ist, dann denkt sie doch, der ist aber schlau, er kann nicht sagen, was er denkt, weil er abgehört wird, und paßt mich irgendwann auf der Straße ab. Verstehst du? Irgendwann zupft mich eine Heldin am Ärmel und will mir 'ne Pistole besorgen. Ich werde wahnsinnig bei der Vorstellung. Und jetzt nimm mal an, sie ist vom Verfassungsschutz. Ja? Also, sie ist vom Verfassungsschutz. Ich lasse sie abfahren, und sie denkt, aha, der ist aber schlau, er glaubt, daß er abgehört wird, also hat er Dreck am Stecken, also behalten wir ihn im Auge. Irgendwann wird er sich schon mit seinen Leuten in Verbindung setzen.»

«Auweia.» Giovanni sah die Zwickmühle, in der sich Paul befand.

«Siehst du den Wahnsinn, der da drin steckt?» fragte Paul. «Was immer ich tue, wird verdächtig sein. Oder brauchbar. Ich bin Freiwild. Wer auch immer Lust dazu hat, kann irgendwas mit mir anfangen.»

«Und was tust du jetzt?»

Paul schleuderte den Schlauch ins Becken und ging zum Wasserhahn, um ihn abzudrehen. «Im Augenblick versuche ich erst mal, einen klaren Kopf zu bekommen», sagte er mutlos. «Ich muß meine Wut von meinen Gedanken unterscheiden. Am liebsten würde ich den Rektor und Herrn Kunolt zusammen in die Luft sprengen.»

«Hoppla», sagte Giovanni.

«Ja, ja, ich weiß.» Jetzt lächelte Paul zum ersten Mal. «So funktioniert die Rekrutierung. Wie wär's, wenn ich erst mal mein Schwimmbad sprenge?»

«Macht zuviel Krach», grinste Giovanni, erleichtert, daß

Pauls Humor wiederkam. «Kannst du dir derzeit nicht leisten. Wer weiß, ob du nicht ein kostbares, hochempfindliches Richtmikrofon kaputtmachst. Ich meine, wenn du hier so laute Dinger drehst.»

«Aber irgendwas würd ich schon gern sprengen. Das bin ich meiner Magenschleimhaut schuldig.»

«Wie wär's mit dem Rasen?»

«Oder mit dir?» Paul zog am Schlauch, bis er die Spitze in den Händen hielt, zielte mit ihr auf Giovannis Bauch und ging langsam rückwärts zum Wasserhahn.

Giovanni hielt die Hände über den Kopf und schrie: «Nein, bitte, Hilfe, ich bin unschuldig. Ich kann für gar nichts was!»

Paul lachte, ließ den Schlauch fallen und sagte: «Komm, wir feiern jetzt dein Abitur und meinen neuen Status als Privatgelehrter.» Er ging in die Küche und stöberte im Schrank. «Ist nichts da», murmelte er und nahm eine Flasche Bier aus dem Kühlschrank. «Geht das?»

«Nein, für mich nicht, bitte.»

«Ach, dann laß ich's auch», sagte Paul, stellte die Flasche zurück, holte statt dessen zwei Sektgläser aus dem Schrank und füllte sie halb mit Leitungswasser. «Hier.» Er reichte Giovanni das vollere Glas. «Auf unser neues Leben. Schade, daß unsere Liebste nicht da ist. Oder vielleicht grad gut. Prost.»

Sie stießen an und tranken.

♡

Alles wird jetzt anders, dachte Giovanni abends auf dem Klassenfest. Er stand die meiste Zeit in einer Ecke, lauschte der Musik und gehörte schon nicht mehr hierher. Das ist jetzt schon das erste Klassentreffen, dachte er, sie fallen jetzt alle in ihre Welt, jeder in eine andere. Aber ich falle nicht, ich warte. Ich stehe da, wie das Kind im Sterntaler-Märchen, halte meine Schürze ausgebreitet und warte darauf, daß Laura endlich wieder hineinfällt. Dann fallen wir gemeinsam weiter. Er blieb die ganze Nacht und schmuggelte seine Lieblingsplatten immer wieder oben auf den Stapel des Diskjockeys.

♡

Und jetzt brauch ich ein eigenes Zimmer, dachte er, als er durch den strahlenden Morgen nach Hause ging. Ein Zimmer mit einem Tisch für den Blumenstrauß, den ich zu Lauras Begrüßung kaufe.

Zu Hause legte sich Freddie auf seine Brust, schnurrte, kniff die Augen zu und nieste ihm kräftig ins Gesicht.

«Gesundheit», sagte Giovanni und schlief ein.

ZWANZIG

Südvietnam schickte sich an, von der Landkarte zu gehen, beziehungsweise es wurde angeschickt. Die Amerikaner gaben ihr Bestes, eine Menge Bomben nämlich, damit der Vietcong das eroberte Gebiet verwüstet vorfände. Eine Sache, die man far out fand, nannte man «genehmigt».

In dem Zimmer hatte ein Tisch so gerade eben Platz. Es gab ein Bett und einen meterbreiten Streifen Boden, auf dem man aufrecht stehen konnte. Strom kam aus einem Zähler im Flur, nachdem man eine Mark eingeworfen hatte. Die Mark war verbraucht, wenn das Licht erlosch und der Plattenspieler Würgelaute von sich gab. Die Würgelaute waren ein heimatliches Geräusch, und für Giovanni war es ein Fortschritt, nur mehr eine Mark investieren zu müssen, statt stundenlanger Gartenarbeit.

Neben dem Zähler war das Waschbecken, das noch von zwei Nachbarn mitbenutzt wurde. Die fünfundsiebzig Mark Miete entsprächen dem Jugendherbergspreis, hatte der Vermieter gesagt, bevor er sich eilig, nach Unterzeichnung des Vertrags, zum Lago Maggiore aufmachte. Um dort nach seinem Boot zu sehen.

Giovanni stellte seine kleine Schreibmaschine und eine von der Mutter geklaute Blumenvase auf den Tisch und beschloß, etwas zu schreiben, bis Laura endlich käme. Eine Geschichte für sie als Begrüßungsgeschenk.

«Ich besuch dich», versprach er Freddie, und der nieste ihm zum Abschied ins Gesicht.

«Gesundheit», rief Giovanni der Schwanzspitze nach, die aus dem hohen Gras winkte, und es schien ihm, als zuckte sie zur Antwort einmal hin und einmal her.

EINUNDZWANZIG

Was bisher «revolutionär» geheißen hatte, wurde jetzt «fortschrittlich» genannt. Eine Sache, die man genehmigt fand, nannte man «gebongt». Nur sehr, sehr wenige Fortschrittliche fanden es nicht gebongt, daß Baader, Meinhof, Raspe, Ensslin und Meins auf allen Titelseiten verhaftet wurden. Diesen wenigen war der Freispruch für Angela Davis kein Trost, die in der Ikonenhitparade auf Platz drei hinter Guevara und Hendrix gestiegen war.

«Solidarität mit Paul Ohlenburg» stand mit roter Farbe an der Mauer des evangelischen Stifts. Wenn Paul das sieht, dachte Giovanni, kriegt er noch mehr graue Haare. Tatsächlich wurde Paul jetzt von allen Seiten benutzt. Die DKP schmückte ihre Liste gegen Berufsverbote mit seiner Prominenz. Rechtsradikale hatten an eine Wand des Fachschaftsgebäudes «Ohlenburg – Terrorist» geschrieben, und aus gemäßigt-liberalen Kreisen hörte man seinen Namen ehrfurchtsvoll zusammen mit Heinrich Böll genannt.

Paul war so klug gewesen wegzufahren. Zuerst nach Aix und jetzt, um Laura zu holen, nach Seattle. Vielleicht konnte er so den ganzen Zirkus eine Weile vergessen.

In einer Woche sollte Laura in Frankfurt ankommen. Giovanni würde sie am Flughafen abholen und hatte sich eigens dafür Geld von seiner Mutter geliehen. Lauras letzten Brief trug er in der Jeanstasche mit sich herum und las ihn immer wieder. «Willkommen im Club der Intelligenten», schrieb sie. «Jetzt kannst Du Bundeskanzler werden oder General. Jeder Polizist muß Dich mit Sie anreden, und Kellner, Schaffner und Taxifahrer müssen sich sogar vor Dir verneigen. Doch, das ist so mit Abitur, hast Du noch nichts davon gemerkt? Du kannst darauf bestehen. Wer sich nicht vor Dir verneigt, muß zwanzig Mark Strafe zahlen oder wahlweise drei Hiebe mit der Neunschwänzigen Katze wegstecken. Hast Du schon eine Visitenkarte gedruckt? Giovanni Burgat, staatlich geprüfter Studienberechtigter. Ach, es ist so schön, Dich in unserem kleinen, erlesenen Kreis zu wissen. Die zwei Punkte, die Du zu gut geschrieben hast, werden Dir übrigens später bei der Doktorarbeit angerechnet, sie sind also nicht vertan. Ach Giovanni, mein Liebster, hinter all dem Gealbere steckt natürlich, daß ich mich so wahnsinnig auf Dich freue und deshalb nichts Ernsthaftes mehr schreiben kann. Ich will Dich einfach bloß ansehen und anfassen und vielleicht ein bißchen zwicken oder so. Ich bin so gespannt auf Dich. Ich fliege vorsichtig. Bis gleich, Deine Laura.»

Die Freude auf sie fühlte sich manchmal an wie ein zu enges Unterhemd. Giovanni saß stundenlang auf der Mauer bei der Weide und sah den Studenten beim Stocherkahnfahren zu. Immer wieder dachte er darüber nach, was er schreiben könne als Empfangsgeschenk für Laura, aber nichts, was ihm einfiel, war ihm gut genug. Schließlich tippte er nachts am offenen Fenster, aus dem er über die Dächer sah: «Gutschein für 1 Geschichte, geschrieben von Giovanni Burgat für Laura Ohlenburg, Zeitpunkt irgendwie noch offen.»

Diesen Gutschein legte er, als es endlich Zeit war loszufahren, zu dem Strauß roter Rosen. Es waren genau zwölf Stück, und er hoffte, sie würden sich halten, bis er mit Laura aus Frankfurt zurückkäme.

♡

Auf der Fahrt versuchte er, im Kopf Suzanne zu hören, aber es war nicht laut genug zu stellen, und sicher war auch nichts mehr von Laura in dem Lied. Auch die Sonne schien außerhalb. Direkt vor dem Fenster. Er schaltete ab.

In der S-Bahn zum Flughafen wurde das Unterhemd immer enger, und bis dann endlich, nach eineinhalb Stunden Warten, ihr Flug ausgerufen wurde, glaubte Giovanni zu ersticken, wenn er sich nicht sofort das Hemd von der Brust risse. Das halte ich jetzt noch aus, dachte er, ich begrüße sie angezogen.

Er hatte keine Sicht auf die Gangway und mußte an der Glaswand zur Gepäckausgabe warten. Endlich sah er Paul. Und dann auch Laura, die viel, viel blonder als in seiner Erinnerung war. Ihre Augen suchten alle Orte ab, an denen er sein konnte, und als ihr Blick ihn fand, stürmte sie los und küßte das Glas vor seinem Gesicht. Sie rief Paul, der nickte und winkte in Giovannis Richtung, dann kramte sie ihren Paß aus der Tasche und ging zur Schlange an der Sperre. Sie ließ, während sie wartete, Giovanni nicht aus den Augen und hüpfte von einem Bein aufs andere, als müsse sie aufs Klo. Endlich war sie durch und konnte ihn umarmen, und sie standen beide so, einander spürend, riechend und Worte wie «Ja, genau», «Stimmt» oder «Ach, *du* bist das» ins Ohr flüsternd, bis Paul mit dem Gepäck herausgekommen war. Er ließ den Wagen ein Stückchen allein weiterrollen und umarmte alle beide, als wären sie aus einem Stück.

♡

Auf der Bahnfahrt hielten sie einander an den Händen. Paul sah ihnen an, daß sie am liebsten miteinander in den Gepäckwagen verschwunden wären, und sagte lächelnd: «So viel Charakter müßt ihr jetzt noch aufbringen, Kinder.»

«Stöhn», antwortete Giovanni.

«Seufz», sagte Laura hinterher.

«Und ächz», lachte Paul. «Das Leben ist hart.»

♡

«Bist du sauer, wenn deine Liebste mit zu mir kommt?» fragte Giovanni, als der Zug in den Bahnhof rollte.

«Wärst du denn sauer, wenn *deine* Liebste mit zu mir käme?».

«Ja.»

«Also, bevor ihr auf den lachenden Dritten wartet, laßt mich entscheiden», sagte Laura und nahm ihren Vater am Arm. «Pauli, du bist doch schon erwachsen. Du kannst doch so eine Frustration viel besser wegstecken als Giovanni, der noch nicht mal Professor ist.»

Paul lachte: «Ich bin nicht mehr Professor, ich bin jetzt Märtyrer. Deshalb bin ich auch über so was Säkulares wie Besitzdenken erhaben und laß euch in Giovannis mickrige Bude. Und ich bring auch dein Gepäck in die großzügig ausgestattete Villa, die ihr verschmäht.»

Sie halfen ihm, die Koffer in ein Taxi zu packen, Laura küßte ihn, und Giovanni streichelte seinen Oberarm.

«Bis morgen», sagten sie und gingen eng umarmt durch die Unterführung zur Stadt.

Am Stift mußten sie ohnehin vorbei, und Giovanni zeigte Laura die Schrift auf der Mauer. «Das macht ihn krank», sagte sie nur.

♡

Er warf eine Mark in den Zähler und öffnete stolz die Tür. Stolz nicht auf die Beschaffenheit des Zimmers, sondern darauf, *daß* er eines hatte. Und stolz auf den Gutschein und die Rosen.

«Och, wie schön», sagte Laura, «dabei bist du mir doch Blumen und Geschichte genug.»

Sie warfen ihre Kleider auf einen Haufen in der einzigen freien Ecke der Zelle und fielen ineinander mit all der Erwartung, die ein Jahr Sehnsucht in ihnen hatte wachsen lassen.

♡

«Weiß du was?» sagte Laura später, als sie, so entspannt es das winzige Bett zuließ, nebeneinander lagen.

«Du sagst es doch gleich», antwortete Giovanni schläfrig.

«Stimmt. Ich sage, mir wär jetzt erstens nach einem Spaziergang zumute und zweitens nach meinem Bett in der großzügig ausgestatteten Villa, die wir verschmäht haben. In mein Bett passen wir auch rein, wenn wir beide auf dem Rücken liegen. Was meinst du?»

«Ja, Spaziergang, o ja», gähnte Giovanni, «aber Blumenstrauß muß mit.»

«Also komm.» Sie nahm ihr Sweatshirt von der Tischlampe, und das helle Licht weckte ihn vollends auf. Sie trug den Blumenstrauß und er ihre Tasche, als sie durch die warme Sommernacht zur Landhausstraße gingen. Sie kletterten über den Zaun des Botanischen Gartens und nahmen jeden hübschen Umweg.

«Pauli!» rief Laura halblaut vor der Tür, und als er gleich darauf öffnete, fragte sie: «Ist das nicht salomonisch?»

«Kommt rein, Kinder», sagte er froh. «Wir feiern, daß wir uns wiederhaben.»

Sie saßen im Garten, tranken Rotwein und hörten einer Grille zu. Später, als Paul zu Bett gegangen war, schwammen sie leise nackt im lauen Pool, und als sie davon genug hatten, nahmen sie einfach ihre Kleiderbündel unter die Arme und tapsten mit nassen Füßen hinauf zu Lauras Zimmer.

♡

Am nächsten Morgen sagte Paul, Giovannis Mutter habe angerufen, er solle bitte nach Hause kommen. Es gäbe Post und eine traurige Nachricht. Das mußte sie Überwindung gekostet haben, denn seit Pauls anrüchiger Popularität hatte sein Name für sie an Glanz verloren: «Es ist ja ein wirklich netter Mann», hatte sie vor einiger Zeit gesagt und danach beredt geschwiegen, um die vielstimmigen Abers ausgiebig im Raum schwingen zu lassen. Sicher befürchtete sie, ihr Sohn könnte «in irgend etwas hineingezogen» werden, und hatte keine Ahnung, wie tief er schon dringesteckt hatte. Jedenfalls war Paul aus der Spießergesellschaft verbannt und taugte nicht mehr zum Angeben. Arme Mami, dachte Giovanni. Ist abgestiegen, pflegt Umgang mit dem Sympathisantensumpf. In der Achtung Arnos, der mittlerweile Taxi fuhr und schon seit eineinhalb Jahren auf einen Studienplatz in Medizin wartete, war Giovanni natürlich gestiegen. Nur Norbert wußte nichts von seiner Verbindung zum fortschrittlichen Ohlenburg, denn er hatte Lauras Nachnamen vergessen. Überhaupt, mit so unwichtigen Dingen wie der Freundin seines kleinen Bruders pflegte er sich nicht abzugeben. Schließlich mußten all diese unterdrückten Massen von Hand emanzipiert werden. Von Norberts Hand hauptsächlich.

Laura kam mit, und sie beeilten sich, denn die Frage, was die «traurige Nachricht» sein könnte, spukte ihnen beiden im Kopf herum.

«Deine Katze ist tot», sagte Arno beim Öffnen der Tür. «Tag, Laura, wieder zu Hause?»

Giovanni ging in den Keller, wo Freddie in einen Karton

gebettet lag und aussah, als schlafe er bloß. Er streichelte den Hals und spürte Tränen in sich aufsteigen. Freddies Haare waren so weich wie eh und schienen plötzlich nicht mehr zum Körper, der steif war, zu passen. Ganz fremd, wie ein Relikt aus dem Leben, fügten sie sich den Fingerspitzen, deren vergebliche Zärtlichkeit noch allenfalls ihn selber trösten konnte.

Laura legte von hinten die Arme um ihn und schmiegte ihre Wange an seine. «Unser Freund», sagte sie leise. Giovanni schluckte und streichelte ihren Arm. Dann stand er auf und holte einen Spaten.

«Wir suchen ihm einen schönen Platz», sagte er und ging hinauf zum Garten.

«Wart auf mich, wenn du fertig bist», sagte Laura und rannte los. «Ich hol nur noch was für ihn.»

Freddies Lieblingsplatz im Garten war unter einem Forsythienbusch gewesen. Dort hatte er stundenlang geschlafen, wenn Giovanni nicht da war. Um die Wurzeln der Forsythie nicht zu beschädigen, grub Giovanni in einigem Abstand, aber doch so nah, daß es Freddie gefiele, ein tiefes Loch. Er holte den Karton, stellte ihn ans Grab und setzte sich daneben, um von seinem Freund Abschied zu nehmen. In der Küche hatte er Thymian und Salbei geholt und um den verlorenen kleinen Katzenkörper gestreut. «Damit es riecht wie zu Hause», sagte er. Laura kam zurück mit dem Rosenstrauß in der Hand. Sie legte die Blumen einzeln um Freddie und sagte «Von uns», und Giovanni hob den Karton in die Versenkung. Bevor er die erste Schaufel Erde darauf streute, sagte er noch: «Benimm dich anständig im Katzenhimmel, hörst du? Nies den andern nicht ins Gesicht.»

♡

Die Post, die für ihn dalag, war ein Musterungsbescheid. Gemessen an Freddies Tod war der unwichtig. Sie gingen in den Wald, um ungestört an Freddie zu denken. Sie gingen schweigend und hielten sich an der Hand.

«Darf ich dich um was bitten?» fragte Laura in dieser Nacht. Ihre Stimme klang noch so ernst, wie sie beide den ganzen Tag über gewesen waren. Als sie keine Tränen mehr gehabt hatten, waren sie nach Hause gegangen, wo Laura für sie kochte. Mäuseragout, wie sie sagte, zu Ehren von Freddie, aber es waren natürlich nur Spaghetti mit Soße.

«Was denn?»

«Die Geschichte, die du mir schreibst. Ich wollte… also, es wäre gut, wenn das nicht gerade die Geschichte eines jungen Mannes ist, der ein Jahr lang ohne seine Freundin lebt und die gesamte Weiberwelt durchhechelt.»

Giovanni schwieg betreten.

«Verstehst du das?»

«Ja, versteh ich», sagte er und war ihr dankbar für diesen feinen Umweg, auf dem sie ihm beibrachte, daß sie nichts von irgendwelchen Abenteuern wissen wollte.

Er schlug ihr statt dessen eine Geschichte vor, in der ein Mädchen von seinem Freund getrennt lebt und sich einen Muskelmann nach dem andern gönnt, und wie toll sie das findet, und all diese Kerle sind so schön und so klug, und ihr Freund macht keinen Stich gegen sie, und sie möge das Wort Stich ob seiner Doppeldeutigkeit jetzt bitte nicht auf die Goldwaage…

«Hör auf, du Blödkopf», sagte sie und zwickte ihn kräftig in die Seite. «Diese Story entbehrt jeder Grundlage, langweilt und ist so was von gar nicht aus dem Leben gegriffen, daß du dich damit nur blamieren kannst, kapiert?»

«Kapiert», sagte er, ein zweites Mal erleichtert über die Eleganz, mit der sie Schattenbilder aus seinem Hirn verjagte, noch bevor die sich dort hatten einnisten können.

«Findest du uns nicht ein bißchen zu raffiniert?» fragte er.

«Nein», sagte sie, «ich finde uns eigentlich gerade ziemlich süß. Ein bißchen feig vielleicht, aber süß.»

In einer Buchhandlung studierte er ein Katzenbuch und schämte sich zutiefst, als er feststellte, daß Katzenschnupfen ebenso häufig wie gefährlich ist und Freddie nicht hätte sterben müssen, wenn er ihn zum Tierarzt gebracht hätte. Ich hab dich umgebracht, dachte er, aus Dummheit.

ZWEIUNDZWANZIG

Die Beatles spielten noch immer nicht wieder zusammen. Barzel mißtraute Brandt, behauptete er jedenfalls. Dabei schwamm Brandt auf einer Woge der Sympathie, denn er hatte die Lebensqualität erfunden. Mark Spitz schwamm schneller und für mehr Geld, und München schwamm im Blut von elf israelischen Sportlern.

Überraschend wie immer stand Bo eines Donnerstags vor der Tür. Mit Haaren. Er küßte die skeptische Laura auf die Wange und sagte: «Es gibt jetzt Wichtigeres, als meine Stilfehler zu beklagen.»

«Ach, Stilfehler nennst du so was?» sagte Laura, aber man hörte ihrer Stimme an, daß sie nicht mehr böse war.

Bo holte eine Handvoll dicker Filzstifte aus einer Tüte und sagte: «Aktion.»

Die NPD-Wahlplakate, auf denen sein Vater abgebildet war, sollten sinnreiche handgeschriebene Zusätze erhalten. Es waren noch vier Tage bis zur Wahl, und wenn sie heute nacht möglichst viele bemalten, konnte sicher nicht mehr neu plakatiert werden. Bo hatte vor, die Plakate mit Parolen zu verzieren, die noch rechtsradikaler wirkten. Er hoffte auf einen Lerneffekt bei seinem Vater, wenn der sich von der eigenen Seite beschimpft fühlte.

Sie machten sich auf den Weg, als es dunkel war, und fingen in den entlegeneren Gegenden an. Unter den Namen Arnold Pletsky schrieben sie: «Klingt aber schwer nach Polack» oder «Deutschland den Deutschen – Pletsky go home». Später kam Laura auf die Idee, «Kretsky und Pletsky» zu schreiben, und Giovanni steuerte noch die Variante «Arnold Pletsky Russky zerfetsky» bei. Als sie gegen drei Uhr morgens in die Innenstadt vorgedrungen waren, nahmen sie noch den Spruch «Arnold Pletsky – Wehrkraft zersetsky» ins Repertoire auf.

Giovanni gewann unterwegs noch zwei Bekannte für die Sache, und kurz vor fünf, als es hell wurde, trafen sie immer öfter auf Plakate, die schon beschriftet waren.

Nur zweimal hatten sie vor Streifenwagen flüchten müssen. Es war wunderbar, dicht zusammengedrängt in einer Hofeinfahrt oder hinter Müllcontainern zu verharren, den Herzschlag der anderen zu spüren und so einander verschworen zu sein. Giovanni erinnerte sich an die Touren mit den Zwanzig-Centime-Stücken. Es war dasselbe Gesetzlosengefühl. Gegen die Welt. Aufeinander angewiesen.

Bo schlief auf der Couch im Wohnzimmer und war schon weg, als Laura und Giovanni gegen ein Uhr herunterkamen. Ein Zettel lag auf dem Tisch. Bin schon wieder in Hamburgsky. Oder wenigstens fast. Euer Bo.

♡

Es war ein Fehler gewesen zu glauben, daß die Musterungskommission mit ihm nichts anfangen könne. Giovanni erhielt das Prädikat T 4. Nach einem Blick in seinen Hintern, einem Griff an seinen Penis und der Prüfung einer Flasche mit Urin fanden die Ärzte, er sei gut genug, die freie Welt zu verteidigen. Es müsse ja nicht grad als Pilot oder Feldjäger sein.

Er war sich so sicher gewesen, als untauglich durchzukommen, daß er weder viel geraucht noch Kaffee literweise oder irgendwelche Tabletten zu sich genommen hatte. Er hatte nicht auf schwul gemacht und nicht auf selbstmordgefährdet. Nicht einen der mehr oder wenigen guten Tips, die für diesen Fall weitergegeben wurden, hatte er beherzigt. Schließlich war Bo wegen einer Trichterbrust untauglich. Und Norbert wegen eines Herzfehlers. Wie konnten die dann Giovanni nehmen mit seinen spindeldürren Ärmchen, seinen Plattfüßen, dem Hohlkreuz und einem linken Auge, das gerade mal Farben unterschied? Es war unfaßbar.

♡

Sein zweiter Fehler war, daß er in der Verhandlung, in der er seinen Antrag auf Kriegsdienstverweigerung begründen sollte, auf den Humor des Vorsitzenden spekulierte. Die Frage, was er denn täte, wenn er, eine Maschinenpistole unterm Arm, mit seiner Schwester im Wald spazierenginge, und da käme plötzlich ein Russe und wolle sie vergewaltigen, beantwortete er wohl ein wenig zu leichtsinnig. Er sagte: «Wenn ich die Maschinenpistole unterm Arm habe, denkt der ritterliche Russe, ich wolle der Frau was antun, er weiß ja nicht, daß sie meine Schwester ist, und deshalb greift er mich an. Das macht er, um sie zu retten.»

«Aber nein», sagte einer der Beisitzer noch geduldig, weil er Giovanni für zu blöd hielt, die Frage zu verstehen. Das machte ihm den jungen Mann sympathisch. «Der Russe will die Frau vergewaltigen, nicht Sie.»

«Nicht mich?»

«Der Russe die Frau.»

«Woher weiß ich das?» sagte Giovanni. «Ich kann doch gar kein Russisch. Er fragt vielleicht nur nach dem Weg.»

«Gehen Sie einfach davon aus, daß er es will. Was tun Sie

dann?» Der Ton des Beisitzers hatte sich verändert. Es klang nicht mehr geduldig.

«Das muß sich sowieso um eine Verwechslung handeln», sagte Giovanni. «Ich habe nämlich gar keine Schwester.»

«Beantworten Sie die Frage, Herr Burgat», donnerte jetzt der Vorsitzende, «und lassen Sie den Blödsinn!»

«Also gut, dann will er meinen Bruder vergewaltigen. Woher weiß ich, ob mein Bruder nicht Lust auf ein Techtelmechtel hat? Da kann ich mich doch nicht einfach einmischen. Ist doch seine Sache, oder? Wenn er einen hübschen Russen sieht, das geht doch mich nichts an. Ach übrigens, da muß noch eine Verwechslung vorliegen. Ich habe nämlich gar keine Maschinenpistole. Das kann gar nicht ich sein, der da im Wald mit diesem Mannweib spazierengeht. Sie müßten denjenigen fragen, der die Knarre hat, nicht mich.»

«Ihr Spieß wird ihnen Manieren beibringen», sagte der Vorsitzende. «Danke, Herr Burgat, Sie können gehen.»

An der Tür drehte sich Giovanni noch einmal um und fragte, ob er das Protokoll haben könne, er wolle ein Buch draus machen. Die Story mit dem Russen und der Schwester sei so toll.

«Raus», sagte der Vorsitzende.

Daß er bei der zweiten Verhandlung durchkam, verdankte er der disziplinierten Demut, die er an den Tag legte, einigen unbestreitbar vom Bundespräsidenten Heinemann ausgesprochenen Sätzen und der Tatsache, daß der Vorsitzende und die drei Beisitzer nicht dieselben waren und wohl das Protokoll der ersten Verhandlung nicht zu Gesicht bekommen hatten. Zu seinem Glück.

Paul hatte eine Gastprofessur in Aix angenommen und Giovanni gebeten, für ein Jahr, oder bis ihn Laura hinauswerfe, in der

Landhausstraße zu wohnen. «Wär mir recht, es ist ein Mann im Haus», hatte er gesagt.

«Daß du Mann sagst, ist nett.» Giovanni war froh, das Kabuff am Schloßberg wieder aufgeben zu können. Er hatte fast nie dort geschlafen, und ihn reuten die siebzig Mark Miete.

Für die Zeitung durfte er nach wie vor Konzerte, Festivals und ähnliches besprechen, wurde manchmal sogar schon mit Spezialaufgaben betraut. Artikel über ein Ferienlager oder eine Szenekneipe zum Beispiel. Nachmittags arbeitete er in einer Cafeteria des Studentenwerks, spülte das Geschirr, räumte die Gartentische ab und putzte den Küchenboden. Den Gitarrenunterricht hatte er ganz aufgegeben, denn die Ansprüche waren gestiegen, und er hatte keine Lust, immer wieder Anfänger zu unterrichten. Als ihm der letzte seiner Schüler über den Kopf gewachsen war, hatte er einfach aufgehört. Er verdiente etwa siebenhundert Mark im Monat, viel mehr, als er brauchte, und so sparte er alles, was übrigblieb. Für ein Auto. Es machte Giovanni nichts aus, zu sparen.

♡

Er nahm Fahrstunden. Die waren das Abitursgeschenk seines Vaters. Laura hatte sich für Theaterwissenschaft eingeschrieben, aber sie sah es als Parkstudium an. Bis ihr das Richtige einfallen würde.

Giovanni wollte nicht studieren, bevor er den Zivildienst hinter sich hätte. Vielleicht auch überhaupt nicht. In den letzten Schuljahren war eine solche Abneigung gegen das Hineinfressen von Daten und Fakten, dieses Aufpumpen des Gehirns mit Wissen, in ihm gewachsen, daß er sich nicht sicher war, ob er das noch mal wollte. Es ist besser, die Augen offenzuhalten, als sie sich beim Studieren zu verderben, hatte er zu Paul gesagt, als er ihn nach seinen Plänen fragte.

«Man kann auch schlau sein ohne Uni», hatte Paul geantwortet, «aber man kann dort auch was lernen.»

Giovanni wußte es einfach nicht. Erst mal leben, dachte er, dann weitersehen. Das Schicksal hat meine Telefonnummer, es gibt mir schon Bescheid. Daß Laura studierte, war insofern gut, als er seine Fahrstunden vor ihr geheimhalten konnte. Außerdem kam sie mindestens einmal täglich in die Cafeteria und besuchte ihn bei der Arbeit.

♡

Noch vor der Fahrprüfung kaufte er einen dunkelblauen Käfer für zwölfhundert Mark. Den weihte er ein, indem er sich von einem Fan der Royals, der sich selbst als eine Art Hilfsmanager sah, an einem Samstagabend aufs Land fahren ließ.

Durch einen Freund war er den Royals empfohlen worden. Die suchten einen Gitarristen, und er sollte sich, bevor man miteinander verhandeln oder proben würde, einen Auftritt von ihnen ansehen. Die Mitglieder der Royals fuhren Mercedes, verdienten ein Heidengeld, indem sie jedes Wochenende Turnhallen auf dem Land mieteten, wo sie auf eigene Kosten Bälle veranstalteten. Sie spielten die aktuelle Hitparade rauf und runter und wagten sich nie in größere Städte, denn dafür waren sie zu schlecht. Aber sie hatten ihre treuen Fans im ganzen Umland. Fans, die ihnen nachreisten, ihre selbstproduzierten Schallplatten kauften oder sich, wie der Hilfsmanager, zu jedem Handlangerdienst abkommandieren ließen.

Giovanni hörte sich den Auftritt geduldig an. Die meisten Songs verursachten einen Würgereiz in ihm. Es war schauerlich. Die klangen so, wie ihr Publikum aussah. Doof.

Aber er würde mindestens zwölfhundert Mark verdienen. Er war entschlossen zuzusagen, falls ihn die Royals wollten. Egal, wie mies die Musik war.

In der Pause ging er vor die Tür und ließ den Wirbel der zurechtgemachten Mädchen, deren Parfüms sich miteinander und den verschiedenen Schweißgerüchen mischten, und der betont lässigen Jungs, die ihre filterlosen Zigaretten rauchten

wie Charles Bronson oder Steve McQueen, an sich vorbei geschehen. Er fühlte sich unwohl und hatte Angst, gleich aus heiterem
Himmel eine Faust auf die Nase zu kriegen. Einfach so. Weil es
eben in der Luft lag. Weil seine Haare zu lang waren. Oder weil
er nicht die vorgeschriebenen Jeansklamotten trug.

Ein Pulk von vier Jungs ging extra dicht an einem Mädchen
mit rotem Lederrock vorbei. So dicht, daß einer der Jungs das
Mädchen scheinbar zufällig mit dem Ellbogen in die Brust stieß.

«Stark», sagte das Mädchen abfällig. «Echt stark.»

Der Junge drehte sich um zu ihr und sagte, so laut, daß es
meterweit zu hören war: «Ich reiß dir gleich den Votzknochen
raus.»

Giovanni wurde schlecht, und er suchte seinen Chauffeur,
den Hilfsmanager, erklärte ihm, daß er sofort nach Hause müsse,
und der stolze, dickliche Junge ging bereitwillig voraus zum
Parkplatz.

Die Zeit hatte kaum für den Gedanken gereicht, daß My Lai,
Drittes Reich, Schlachthöfe und Söldnerheere von genau diesen
Typen lebten, daß genau solche Leute es gewesen sein mußten,
die in dem Film «Das Wiegenlied vom Totschlag» lachten und
sich an die Stelle der Soldaten wünschten, daß genau solche
Leute, egal für wieviel Geld, nicht das Publikum sein würden, für
das er zu spielen bereit war, daß er genau solchen Leuten nicht
mehr freiwillig zu begegnen wünschte, als der Hilfsmanager zwei
Dörfer weiter den Käfer aufs Dach legte.

«Bist du okay?» fragte Giovanni nach einiger Zeit, die er gebraucht hatte, um zu begreifen, was passiert war. Sie hingen
falsch herum in den Sitzen, die Köpfe auf der Straße und die
Knie überm Kinn.

«Raus hier», war das einzige, was der andere sagte, und sie
beeilten sich, aus der Falle zu krabbeln. Der Käfer lag mitten auf
der Straße. Wer jetzt um die Kurve käme, würde direkt hineinra-
sen. Sie rollten das Wrack an die Seite. Das Dach war eingedrückt
und die Hinterachse offenbar gebrochen, denn die Räder

standen X-beinig nach außen. Drei Kotflügel waren im Eimer, und die Fahrertür glich einem großen Salatblatt. Überhaupt sah das ganze Auto aus, als brauche Ilse nur noch Goldbronze, um ein Kunstwerk daraus zu machen.

«Ich dachte, du könntest Auto fahren», sagte Giovanni und tastete seinen verschrammten Unterarm ab. Der andere sagte nichts, gab dem Käfer einen Tritt und ging los in Richtung Stadt.

Als sie sich nach einem langen, wortlosen Fußmarsch durch die Nacht trennten, sagte Giovanni noch: «Die Karre verschrottest *du*. Ich hab sie dir eben geschenkt.»

DREIUNDZWANZIG

Wenn ein Mensch jung war und man glaubte, er habe einen guten Kern, dann nannte man ihn «Weltverbesserer» oder «Idealist». Ein Außenseiter, der wie Tausende anderer Außenseiter Sozialpädagogik studierte oder auf eine Sozialarbeiterschule ging, um anderen Außenseitern zu helfen, hatte auf jeden Fall einen guten Kern und war ein Weltverbesserer. Eine Sache, die man gebongt fand, nannte man «stark». «Stark» war zum Beispiel, daß Willy Brandt strahlte, weil die SPD stärkste Partei wurde.

Ilse kam zurück aus Berlin, stellte sich dem Kreiswehrersatzamt, reichte seine Verweigerung ein, kam bei der dritten Verhandlung durch und leistete Zivildienst beim Roten Kreuz. Der Zivildienst hieß damals noch Ersatzdienst.

VIERUNDZWANZIG

*Als die spanischen Gastarbeiter von den grie-
chischen abgelöst wurden, machten sie ihre
Restaurants nicht in Deutschland auf, sondern zu Hause. Das Originelle daran war,
daß sie dort nicht spanisch kochten, sondern
deutsch. Schlau von ihnen, denn warum sollten die Deutschen noch nach Italien in Urlaub fahren, wenn sie das italienische Flair
zu Hause in der Pizzeria nebenan bekamen?
Sie fuhren alle nach Spanien, um dort
deutsch zu essen. Da hatten sie beides. Das
Flair in der Luft und die Heimat im Magen.
Eine Sache, die man stark fand, nannte man
«affenstark».*

Bo sollte im April in das Wiener Max-Reinhardt-Seminar aufgenommen werden. Beim Vorsprechen attestierten die Prüfer seinem Hamlet eine gewisse Zwielichtigkeit, eine Art seelischen
Zwischen-den-Stühlen-Sitzens. Er zog über den Winter in die
Landhausstraße und arbeitete wieder als Statist am Landesthea-
ter.

FÜNFUNDZWANZIG

*Affenstark war zum Beispiel, daß der Viet-
namkrieg tatsächlich zu Ende war und daß
Heinrich Böll im letzten Herbst den Nobelpreis für Literatur erhalten hatte. Und die*

Comics von Robert Crumb waren sogar total affenstark. Nicht affenstark dagegen waren der Tod von Picasso, die Junta in Athen und die neue Mode, alle Möbel braun zu streichen. Was man bisher Party genannt hatte, war jetzt eine «Fete».

Giovanni hatte sich nun doch eingeschrieben. Für Deutsch. Aber er brach das erste Semester gleich wieder ab, um den Zivildienst in einem Kinderheim im Schwarzwald anzutreten. Dort spielte er an freien Abenden in einer Tanzkapelle, die von «Anneliese» bis «Ohne Hemd und ohne Höschen» alles, was beliebt war, draufhatte.

SECHSUNDZWANZIG

Nixon ging unter im Watergate-Skandal. Eine Sache, die man affenstark fand, nannte man «bärenstark».

SIEBENUNDZWANZIG

«Saustark.»

ACHTUNDZWANZIG

«Bockstark.»

NEUNUNDZWANZIG

«Heiß.»

DREISSIG

«Scharf.»

EINUNDDREISSIG

Eine Sache, die einem nicht gefiel, erzeugte einen «Frust». Brandt mußte solch einen Frust gehabt haben, als Guillaume aufflog, Salazar bei seinem Sturz, die Autofahrer bei der Ölkrise, die russische Regierung wegen Solschenizyns Nobelpreis und Ruhm, Franco angesichts seines nahenden Todes und jeder Mensch mit Geschmack beim Hören der Musik der Bay City Rollers.

ZWEIUNDDREISSIG

*Die RAF entführte Hanns Martin Schleyer.
Wenn die Bay City Rollers so was wie die
Beatles gewesen wären, dann wären die
Sweet so was wie die Stones gewesen. Wenn.*

DREIUNDDREISSIG

*In Stuttgart-Stammheim wuchs ein Riesen-
bau aus dem Boden. An der Schulmedizin
wuchsen die Zweifel, geschürt von Hacke-
thal. Bei den Sozialarbeitern wuchs der Frust
über die Verhältnisse, und bei den Außenseitern wuchs der Drogenkonsum. Eine Sache,
die man scharf fand, nannte man «gierig».*

VIERUNDDREISSIG

*Rockmusik war inzwischen eine Sache für die
unbelehrbare Landjugend geworden. Wer
etwas auf sich hielt, bevölkerte die Folk-Fes-
tivals in Ingelheim, Mainz und Tübingen. Ul-
rike Meinhof starb im Gefängnis, Mao Tse-
tung im Bett und der Glaube, daß man eine
Zukunft habe, in den Köpfen der Idealisten.*

147

FÜNFUNDDREISSIG

Alles wurde immer schlimmer. Stammheim wurde der Bauchnabel Deutschlands, Brokdorf wurde so was ähnliches wie Ingelheim, aber mehr auf Wasserwerfer- als auf Musikebene. Wolf Biermann hörte auf, eine Legende zu sein, und wurde eine reale Person, die sich jetzt hier einmischen wollte. Das hatte manchen gerade noch gefehlt.

SECHSUNDDREISSIG

Buback. Ponto. Schleyer. Elvis. Groucho Marx. Ludwig Erhard. Ernst Bloch. Bing Crosby. Elisabeth Flickenschildt. Hans Erich Nossack. Charlie Chaplin. Howard Hawks. Ingrid Schubert, Jan Carl Raspe, Gudrun Ensslin, Andreas Baader. Arbeitsplätze

SIEBENUNDDREISSIG

Es gab Punk-Musik, den deutschen Herbst und Günter Wallraff. Dafür gab es Persien nicht mehr und einige Bilder, weil Arnulf Rainer sie nämlich übermalt hatte. Eine Sache, die man gierig fand, nannte man «geil».

ACHTUNDDREISSIG

Christiane F. – Saturday Night Fever.

NEUNUNDDREISSIG

Apocalypse Now.

VIERZIG

Schnallen, checken, raffen, blicken, geregelt oder auf die Reihe kriegen waren synonyme Neuzugänge im Wörterbuch für die Begriffe kapieren, begreifen, einsehen, bemerken oder durchblicken.

Wenn, so wie jetzt, nur der Tontechniker und Stefan, dessen Freundin und er im Studio waren, mochte Giovanni die Arbeit am liebsten. Die Magie der frühen Morgenstunden, die er eben wieder spürte, war für ihn das Schönste an der Zusammenarbeit mit Stefan.

Karen schlief auf der Couch. Giovanni hatte sich den Produzentensessel nach hinten gerollt und die Füße aufs Mischpult gelegt. Der Tontechniker saß zusammengesunken am Pult, beachtete nicht einmal die beiden Leuchtanzeigen, die das Eingangssignal von Stefans Mikrofonkanälen nachbildeten und zit-

149

ternd auf und ab fuhren. Er schien zu schlafen, aber er hörte konzentriert auf jeden Intonationsfehler.

Eben versang sich Stefan leicht, erwischte den Ton ein bißchen zu hoch. Giovanni wollte dem Techniker sagen, er solle das Band unbedingt weiterlaufen lassen, als dieser schon die Hand auf den Stopknopf fallen ließ und die wunderbar intensive Atmosphäre zerstörte.

«Scheiße», schrie Stefan, und Giovanni wußte genau, wie ihm zumute war. Karen wachte auf und streckte sich wie ein Kätzchen.

«Wie spät?»

«Viertel vor drei», sagte Giovanni zu ihr und drückte dann den Knopf, der ihn über die Lautsprecher im Studio mit Stefan verband. «Stefan, tut mir leid. Es war richtig toll. Zum ersten Mal richtig toll. Leider hat Walli der Unbestechliche 'n falschen Ton gehört.»

«Versuchen wir's halt noch mal», sagte Stefan und rückte die Kopfhörer zurecht. «Selbe Stelle.»

Wieder sang er den Refrain «Mit Linda zu gehn ist nicht leicht, weil sie immer abweicht und um jede Ecke streicht. Mit Linda zu gehn fällt mir schwer, denn sie rennt immer ein Stück vor mir her.»

Der Text stammte, wie die meisten, die Stefan sang, von Giovanni. Sie hatten sich im Kinderheim kennengelernt, beim Zivildienst vor acht Jahren. Stefan war der bessere Gitarrist, komponierte wunderschöne Melodien, und als sie miteinander spielten, entdeckten sie, daß Giovannis Gedichte sich singen ließen. Angefeuert von der überraschenden Kraft, die seine Worte in Musik entwickelten, schrieb Giovanni einen Text nach dem anderen und staunte, wie schön ein Gedicht sein konnte, wenn es jemand sang. Sein Ziel wurde, das Weinen ohne Augen zu erzeugen, aber sein Talent schien eher in pointierten und witzigen Texten zu liegen. Er und Stefan wurden Freunde, traten nach dem Zivildienst gemeinsam auf und hatten damit stetig wachsenden Erfolg.

♡

Giovanni, der einerseits den Erfolg genoß, hatte andererseits große Hemmungen, auf der Bühne zu stehen, und nutzte das Vertragsangebot eines Musikverlags an Stefan, um auszusteigen. Dem Verlag war das gerade recht, denn einen Solokünstler konnte man besser verkaufen, und außerdem war Giovanni als Gitarrist nicht gut genug, um in Stefans neugegründeter Begleitband mitzuspielen. Er zog sich zurück, konzentrierte sich aufs Texteschreiben und wurde so etwas wie der Gesangsberater von Stefan. Bei jeder Plattenaufnahme war er dabei, wenn Stefan sang, führte Regie, achtete auf den Ausdruck und versuchte aus Stefans eher eintöniger Stimme Nuancen herauszuholen. Dies war die sechste Langspielplatte, und sie würden vielleicht noch drei Nächte daran arbeiten.

♡

Gerade warf Stefan enttäuscht die Kopfhörer auf den Boden und kam in den Regieraum, aus dem seit dem rohen Stop des Tontechnikers die Magie verschwunden war. Trotz der roten, blauen und grünen Lämpchen, dem leisen Schmirgelgeräusch der Bandmaschine in den Pausen und Karens erneutem Schlaf.

Dieser Zustand, der sich anfühlt wie ein Austritt aus der Zeit, in dem man sich vorkommt wie die Besatzung eines Raumschiffs, das jenseits aller Erreichbarkeit durch ein riesengroßes Nichts schwebt, dieser Zustand, den man später noch beim hundertsten Abspielen einer Platte heraushört, war verflogen. Es war, als hätte ein grelles Neonlicht alles Weiche aus den Furchen der Gesichter und ein Schrei alles Geheimnis aus den Tönen der Musik gezerrt.

Walli, der Toningenieur, warf die Hände in die Luft und

151

sagte: «Aber es war doch falsch. Was soll ich denn machen? Wenn du falsch singen willst, brauch ich nicht aufzupassen.»

«Ich bin irgendwie keine Maschine», sagte Stefan wütend. «Ich war endlich mal gut drauf. Das ist wie eine Ohrfeige. Das ist wie ein Tritt in die Eier, wenn dir mitten im Wort das Playback gestoppt wird.»

«Für gut drauf ist Giovanni zuständig, ich bin für die richtigen Töne da.» Walli nahm seinerseits übel, daß man ihm das Mißlingen anlasten wollte.

«Er hat recht, ich war zu versunken, tut mir leid», sagte Giovanni, um den drohenden Streit zu vermeiden. «Wir könnten auch schlafengehn.»

Sie fuhren in Stefans Volvo zum Hotel und gingen auf ihre Zimmer. Karen, die noch immer halb schlief, winkte Giovanni noch zu, als er seine Tür aufschloß. Stefan sagte über die Schulter: «Ist ja auch kein Drama, ich hätte ihm nur grad eine verpassen können, so sauer war ich.»

«War aber wirklich meine Schuld. Ich hab mich davontragen lassen, anstatt auf Walli aufzupassen», sagte Giovanni. «Morgen reiß ich mich zusammen.» Und schloß die Tür hinter sich.

Kamen im Ruhrgebiet. Ein Blick aus dem Fenster auf den Marktplatz vor dem Hotel lohnte nicht, obwohl dies noch der hübscheste Fleck der Stadt war, idyllisch von Repliken alter Gaslaternen beleuchtet. Giovanni ließ die Vorhänge offen und machte kein Licht. Er schenkte sich ein Glas aus der halbvollen Weißweinflasche ein und stellte sich ans Fenster. Lohnend oder nicht, wohin sonst als auf den Marktplatz sollte er schauen? Das Zimmer mit seiner «besseren» Einrichtung, Minibar, Fernsehen und einem Gauguin überm Bett, den er gegen Stefans Renoir getauscht hatte, der braune Sessel, die braune Kofferbank, der braune Einbauschrank und die grasgrüne Tür zum Bad, all das waren keine Dinge zum Ansehen, sondern zum Hinnehmen. Mit

Ausnahme des Gauguins natürlich. Lohnend oder nicht, er sah den Marktplatz an.

♡

Mit Linda zu gehn ist nicht leicht… Ihm schwirrte der Refrain im Kopf herum. Wie so oft, wenn er im Studio war, lag er noch lange wach. Rhythmus und Melodie der immer wieder gehörten Musik hatten sich ins Nervensystem eingebaut, bestimmten seinen Atem und Herzschlag, bewegten seine Finger und Lippen und manchmal sogar die Zehen. Das Radio im Kopf drehte durch.

Aber diesmal war es nicht allein die Dominanz der hübschen Walzermelodie, die ihn nicht schlafen ließ, es war der Inhalt seines Textes. Natürlich war Linda Laura, und in der Weltferne des Raumschiffs, zwischen dem Zauber der blinkenden Lämpchen, im Moment, da Stefan das Gefühl für den Text gefunden hatte, war ihr Bild mit einer Klarheit auf ihn zugekommen wie in den letzten acht Jahren nicht mehr. Er hatte nicht auf Walli achten können, so sehr war er in diesem überraschenden Dialog mit Laura gefangen gewesen, hatte sie gehen sehen, lachen hören, ihre Hand auf seiner Haut gespürt und bei der Zeile «…rennt immer ein Stück vor mir her» dasselbe leere Gefühl gehabt wie damals.

♡

Sie hatten «Jules und Jim» gesehen, und angerührt, als wäre ein Schneebesen durch ihre Herzen gegangen, alberten sie auf dem Heimweg herum und spielten sich mögliche Dreiecksgeschichten vor.

«Ich denke, ich werde es heute mit Fritz machen», sagte Laura zum Beispiel. «Er hat sein Vorphysikum bestanden.»

«Das ist ungerecht», nörgelte Giovanni, «ich war extra in der Badewanne. Du hast es vorgestern erst mit Fritz gemacht. *Ich* bin dran.»

«Vorgestern? Da hatte ich doch meine Tage.»

«Um so größer die Sauerei, ich bin dran.»

«Machen wir's zu dritt?»

«Okay, aber nur wenn Fritz nicht mit *mir* anfängt.»

«Für Fritz», sagte Laura in pathetischem Ton, «lege ich meine Hand ins Feuer.»

«Nimm doch seine», schlug Giovanni vor. «Ist sogar egal welche. Er hat zwei linke mit zehn Daumen.»

Noch im Bett ging die Alberei weiter. Sie ließen den fiktiven Fritz noch seinen Freund Arnulf mitbringen, worauf sich Laura weigerte, ihn ins Bett zu nehmen, worauf sich herausstellte, daß Arnulf eine Frau war, worauf sich Giovanni erbot, ausnahmsweise mit ihr zu schlafen, worauf sich herausstellte, daß Arnulf aber eine lesbische Frau war, worauf sich Laura bereit erklärte, worauf sich Fritz und Giovanni in der Küche betranken und auf die Weiber schimpften.

Als Giovannis Hand über ihren Bauch fuhr, sagte Laura: «Nicht. Heut nicht. Ich wüßte nicht, mit wem ich's zu tun habe.»

«Sepp», murmelte Giovanni, «nenn mich Sepp», und sie kuschelten sich zum Schlafen aneinander.

♡

Ein paar Tage nach dem Film tauchte Bo auf und zog in der Landhausstraße ein. Laura begegnete ihm mit freundlicher Ironie, er stichelte zurück, und Giovanni freute sich, ihn da zu haben.

Nicht lange nach Bos Einzug wachte Giovanni nachts auf und spürte, daß Laura beharrlich seinen Arm streichelte. Nur langsam tauchte er auf, und nur langsam kam ihm zu Bewußtsein, daß Bo mit im Bett lag. Er hatte seinen Kopf auf Lauras Brust und lag mit geschlossenen Augen in ihrem Arm. Als er wach genug war, sah Giovanni, daß Lauras Augen offen und wie studierend auf ihn gerichtet waren.

«Sollen wir?» fragte sie.

Giovanni konnte nicht antworten. Er sah zur Decke und lag still, als ließe sich dadurch das Hirngespinst vertreiben. Sein Körper fühlte sich an wie innen hohl, und er spürte nur, daß er nichts spürte. Stumpf, mit wachen Ohren und Augen, die jedes Detail an der halbdunklen, von draußen beleuchteten Zimmerdecke registrierten, als müsse er darüber berichten, lag er da und wartete auf die eigene Antwort. Er spürte sich atmen und wußte genau, daß die stumpfe Hohlheit seines Körpers ein Schmerz war. Ein Schmerz, der nur noch nicht vorgedrungen war bis zur Spürbarkeit, ein Schmerz, der schon da war, aber noch nicht wahr. Oder schon wahr, aber noch nicht da.

«Nein», hörte er sich endlich sagen, «ganz bestimmt sollen wir nicht.»

Es tat ihm weh, Laura zu demütigen. Er glaubte zu wissen, wie sie sich fühlte, da er sie mit seiner Ablehnung vor ihr, Bo und sich selber bloßstellte. Das Nein erst machte die Idee zur Grobheit. Er konnte sie nicht ansehen. Jetzt endlich kam auch der Schmerz, kamen Übelkeit, Atemnot und ein Gefühl, als erkalte seine Haut. Nur die Haut. Er stand auf und packte seine Kleider, sagte «Ich bin weg» und ging ins Wohnzimmer hinunter, wo er sich anzog.

Was für ein Gefühlsmatsch, dachte er. Sie will mit Bo schlafen, und ich zerbrösele vor Schreck. Und schäme mich dafür. Er hörte ihre Schritte auf der Treppe, stand auf und ging schnell nach draußen. Er hätte keinen klaren Satz herausgebracht.

♡

In einem Brief, zwei Tage später, entschuldigte er sich bei Laura, schrieb, er schäme sich, sie so sitzengelassen zu haben, und versuchte, ihr zu erklären, was in ihm vorging. Ihre Antwort war kurz und herzlos. Er solle sich nicht mehr blicken lassen. «Man geht von mir nicht mitten im Satz weg und läßt mich mit dem Spinner allein.» Sie mußte tief verletzt sein. Von der Verletzung, die sie ihm zugefügt haben könnte, schrieb sie nichts. Offenbar war sie zu wütend, um an ihn zu denken.

Ihrem Brief lag seine Zahnbürste bei, und einige Tage später kam ein Paket mit Büchern. Er warf seinen Hausschlüssel eines Nachts in ihren Briefkasten und bewarb sich für eine Zivildienststelle, so weit weg von zu Hause wie möglich.

♡

Paul schrieb er einen Brief nach Südfrankreich. Deine Tochter ist ebenso blöd wie schön wie klug wie sauer auf mich. Ich selbst bin leider nur blöd, hoffe aber, daß Du mich trotzdem noch magst, Dein Giovanni.

Pauls Antwort lautete: Ihr macht Eure Dummheiten gefälligst alleine. Du bist mir immer willkommen, wenn Du Dich anmeldest. Unsere Liebste möchte Dir nicht begegnen. Wenn Du willst, schreib ich Dir ab und zu, daß es ihr gutgeht und daß ihr jeweiliger Freund Dir nicht das Wasser reichen kann.

Giovanni antwortete: Ja bitte, Du Grobian.

♡

Eine Weile schob sich Lauras Bild vor jede Frau, der er sich nähern wollte. Es war sogar für kurze Zeit, bis zum erneuten Verblassen, wieder in Suzanne zurückgekehrt. Immer wieder sagte sich Giovanni: Ich werde jetzt alle Frauen haben, alle außer ihr, aber Lauras forschender Blick und der Klang ihrer letzten Frage waren wie ein Nebel zwischen anderen und ihm. Er hatte weder sie noch alle Frauen. Nur wieder mal ein Hirngespinst.

♡

Von Bo, dem er diesmal nicht verzieh, hörte er nichts. Manchmal dachte er, irgendwann kommt Post mit einem Finger oder etwas in der Art, aber die Erwartung verlor sich nach und nach, so wie auch der Schmerz über Lauras Verlust verging.

Was blieb, war das Gefühl, eine einmalige Chance verpaßt zu haben, und die Erwartung, daß kein Mädchen, keine Frau, kein Abenteuer es je mit Laura würde aufnehmen können.

♡

Ernsthaft, fast wütend stürzte er sich in die Arbeit, als er Stefan kennengelernt hatte. Er schrieb und schrieb und lernte bald, griffig und kurz zu formulieren. Als er schließlich bei der Tanzband einstieg, wurde die Arbeit im Kinderheim so nebensächlich wie Zähneputzen, Brötchenholen oder ein täglicher Abwasch.

♡

Als Mitglied der Tanzband hatte er es leicht, Eroberungen zu machen. Am laufenden Band. Ich bin wie Bo, dachte er manchmal, wenn er den verschiedensten Mädchen und Frauen in ihre Zimmer folgte, nur mit dem Unterschied, daß Bo sich jedesmal verliebt und ich sie nur alle benutze.

Mit einer erstaunlichen Sicherheit des Instinkts hielt er sich fern von Mädchen, die er mochte. Er reagierte abweisend, sobald sich die Grenzen der Beliebigkeit zu verwischen drohten.

Später, unterwegs mit Stefan, war es noch einfacher, von Bett zu Bett zu springen, nur begegnete er viel öfter Mädchen, die er gern hatte, als solchen, die auszunutzen ihm nicht schwerfiel. Nach zwei Jahren, als schon über den Plattenvertrag verhandelt wurde, fand Giovanni durch Filme und eigenes Nachdenken heraus, daß er sich kitschig, mies und lächerlich benahm. Er machte Schluß mit dem herzlosen Gebrauch fremder Körper und begann sich scheu den Frauen, die er mochte, zu nähern. Zwar noch immer ohne Liebe, aber wenigstens mit Freundschaft und Respekt.

♡

Über Jahre konnte er Lauras Weg nur mit Hilfe von Pauls kurzen Berichten verfolgen. Sie blieb wider Erwarten einige Semester bei der Theaterwissenschaft und schloß sich dann einer freien Gruppe an.

Die Möglichkeit, daß sie sich leicht auf einem Festival begegnen oder gemeinsam bei einem Stadtfest oder Theatertreffen engagiert sein könnten, trug zu seinem Entschluß bei, sich von der Bühne zu verabschieden und als Texter in den Hintergrund zu verschwinden. Noch immer war sie die Ikone in seinem Herzen, die nicht in die Realität gehörte. Nach all der Zeit nun wußte er allerdings nicht mehr, ob er ihr deshalb nicht begegnen wollte, weil er fürchtete, die Realität könnte sie kleiner, banaler und weniger anbetungswürdig machen, oder weil er glaubte, sie noch immer so zu lieben, daß nach ihrem erneuten Anblick nichts anderes mehr Gültigkeit besäße.

Paul, der in Südfrankreich geblieben war, schrieb inzwischen Bücher und Gutachten, Briefe jedoch, wie auch Giovanni, immer seltener. Eines Tages aber stand in einem, daß Laura wieder nach Amerika gegangen sei, um dort Cutterin und Regieassistentin zu werden. In Hollywood.

Durch diese räumliche Entfernung wurde ihr Bild in seinem Innern endlich blasser, und Giovanni begann, sich, was die Liebe betraf, mit der Wirklichkeit anzufreunden.

So kam, nach Jahren, der Stich, den er verspürte, wie durch Watte, als Paul ihm schrieb: Sie hat geheiratet, der Mann ist prima, ich hab ihn gern und kann jetzt nicht mehr Dein Komplize sein. Bitte versteh mich, Dein Freund bin ich immer noch, aber ich kann Dir nicht mehr von «unserer» Liebsten berichten, ohne ihn zu hintergehen. Vielleicht meldet sie sich ja mal bei Dir. Wie immer, Dein Paul.

Sie meldete sich nicht. Ebensowenig wie Bo und ebensowenig wie er selbst.

Zwei bescheidene Erfolge Stefans, deren Texte beide von Giovanni stammten, verschafften ihm ein Einkommen, von dem er nicht nur gut lebte, sondern einiges zurücklegen konnte. Und je mehr er sich aus der Musikszene zurückzog, desto anspruchsloser wurde er. Inzwischen schrieb er Artikel, besprach Schallplatten und porträtierte Musiker und Bands für Zeitungen, Fachblätter und Zeitschriften.

Nach und nach baten ihn auch andere Musiker um Texte, und er bot ihnen alles an, was Stefan nicht vertonte. Aber nie hatten sie auch nur annähernd ähnlichen Erfolg. Es war, als ob er und Stefan füreinander geschaffen seien. Stefans trockene, wortbetonte Singweise, seine interessanten Kompositionen und Giovannis manchmal raffiniert einfache Texte schienen einander zu bedingen.

♡

Die ganzen Jahre seit dem Zivildienst wohnte Giovanni in einer Drei-Zimmer-Wohnung am Schloßberg, nahe der Bude, die er damals nach dem Abitur gemietet hatte.

Bald fiel ihm auch auf, daß er nicht mehr jung war. Die Tramper, die er mitnahm, siezten ihn immer öfter, was nicht allein an seinem gebrauchten Mercedes liegen konnte. Es war einfach so, daß jetzt andere jung waren. Andere glaubten an irgendwelche Musiker, drückten ihr Lebensgefühl in Kleidung, Gebaren und Sprache aus, und andere sollten studieren und sich die Fakten auf ihr Frühstücksbrötchen schmieren. Giovanni war jetzt erwachsen. Er war draußen im Leben. Es fand hier in dieser verschlafenen Universitätsstadt genauso statt wie sonstwo, das hatte er in Ruhe nachprüfen können. In Berlin oder Hamburg passierte nicht mehr als zu Hause, nur andere Leute taten dort dasselbe. Im Prinzip jedenfalls.

♡

Ich habe sie alle verloren, Laura, Bo und Ilse, dachte er jetzt, während er den verschlungenen Weg einer torkelnden Gestalt über den Kamener Marktplatz verfolgte. Ilse ist ein Idiot, Bo ein Arschloch und Laura verheiratet. Sicher hat sie schon Kinder und eine Villa in Bel Air, umgibt sich mit Filmgrößen und schmettert die Erinnerung ab mit Sätzen wie «Giovanni who?» oder «I used to know someone with such a name, but I hardly remember that all». Diese Zeilen würden sich gut singen lassen. Vielleicht, dachte er, sollte ich es mal auf englisch versuchen und hoffen, es geht über den Teich an ihre Ohren. «Giovanni huh, Giovanni huh, huh, huh.» Besser nicht. Keine Chance. Kein Weinen ohne Augen. Und ohne das wär's verschenkt.

Ihm selber war es in diesen acht Jahren nie wieder begegnet. Ob das an ihm lag oder an der Musik, wußte er nicht. Wollte er nicht wissen. War egal. Einmal allerdings war es wie ein Gürtel um die Brust gewesen, als er «First Cut Is the Deepest» zum ersten Mal hörte. Aber da war es nicht die Musik, sondern ganz allein die Zeile. Und das Weinen war nicht ohne Augen.

Vielleicht ist ja Rod Stewart ihr Nachbar, dachte er jetzt, und sie bittet ihn auf jeder Party, diesen Song für sie zu singen, und denkt an mich und fragt sich, wieso ich mich nie gemeldet habe. Ach was, unterbrach er sich und zog sich aus dabei. Blödsinn, Kitschfilm, Schnulze. Ich denke das nur, weil zu Hause niemand wartet. Und weil ich mich nach Jahren getraut habe, Stefan diesen Linda-Text zu zeigen. Bin selber schuld, wenn es mich wieder einholt. Morgen ist es weg. Und morgen wird gesungen. Und nicht geschnulzt.

♡

Tatsächlich klappte das Singen am nächsten Tag so gut, daß schon am Abend die letzten vier Songs fertig waren. Sie tranken Sekt auf Giovannis Zimmer und genossen die Euphorie, die sich immer so kurz vor der Fertigstellung einer Platte, nach Abschluß aller Aufnahmen, einstellte.

Noch waren die Songs nicht gemischt, aber das letzte Wort der Musiker war gesprochen. Was jetzt noch kam, war die Arbeit des Toningenieurs, des Produzenten und Stefans, ein letzter Schliff, der nur von der Qualität des Aufgenommenen profitieren, sie aber nicht mehr beeinflussen konnte. Was man jetzt nicht geschafft hatte, würde man mit dieser Platte auch nicht mehr schaffen.

In dieses lässige Wohlgefühl des Professionellen, in diese aus Hoffnung auf Erfolg und Stolz auf Eigenes gemischte Stimmung dudelte plötzlich das Telefon, und eine verschlafene Stimme sagte: «Herr Burgat, entschuldigen Sie die späte Störung, aber ist Herr Moninger zufällig bei Ihnen? Ich hab hier seine Frau am Telefon.»

«Ja», sagte Giovanni erschrocken und gab Stefan den Hörer.

Obwohl er sich mit Maja nie so recht verstanden hatte, schämte er sich doch, Mitwisser von Stefans und Karens Tourneeliebschaft zu sein. Karen schien das bemerkt zu haben, denn sie hielt eine freundliche, aber sichere Distanz zu ihm. Sie respektierte sein Loyalitätsproblem und zog ihn nicht auf ihre Seite.

«Ja», sagte Stefan jetzt in den Hörer und war bleich wie die Bettwäsche. «Wir sind schon früher fertig heut. Ich bin bei Giovanni und seiner Freundin. Ihr nehmt die Abfahrt Kamen Mitte und dann Richtung Zentrum bis zum Marktplatz. Nicht zu verfehlen. Ich versuch noch ein Zimmer für Carlo zu kriegen. Bis gleich.»

«Schnell», sagte er atemlos, als der Hörer wieder auflag, «Zimmer tauschen!» Er nahm Giovannis Koffer, offen, wie er war, und rannte damit nach nebenan. Auch Karen reagierte, nach einem kurzen Blick in Giovannis Augen, und hastete ins Bad, nahm wahllos Zahnbürste, Necessaire und Rasierwasser, alles, was sie zusammenraffen konnte, um es nebenan gegen die entsprechenden Utensilien aus Stefans Besitz zu tauschen.

Nach drei, vier Minuten war der Wechsel perfekt, und Gio-

161

vanni nahm den Gauguin von der Wand. Als die häßliche Badende von Renoir an ihrem alten Platz hing, sagte er: «Wie willst du das Hotelpersonal am Verplappern hindern?»

«Weiß nicht – Geld», sagte Stefan noch immer atemlos und ging zur Tür. «Wir sind mitten in einer Party, bitte helft mir jetzt.» Und zu Karen gewandt: «Entschuldige bitte.»

Karen schwieg.

Giovanni warf sich aufs Bett. War das Stefans oder Karens? Auf keinen Fall würde er in Stefans Bett schlafen. «Stehst du das durch?» fragte er sie.

«Ja», antwortete sie und biß sich auf die Unterlippe. «Aber den Preis weiß ich noch nicht.»

Welchen Preis meinte sie? Den Preis, den Stefan, oder den, den sie selbst zu zahlen hätte? Vielleicht beide, dachte Giovanni und hörte schon Geräusche auf der Treppe.

Er war noch so schlau gewesen, den vollen Aschenbecher aus seinem Zimmer zu holen und dort die Fenster aufzureißen. Sie rauchten alle drei, und einem mißtrauischen Auge hätten die leeren Aschenbecher alles verraten. Majas Bruder Carlo schaute auch etwas unsicher drein, als die drei das Zimmer betraten.

«Wir wollten euch überraschen», sagte er, aber es klang, als hielte er das jetzt nicht mehr für eine so gute Idee. Wußte er was? Nicht mein Problem, dachte Giovanni, soll Stefan selber ausbaden. Ich spiele hier nur Theater. Wider Willen. In seinem Stück.

Er küßte Maja und spürte wie immer, daß sie ihn nicht leiden konnte. So war es immer gewesen. Von Anfang an. Schon bald hatte er sich abgewöhnt, bei den beiden zu übernachten, wenn er in Hamburg war. Er ging lieber ins Hotel oder zu Freunden. Was hatte sie nur gegen ihn? War es eine Art Eifersucht, das Gefühl, daß er Stefan wegzöge von ihr, hinaus auf die Bühne, wo ihn all diese Mädchen anhimmelten? Oder hatte sie ihn in Verdacht, gelegentlich genau das für Stefan zu tun, was er jetzt eben tat? Na, wenigstens war ihre Abneigung mal gerechtfertigt. Frech küßte er Karen lange auf den Mund.

Das ist ein Lubitsch-Film, ging ihm durch den Kopf, als er feststellte, daß er das Theater genoß. Ihm gefiel Stefans unsicher-lässiger Blick. Auch Karen, die den Kuß nicht nur geschehen ließ, sondern erwiderte, schien sich in Richtung Vertauschungs-komödie orientiert zu haben, denn sie kuschelte sich danach eng in seinen Arm und hielt ihr leeres Glas auffordernd in Ste-fans Reichweite.

«Wir haben nämlich eine gute Nachricht», sagte Maja jetzt, «du bist für den Schallplattenpreis nominiert.»

«Wär ja geil», sagte Stefan matt und griff nach der Sektfla-sche, um Karen nachzuschenken.

Maja beschrieb den Stau, in dem sie noch eben gesteckt hatten, erzählte von ihrer Schwester und einem Streit zweier Freunde. Von Musik, gar von der neuen Platte, sprach sie nicht. Noch je, wenn die Sprache darauf gekommen war, hatte sie sich gelangweilt gezeigt.

Spät genug, so daß es nicht feige wirken konnte, warf Gio-vanni die drei hinaus. «Ihr könnt ja bei dir drüben weiter-machen», sagte er zu Stefan, «ich fall um.» Er riß das Fenster auf.

♡

Pfeifend stieß Karen ihren Atem durch die Zähne. «Ich weiß nicht, wie ich mich fühle. Frag mich bloß nicht.»

Genau das hatte er eben tun wollen. Sie stand am offenen Fenster und hatte beide Hände in ihrem dunkelbraunen Haar vergraben. Sie strahlte Kraft aus, so wie sie da stand und sich nach draußen streckte.

Giovanni nahm den Aschenbecher mit ins Bad und schüttete seinen Inhalt ins Klo. Er warf sich Wasser ins Gesicht und putzte die Zähne. Er fühlte sich hellwach und wunderbar. Karen kam ins Bad, ließ Wasser in die Wanne ein und zog sich aus. Sie prüfte nicht, ob der Einfallswinkel seines Blickes im Spiegel den Aus-fallswinkel zu ihrem Körper herstellte, und schien auch nicht auf das mit einem Mal viel gründlichere Bürsten seiner Zähne zu achten. Sie prüfte das Wasser mit der Zehenspitze und stieg hinein.

«Komm», sagte sie, «du paßt auch noch rein.»

Er drehte den Kopf und sah hin zu ihr. Er wollte nicht verlegen werden, merkte aber, daß sein Blick sich nirgends festhielt. Nicht in ihren Augen und nicht auf ihrem Körper, den sie völlig unbefangen, als könne das nichts Neues für Giovanni sein, darbot.

«Da müßtest du aber über eine vorübergehende Zusatzextremität an mir hinwegsehen.»

«Wieso hinwegsehen?» Sie lachte frech. «Ich könnte mich doch auch dafür interessieren!»

«Ja, könntest du auch.»

Natürlich war da ein falscher Ton in der kecken Melodie dieses Wortwechsels, und natürlich hatten sie beide diesen Ton gehört. Aber es war auch so, daß sie sich jetzt aufeinander angewiesen wußten, denn sie waren beide durch Majas Besuch in eine Lage geraten, aus der es nur Auswege gab, die das Dilemma verschlimmerten. Auswege, die sie nicht mehr voneinander entfernen würden. Nach draußen ging es nur noch gemeinsam oder durch den anderen hindurch. Fragte sich, was besser war oder wo der Unterschied lag.

«Aber Stefan ist mein Freund», sagte Giovanni jetzt.

«Oh, meiner auch.» Karen stellte das Wasser ab. Es reichte ihr bis über den Bauchnabel.

Eigentlich stimmte das nicht. Stefan war nicht Giovannis Freund. Nicht wirklich. Sie waren Kollegen und hatten gelernt, miteinander umzugehen, aber Freundschaft war das nicht. Weder erzählten sie einander geheime Dinge, noch sorgten sie sich darum, wo der andere blieb. Da war einfach eine Routine zwischen ihnen, die es möglich machte, ohne große Reibungsverluste miteinander zu arbeiten, ein Respekt vor den Fähigkeiten des anderen und eine oberflächliche Kenntnis seiner Stärken, Schwächen und Leidenschaften. Das war alles. Zu eng waren sie miteinander verquickt; zu nahe lag es, bei Erfolgen am Gewicht des eigenen Anteils zu zweifeln, und zu groß war die Verlockung, einen Mißerfolg dem anderen zuzuschreiben. Es war ein bißchen so wie in dem Film «Bomber und Paganini», der Blinde konnte nicht ohne den Lahmen und der Lahme nicht ohne den Blinden, und das gegenseitige Mißtrauen war dadurch garantiert.

Mittlerweile hatte sich Giovanni ausgezogen und war ungelenk mit seiner sperrigen Erektion in die Wanne gestiegen. Sein ungeschickter Umgang damit, das Beugen seines Körpers und das viel zu schnelle Eintauchen ins heiße Wasser waren Karen nicht entgangen.

«Ist schon ganz richtig so», sagte sie kopfschüttelnd, «du brauchst ihn nicht abzuschrauben.»

«Wen?»

«Deinen Ding.»

«Ich wollte dir nicht so direkt vor den Augen rumfuchteln damit», sagte er.

«Du wirst mir vielleicht nachher damit vor dem Mund rumfuchteln.»

Diese Vorstellung verschlug ihm die Sprache. Die Erektion tat weh vor Begierde, und er beeilte sich, nach dem Weinglas zu greifen und gleich danach zwei Zigaretten anzuzünden, von denen er eine in Karens Mund steckte. Sie küßte seine Fingerspitzen und sagte: «Es wird alles immer richtiger.»

«Wie meinst du das?»

«Ich freu mich auf dich, so mein ich das.»

Nichts Unechtes mehr war in ihrer Stimme. Gerade und wach war ihr Blick auf ihn gerichtet, und sie lud ihn ein, auch ihren Körper anzusehen. Nichts erinnerte mehr an die falschen Töne von eben, und nichts mehr war gespielt oder gegen die eigenen Gedanken durchgesetzt.

Sie war schön. Ihre Haltung, diesen lakonischen Stolz, hatte Giovanni schon immer bewundert. Ihr Gang, die breiten Lippen

165

und das viele Haar, das in leichten dunklen Wellen an ihre Kinn-
linie reichte, die präzis gestikulierenden Hände, große Hände,
die nicht schöntaten, sondern klärten, waren ihm schon lange
Gegenstand heimlicher Betrachtungen gewesen. Wenn sie ihre
Rede mit Gesten unterstrich, waren das viel eher die Bewegungen eines Lotsen, einfache Signale, als, wie bei andern, Kom-
mentare, Verzierungen oder gar Illustrationen ihrer Worte. Und
wenn sie, was sie oft tat, im Studio schlief, dann fühlte er sich ihr
verbunden. Er nahm ihren vertrauensvollen Schlaf in seiner
Gegenwart als Zuneigung.

Er ertappte sich dabei, daß er die Schultern ein wenig zurück-
nahm, und ließ sie gleich wieder nach vorn fallen. Ich habe ihrer
Schönheit nichts entgegenzusetzen, dachte er, ich bin ein
schmalschultriges, dünnbrüstiges Durchschnittsmännchen. Wo
liegt für sie der Unterschied zwischen mir und Dutzenden?

«Es ist komisch», sagte sie jetzt, «das erste, was mir an Stefan
gefiel, war eine Zeile. Eine Zeile von dir. Weißt du, welche?»

«Hm-mh.» Er schüttelte den Kopf.

«Wir werden immer weniger, bald sind wir nicht mehr da,
und nicht viel später hat es uns noch nie gegeben – die hat mich
wirklich berührt. Ich hab gemeint, daß ich das selber spüre. Daß
ich verschwinde aus der Welt. Nicht mal der Zeitfehler hat mich
gestört – daß es heißt ‹hat es uns noch nie gegeben› anstatt ‹wird
es uns noch nie gegeben haben›. Ich fand den Fehler toll. Die
Zukunft als Gegenwart zu bezeichnen. Das hat es für mich noch
hoffnungsloser gemacht.»

«Findest du uns nicht ein bißchen sehr kultiviert?» fragte
Giovanni. «Wir sitzen nackt in der Badewanne, ich weiß nicht ein
noch aus vor lauter Wie-schön-du-bist und Wie-nahe-du-bist und
Wie-nackt-du-bist und Vor-dem-Mund-rumfuchteln, und du
wirst akademisch und kriegst es mit der Consecutio temporum.»

Sie lachte, und mit einem Mal begann er zu fürchten, dieses
Lachen, vielleicht ihr ganzes Gespräch könne nach nebenan
gedrungen sein. Wenn Stefan jetzt alles gehört hatte?

«Vielleicht sind wir viel zu laut», sagte er und deutete auf die Wand.

Seltsam, nicht einmal seiner Erektion konnte der Gedanke an Stefan etwas anhaben. Es war nicht so, daß er ihn verletzen wollte, aber um jeden Preis vermieden mußte es auch nicht sein. Das hier war Karens und Stefans Preis. War doch klar, daß sie sich für das Theater nebenan entschädigte und aus dieser Nähe zu Giovanni etwas machte, in die Stefan sie geschubst hatte. Schließlich mußte ihr weh tun, daß er mit oder bei seiner Frau schlief. So weh wie Maja, geschähe es andersherum.

Sie lagen da mit überkreuzten Beinen, und nichts, kein Gedanke und kein Schuldgefühl, konnte Giovannis Erregung mindern.

«Überhaupt», sagte Karen jetzt, «kultiviert ist doch schön.»

«Ja», sagte Giovanni und meinte das Warten. Hier zu liegen und zu warten auf die schöne klare Frau, sich einfach Zeit zu lassen und einander anzukündigen, die Vorfreude zu genießen und sich dieser Anspannung bewußt zu sein, das war schön.

Mit Ausnahme der Augen war alles groß und rund an Karen. Groß und klar und rund. Als sie aufstand und sich wusch, kam es Giovanni zu Bewußtsein, daß er sich schon vor geraumer Zeit in sie verliebt haben mußte. Er hatte sich das nur nie eingestanden, es nicht bis zu sich vorgelassen. So wie dieser Augenblick ihn traf, mußte er sich seit langem danach gesehnt haben. Er wusch sich und hoffte, der Bademantel, den er anzog, möge ihrer sein und nicht Stefans.

Sie hatte, als er ins Zimmer kam, das Fenster wieder geöffnet und stand, beide Hände in den Haaren, da und sah hinaus.

«Kamen, die Perle des Ruhrgebiets», sagte Giovanni und trat hinter sie.

«Ach, schön genug», sagte sie, drehte sich um und küßte ihn weich und vorsichtig, so als suche sie noch nach der richtigen Stelle in seinem Mund. Sie faßte in seinen Bademantel und streichelte seine Brust. Sie küßte seine Halsbeuge, und das Licht der imitierten Gaslaternen spielte in ihrem Haar. Ihre Hand suchte seine Achsel, seine Taille und seinen Bauch, öffnete den Mantel und legte sich um ihn.

Seine eigenen Bewegungen über ihren Hals und Rücken stockten, und es war, als wiche alles Fingerspitzengefühl aus seinen Händen, verlöre sich nach irgendwo, und übrig bliebe nur ihre Handinnenfläche, die einen kühlen Ring um ihn schloß. Als wäre alles gerannt und jetzt endlich zum Stehen gekommen, erschöpft, aber froh, am Ziel zu sein.

«Komm», sagte sie jetzt leise und als wäre es verboten, «jetzt reicht's mit kultiviert.»

Sie ließ ihn los und zog den Bademantel von seinen Schultern. Dann nahm sie ihren ab und ließ ihn fallen. Sie ging an ihm vorbei zum Bett, setzte sich darauf und zog ihn zu sich her. «Komm jetzt, es kann nur noch schöner werden.»

Ihre Körper suchten Nähe, und auf aller Fläche, die zu finden war, wollte Haut so viel wie möglich Haut berühren. Und sie stießen sich gleichzeitig voneinander zu immer anderen Ausgangspositionen einer erneuten Suche. Beide waren Sonnen und beide auch Trabant. Viel zu schnell verlor sich Giovanni, nachdem ihn Karen in sich genommen hatte.

Ist das meins oder ihrs, dachte er, als er nach einer Pause, die für Enttäuschung nicht lange genug war, mit der Zunge in sie drang. Es war egal, denn es war gut. Ihre Hände in seinem Haar, umkreiste und überflog er das Zentrum ihrer wachsenden Bewegung. Ich bin dein Diener, dachte er, bin schon dein Diener, vergiß mich nicht, bemerk mich nicht, vergiß mich, spür mich, und es dauerte nicht lange, da schrie sie, leise, wie ihm schien, warf sich nach vorn und warf ihn von sich, und er fand sich schon wieder erregt von ihrer Lust, weit von ihr am Bettrand und spürte ihre Hand, die seine umfaßte, und spürte, wie langsam die Ebbe eintrat.

«Ich will jetzt eine rauchen», sagte er nach einer Weile, sah auf die Uhr und staunte, daß es schon halb fünf war. Tatsächlich

war es mittlerweile hell geworden und das Grau der Zimmerein-
richtung wieder braun und grün.

♡

Der Rest des Weins, den er sich einschenkte, schmeckte nicht
mehr, und das Tageslicht tat ein übriges, auch seine Begierde
schwinden zu lassen. Schon wirkte alles wieder klein. Na klar,
dachte er, mit mir wischt sie Stefan eins aus. Und basta. Mehr ist
da nicht. Wozu auch? Will ich denn mehr? Ich glaube nicht. Zur
Sicherheit lieber nicht. Merkwürdig ist nur, daß ich so überrascht bin. Es war anders, es ist anders, irgendwas klopft an mein
Gehirn und will rein.

Sie schliefen ein, die Hände des andern als einzige Verbindung umfaßt und so weit voneinander, daß eine dritte Person
bequem zwischen sie gepaßt hätte. Zum Beispiel Stefan. Oder
Laura.

Und im Dämmern wurde ihm klar, daß Karen Laura war.
Nichts an ihr war ähnlich, nichts Äußeres jedenfalls. Groß, dunkel, jünger, keine Schauspielerin, Cutterin, Regieassistentin
oder was auch immer Laura geworden sein mochte, sondern
eine Buchhändlerin im dritten Lehrjahr. Keine selbstsichere
Professorentochter mit kosmopolitischen Gewohnheiten, sondern ein Itzehoer Pastorenkind, in dem eine schwerblütige
Melancholie war und ein ruhiger Selbstbehauptungswille, der
Lauras mutiger Wendigkeit in keiner Weise glich.

Er wußte nicht, ob er schon wieder träumte oder noch nach-
dachte, als Lauras Gesicht vor ihm auftauchte, ihre Schultern,
ihre Arme, in denen sie den schnurrenden Freddie hielt, dessen
Schwanzspitze sich zu Häkchen bog. Sie löste einen Arm und
fuhr sich mit dieser vertrauten Gebärde von vorn durch die
Haare. Sie fragte: «Hast du mich erkannt?»

Es mußte ein Traum sein, denn er sagte «Ja, jetzt» und wußte,
was es gewesen war. Es war die Sprache. Die Sätze, die Karen
gesagt hatte, in der Badewanne und nachher, hätten allesamt

von Laura kommen können. Das Klare, die Geradlinigkeit und der warmherzige Spott, das war Laura. Eine Botschaft von ihr. Sie hat mich besucht, dachte oder träumte er, sie sucht mich noch.

♡

Eine ganz andere Zuneigung als vor dem Einschlafen empfand er für Karen, als sie gegen elf Uhr erwachten. Sie war Laura. Ihre Verbindung war alt und sicher und bedurfte keiner Erklärungen. Er küßte sie neben die Mundwinkel und fragte: «Bereust du mich schon?»

«Ja», sagte sie, «aber mit Freuden.»

Jetzt am Tag war das Dilemma wieder da. Wie sollten sie zurück in den verbogenen Zustand mit Maja, Carlo und einem sicherlich sehr zerrissenen Stefan? Sie beschlossen, beide abzureisen, da Giovanni sowieso nichts mehr zu tun hatte und dieser Knotentanz, den sie aufführten, Erstickungsgefahr in sich barg.

Der Portier trat an ihren Tisch mit der Nachricht, Herr Moninger sei mit Begleitung abgereist und bitte, ihnen diesen Brief auszuhändigen. Da stand: Hallo, ihr beiden, wir fahren ein paar Tage an die Ostsee. Bis ich mit dem Mischen anfange, will ich noch die Ohren freikriegen. Wir wollten euch nicht wecken. Gruß von Maja und Carlo. Stefan. P.S. Euer Zimmer ist bezahlt.

«Wirst du es ihm sagen?» fragte Giovanni und mußte lächeln, denn diese Frage wurde bestimmt millionenmal täglich an irgendeinem Frühstückstisch gestellt.

«Nein», sagte sie, «gar nichts mehr werde ich ihm sagen. Ich werd ihn nicht mehr sehen. Hab keinen Erklärungsbedarf mehr.»

«Soll ich?»

«Mir egal. Kannst du machen. Mich geht's jedenfalls nichts an.»

♡

Er fuhr sie nach Hause. Bis Osnabrück brauchte er nur zwei Stunden, die sie auf dem Beifahrersitz verschlief. Sie lud ihn ein, bei ihr zu übernachten. Nach Hause würde er acht Stunden brauchen. Mindestens.

Am Nachmittag gingen sie ins Kino, dann essen, dann spazieren durch die Stadt, und bei alldem redeten sie wenig. Zwar erzeugte ihr Schweigen keine unangenehme Distanz, aber es war doch ein Zurückkehren beider zu sich selbst, ein Kappen der Verbindungsleinen. Was sollte er auch sagen? Sie war Laura und nicht Laura. Seit der Nacht gingen ihm nur Dinge durch den Kopf, die er Laura zu sagen hätte. Karen war die falsche Adresse. Und ihr schien es nicht anders zu gehen. Er hatte ihr von Stefan fortgeholfen, sie hatte ihm Laura gegeben. Beide hatten einander gutgetan, aber ein Liebespaar waren sie nicht geworden. Sie hatten sozusagen im Auftrag gehandelt. Und aneinander vorbei.

Als sie nachts noch einmal miteinander schliefen, war denn auch aller Zauber verschwunden, und sie merkten, daß sie nicht den andern meinten. Sie bereuten es wohl beide, aber sprachen nicht davon, sondern suchten einander zu trösten. Doch selbst dieser Trost verfehlte sein Ziel, denn auch er galt eher der vertretenen Person.

So war da auch am Morgen keine Trauer, als sie sich trennten und sagten «Mach's gut» und «Danke» und «Tschüß».

Und sonst nichts.

Zu Hause verbrachte er viel Zeit an seinem Lieblingsflipper, trödelte gelegentlich mit einem jungen Trickfilmer durch die Kneipen und las Bücher bis spät in die Nacht. Und immer mit dem Gefühl, daß Laura in der Nähe sei.

Auf einmal wieder war es gut, allein zu sein. Was immer sich in den letzten Jahren wie Leere angefühlt hatte, war jetzt Platz geworden. Platz, den Laura brauchte. Er war manchmal kurz davor, mit ihr zu sprechen, und mußte sich beherrschen, um

171

nicht Dinge zu sagen wie: «Hauptsache, du bist da.» Zu einem
Hirngespinst.

♡

Irgendwann kam die fertige Platte mit der Post und darauf in
Stefans Handschrift der Satz «Danke für alles, wie immer». Kein
Hinweis auf irgendein Problem. Von Karen hörte er nichts.

♡

Und irgendwann fand er statt seines teuren Peugeot-Rennrades
nur noch die durchgesägte Kette vor der Haustür. Das gab ihm
einen Stich. Zwar war die Stadt zu hügelig, als daß ein so fauler
Mensch wie Giovanni viel Freude an einem Fahrrad gehabt
hätte, aber das Peugeot war erst vier Wochen alt, und er hatte
vorgehabt, seinen Bauchansatz damit wegzustrampeln.

Die lächerlich herabhängende Stahlkette schien einen merk-
würdigen Zauber auszustrahlen. Fast glaubte er, etwas oder jemand, am besten Laura, müsse um die nächste Ecke kommen.
Etwas Großartiges jedenfalls. Aber nichts und niemand kam,
kein Scheck und keine gute Nachricht. Und Stefans neue Platte
tat sich schwer. Der Zusammenhang von Fahrradverlust und
Glücksgewinn existierte nicht mehr.

♡

Giovanni schlief hin und wieder mit einer verheirateten Frau,
die weiter nichts als das von ihm erwartete, vermied es, seinen
anderen oberflächlichen Affären zu nahe zu kommen, und
meldete sich morgens verkatert bei Laura zurück, die irgendwo
zwischen den Seiten eines Buches, in den Falten eines Vorhangs
oder den Buchstaben seiner Schreibmaschine auf ihn wartete.
Nie mehr übrigens in den Tönen eines Liedes, außer seinem
eigenen, das er selten, aber dann berührt, im Radio hörte.

♡

172

EINUNDVIERZIG

Am Bauzaun eines Herrenbekleidungsge-
schäfts stand in großen roten Lettern «Der
Verkauf geht weiter». Das sah genau so aus
wie die Graffiti an den Hauswänden, auf
denen Holger Meins ins revolutionäre Jen-
seits nachgerufen wurde: «Der Kampf geht
weiter». Es stimmte beides. Dem Verkauf fie-
len wie immer Wälder, Familien und Tiere
zum Opfer und dem Kampf schon am Anfang
des Jahres Klaus Jürgen Rattay in Berlin.

Den Winter über schrieb Giovanni mit einem Rundfunkredak-
teur ein deutsches Rocklexikon. Darin standen dann Sätze wie
«Die Post ging tierisch ab, seit der neue Drummer das Kit
malträtierte» oder «Zwischen Backline und PA trieben zwölf
Gestalten ihr grooviges Unwesen.» Giovanni war's egal. Sein
Honorar war fest, und seinen Namen kannte keiner.

♡

Im April flog er mit dem Trickfilmer und dessen Freundin nach
Kreta. Merkwürdig, die beiden waren acht Jahre jünger, aber ihn
verband mehr mit ihnen als mit den meisten Gleichaltrigen.
Allein die Art, wie sie ineinander verliebt waren, erinnerte ihn an
Laura und sich. Da war so eine Zuversicht und Selbstverständ-
lichkeit, so eine Normalität des Zusammengehörens, die er bei
Gleichaltrigen nirgends mehr sah.

Sie waren anders, hatten dieselbe Scheu, irgendwo dazuzuge-
hören, dieselbe Vorsicht gegenüber den Gewohnheiten und
Ansichten ihrer Cliquen, dasselbe Tasten nach Erfahrung und
leise Horchen hinaus ins Leben wie er selbst.

Anfang Juni kam Stefan zu Besuch, um an Texten für die
nächste Platte zu schleifen.

♡

Sie arbeiteten an den Songs, notierten Ideen für Arrangements und hielten sich häufig in Kneipen auf, in denen Stefan damit rechnen konnte, erkannt zu werden.

Ganz offensichtlich wußte er nichts von Giovannis Nacht mit Karen, und ganz offensichtlich hatten sie sich nicht getrennt, denn er erwähnte sie einmal im Zusammenhang mit Ereignissen, die später stattgefunden hatten.

Durch die Arbeit mit Stefan geriet auch Karen wieder in Giovannis Bewußtsein. Nur war er sich nie sicher, an wen er gerade dachte. Laura oder Karen? Denn auch Laura war wieder verschwunden, versunken im Trott, gegangen aus den Zeilen, Falten und Buchstaben. Sogar aus dem Lied, das überdies im Radio schon lange nicht mehr lief.

Längst auch war das Radio nicht mehr die Stimme der Außenwelt. Es war nurmehr eine Maschine, aus der schlechte und weniger schlechte Musik kam. Eine Art akustisches Fenster in die verschiedensten Studios und sonst nichts. Auch Musik bedeutete nichts mehr. Musik war Arbeit. Man schrieb Texte, die irgend jemand mögen sollte, oder Artikel über Songs, über Gruppen, Komponisten, Sänger und Studios. Musik war Dienst nach Vorschrift, Rohstoff oder Produkt einer Beschäftigung zum Geldverdienen. Kein Weinen ohne Augen. Kein Glanz auf Lauras Haar. Keine Laura, kein Ilse, kein Bo. Giovannis ganzes Leben war inzwischen Dienst nach Vorschrift geworden.

♡

Als er Karen im Sommer im Studio wiedersah, verhielt sie sich leicht angespannt und scheu. Kleine Zeichen mit den Augen, kleine Zeichen mit der Hand, und ansonsten wich sie seiner Nähe aus. Demonstrativ hing sie an Stefan, appellierte damit an Giovannis Zurückhaltung und zeigte sich doch deutlich vor. Als wolle sie damit sagen: Lieb mich oder beachte mich, aber fordere kein Bekenntnis. Ein seltsames Doppelspiel. Giovanni reiste ab, sobald es ging.

♡

Auf einem Festival Ende September traf er sie wieder. Sie war allein. Sie gingen in ein Restaurant und redeten. Über die Buchhandlung, in der Karen jetzt angestellt war, die Arbeit an dem Rocklexikon, über Urlaube, Bücher und Freunde. Es war, als holten sie versäumtes Reden nach, lernten jetzt einander kennen. Und sprachen konzentrische Kreise. Immer näher zu einer Mitte, in die sie beide paßten. Sie wurden Freunde. Am Abend sagte Karen: «Du gehst mir schon noch im Kopf rum.»

«Ja», sagte Giovanni nur und küßte sie zum Abschied auf die Wange.

ZWEIUNDVIERZIG

Im Iran schien der Teufel mit dem Beelzebub ausgetrieben worden zu sein. Diese Ansicht allerdings wiese der Beelzebub weit von sich. Wenn ihn westlicher Unsinn solcher Art überhaupt interessiert hätte. Seinerseits hielt der Beelzebub das nämlich für reines Satansgeschwätz. Chefsatan Jimmy Carter wurde, wiederum unter Mitwirkung des Beelzebubs, durch Chefsatan Ronald Reagan ersetzt. Zum Teufel war auch so gut wie jede Errungenschaft der Achtundsechziger außer vielleicht ein paar noch nicht gestutzter Haarschöpfe in den Lehrerzimmern der Provinz.

Ilse hatte sich angewöhnt, alle paar Monate spät nachts in voll-
trunkenem Zustand anzurufen und seinen Freitod anzukündigen, indem er zum Beispiel sagte: «Du wolltest doch schon immer diese Bronzekopie vom Wagenlenker haben. Ich schenk sie
dir.»

Die ersten beiden Male war Giovanni noch direkt nach dem
Auflegen des Hörers ins Auto gesprungen und nach Hannover
gefahren, wo Ilse in einem Musikclub Bier zapfte, um dort, über-
nächtigt und voller zurechtgelegter Ermutigungen, einen zwar
verschlafenen, aber durchaus nicht todgeweihten Ilse vorzufinden. Im Gegenteil. Ilse schien nach solchen Drohungen gerade-
zu aufzuleben und steckte voller Pläne für die Zukunft.

Aber mittlerweile hatte Giovanni gelernt zu sagen: «Ruf an,
wenn du nüchtern bist. Ich rede nicht mit Besoffenen.» Das
funktionierte. Zwar schwieg Ilse am anderen Ende der Leitung,
um deutlich zu machen, daß Giovanni gerade die letzte Gelegenheit, ihn lebendig zu sprechen, verspielte, und natürlich rief er
dann niemals an, wenn er wieder nüchtern war, aber er brachte
sich auch nicht um.

Nach einem Eklat im Musikclub hatte er ein Rockfestival
organisiert, dessen Folgeschäden er nur durch hektische Um-
züge ohne polizeiliche Anmeldung entging. Ilse, der Träumer,
der immer noch an das Gute im Menschen glaubte. Vor allem in
sich selbst.

Er war nach Göttingen gezogen, um mitzuarbeiten in einem
alternativen Fahrradladen, der sich Speichenkollektiv nannte.
Ob es seinen gelegentlichen Zähmungen von Wildrädern oder
seinem zu guten Verhältnis zur Frau des Oberalternativen zuzuschreiben war, daß er schon nach zwei Monaten ohne jede Habe
außer einem zweitausend Mark teuren Tourenrad in Marburg
auftauchte, war nicht herauszukriegen. Fahrräder seien jedenfalls das letzte, sagte er, als er das Tourenrad für den Gegenwert

176

dreier Monatsmieten in einer Wohngemeinschaft mit drei Medizinstudentinnen verkaufte.

Es dauerte nicht lange, bis diese drei es nicht mehr hinnehmen wollten, daß das Biotop, das er ihnen im Garten anzulegen versprochen hatte, über eine müllhaldenähnliche Vorstufe nicht hinauskam. Im November präsentierten sie ihm die Rechnung einer Containerfirma, die alles abgeholt hatte, was im April von ihm mühsam herbeigeschafft worden war. Er seinerseits präsentierte ihnen eine Rechnung über sämtliche wertvollen Baumaterialien, die sie der städtischen Abraumkippe überantwortet hatten, verschwand aber, noch bevor der Anwalt sich einarbeiten konnte, ohne Nachsendeadresse. Dafür mit einem kostbaren Mikroskop, zwei Dali-Radierungen und einer gestickten Decke aus dem achtzehnten Jahrhundert.

In der Hoffnung, seine dortigen Schulden und Händel seien verjährt, ging er wieder nach Berlin. Leider war auch die Heterosexualität der Ex-Freundin, zu der er hatte ziehen wollen, verjährt, und eine hennarote Schwäbin schubste ihn hinaus, als er sich enttäuscht im Ton vergriff.

Nach einigen Tagen lernte er eine Bildhauerin kennen und erwärmte sie für ein gemeinsames Aktionskunstkonzept. Er zog bei ihr ein, und nachdem sie drei Wochen lang Pläne ausgearbeitet hatten, gingen sie Nacht für Nacht los, den Kofferraum voller Kübel frisch angerührten Betons, den sie großzügig um die Räder geparkter Luxuslimousinen verteilten.

Das Presseecho war umwerfend. Kein Blatt allerdings sprach von Kunst. Schon in der vierten Nacht entkamen sie nur noch mit knapper Not einem der zahlreich patrouillierenden Streifenwagen und warfen die Betoneimer in eine Baustelle. Da ein Millionenschaden aufgelaufen war, verzichteten sie auf die Bekanntgabe ihrer Urheberschaft. Dabei war die Idee, den ganzen Polizeieinsatz, die Bautrupps, die Versicherungssummen und erbosten Autobesitzer zu einer einzigen großen Performance zu erklären, gar nicht so schlecht gewesen.

Das nächste Aktionskonzept brachte ihnen zwar weniger Ruhm ein, aber den konnten sie wenigstens persönlich auskosten. In der Wilmersdorfer Straße legten sie auf einer Fläche von fünfzig mal achtzehn Metern Brotscheiben auf die Straße. Dicht an dicht. Neunmal mußte die Bildhauerin fahren, um all das Brot, das sie in nächtelanger Arbeit mit einer ausgeliehenen Schneidemaschine zerkleinert hatten, heranzuschaffen. Sie arbeiteten von nachts um elf bis morgens um fünf und klebten Scheibe an Scheibe mit Tapetenkleister an den Boden. Als die ersten Frühaufsteher auf dem Weg zum Bäcker empört haltmachten, standen sie beide übermüdet, aber stolz vor ihrer Brotwüste und trugen jeder ein Schild um den Hals, auf dem stand: Brot für die Kunst. Bis zehn Uhr morgens warf niemand auch nur eine Mark in die hoffnungsvoll hingestreckten Sammelhüte, und niemand, außer einer Gruppe von Punks, die gegen acht Uhr nach Hause taumelten, wagte es, den Brotboden zu betreten.

Endgültig aufgelöst wurde der Menschenauflauf durch die Polizei genau vier Minuten nach zehn. Ilse und die Bildhauerin hatten sich zwar wacker geschlagen, aber wieder sprach die Presse nicht von Kunst, sondern von einem Skandal. Nur der ‹Tip› ließ einen Professor der HdK zu Wort kommen, der das provokante und plakative Element dieses Environments hervorhob und der Ansicht war, ein Senat, der die Moderne nicht verschlafen wolle, habe solche Kunst zu unterstützen.

Als Ilse einige Tage später beim ‹Tip› anrief und um eine Spendenaktion bat, wurde er allerdings lachend abgewimmelt. Zusammen mit der Strafe für das Erregen öffentlichen Ärgernisses beliefen sich die Kosten des Kunstwerks, einschließlich Brotkauf, Straßenreinigung, Benzingeld und einer von empörten Charlottenburgern zerrissenen Jacke, auf viertausendsiebenhundert Mark und zweiundsechzig Pfennige. Der näherrückende Zahlungstermin entzweite denn auch das Künstlerteam und beendete Ilses diesmaliges Berliner Gastspiel.

♡

Giovanni saß gerade an der Formulierung von Texten für das Festivalprogrammheft des Club Voltaire, verfluchte sich selber, weil er dieses Ehrenamt angenommen hatte, und wünschte sich, durch die föhnige Märznacht zu schlendern, einen Wein zu trinken und gegen seinen Flipper zu kämpfen. Aber er hatte die Ablieferung für den nächsten Tag versprochen, und es mußten noch sieben Infotexte von Musikern, Gruppen und Rednern in die einheitliche Sprache des Heftes übertragen werden.

Es war halb eins, als es an der Tür klingelte und eine auffordernde Stimme «Naaa?» in die erst kürzlich eingebaute Sprechanlage quakte.

«Wer?» fragte Giovanni.

«Rodscher», sagte die Stimme, «mit Anhang.»

Weder unter Rodscher noch unter Anhang konnte sich Giovanni etwas vorstellen, aber er drückte auf den Knopf. Die eine der Stimmen im Treppenhaus klang nach Ilse, und er hatte sein resigniertes Schulterzucken schon hinter sich, als dieser mit einer schwarzhaarigen Frau um die Ecke bog und breit grinsend die letzten Stufen nahm.

«Das ist Elke», sagte er, «und das ist mein Freund Giovanni.»

«Kommt rein», sagte Giovanni und fragte sich, wie er das Programmheft noch fertigbekommen sollte. Er holte Wein aus dem Kühlschrank und registrierte mit einem Blick aus den Augenwinkeln, wie stolz Ilse die Wohnung vorführte.

Die Furcht, er könne hier einziehen wollen, war jedoch unbegründet, denn gleich erfuhr Giovanni, daß man unterwegs nach Freiburg sei, um sich dort mit anderen zu treffen, die gemeinsam nach Ithaka auswandern wollten. «Nur heut nacht, wenn's geht», sagte Ilse.

«Gern», sagte Giovanni, «aber ihr müßt mich bald entschuldigen, weil ich noch bis morgen was fertig machen muß.»

Sie saßen in der Küche, und Giovanni hörte zu. Elkes Fragen

entnahm er, daß Ilse mit seiner Prominenz angegeben hatte. Beziehungsweise dem, was er dafür hielt. Sie habe drei Platten von Stefan Moninger, sagte sie, höre aber inzwischen Hannes Wader viel lieber. Und Wolfgang Ambros.

«Ich hatte mal eine Weile Klauaufträge», mischte sich Ilse ein. «Schallplatten. Ich hab Schallplatten auf Bestellung geklaut, und nie hat einer Moninger bestellt.»

«Na und?» fragte Giovanni.

«Dafür lebst du ganz gut», grinste Ilse und ließ seinen Blick durchs Zimmer kreisen.

«Ich hab auch noch ein, zwei Jobs mehr.» Giovanni war das Thema unangenehm. Er fürchtete, Ilse könnte neidisch sein. Wer mit anderen angibt, haßt sie auch dafür. Und wenn es nur ganz leise ist.

Er legte den beiden frische Bettwäsche auf sein Sofa und verzog sich ins Arbeitszimmer.

Mit einer Tasse Kaffee saß er da und ließ sich die laue Vorfrühlingsluft ums Gesicht wehen. Nach einer halben Stunde, in der er dem beschleunigten Tempo seines Herzschlags gelauscht hatte, ohne eine einzige Zeile zu tippen, beschloß er hinauszugehen. Zu verlockend war die Nacht und viel zuwenig verlockend die Arbeit.

Ach, Ilse, ich hab dich gern, dachte er, was willst du bloß auf Ithaka? In einem alternativen Genossenschaftsprojekt ist doch kein Platz für deine Kunst. Und noch viel weniger für deinen Charme, der den Frauen dort den Kopf verdrehen wird, bis dich alle hassen, weil sie dich geliebt haben. Aber eine Idee, wozu er Ilse hätte raten können, kam ihm auch nicht. Abgesehen davon, würde Ilse niemals einen Rat von ihm annehmen. Leuten, die nichts von Kunst verstanden, billigte er kein Einflußrecht auf sein Leben zu.

Eigentlich kein Wunder, daß dieses Land für Ilse zu klein wurde. Wie viele Kneipen oder ganze Stadtviertel es wohl schon gab, in denen er sich nicht mehr blicken lassen konnte?

Das Ithaka-Projekt war bekannt wie ein bunter Hund, ein Hätschelkind alternativer Hoffnungen auf ein nichtentfremdetes Leben. Klar, daß Ilse darauf angesprungen war. Giovanni hatte darüber gelesen, und in der Szene sprach fast jeder davon. Es schien, als wünschte sich eine ganze Generation, vor den neuerdings überall auftauchenden Fünfzigerjahre-Gespenstern zu fliehen. Ölige Haare, kantige Gesichter, Petticoats und Pferdeschwänze, das ganze klirrende Äußere der neuen Mode mußte wie eine Drohung wirken. Eine Drohung, die sagte: «Wir machen euch ungeschehen.»

Diese Drohung sprach aus dem coolen Gebaren gelackter Zwanzigjähriger, die Gesichter schnitten, als hätten ihre Mütter, um sie zu zeugen, mit Comicfiguren geschlafen, und aus den koketten Augenaufschlägen von Mädchen, die modischen Vorbildern wie Leni Riefenstahl nacheiferten. Die Drohung war konkret, denn längst gebrauchten diese Jungen einstmalige Ehrenzeichen als Schimpfwort: Außenseiter, Weltverbesserer, Sozialarbeiter, Underdog und Looser.

Ohne auf seinen Weg geachtet zu haben, fand sich Giovanni plötzlich in der Landhausstraße wieder. Er bog ab, bevor er Pauls und Lauras ehemaliges Haus passieren mußte, und ging schneller, denn bis nach Hause würde er jetzt eine halbe Stunde brauchen. Er war müde. Es war kurz vor vier.

Um zehn Uhr morgens stand er auf, denn er hoffte, die Texte noch fertigzubekommen, bevor Ilse und seine Freundin erwacht sein würden. Aber er fand, als er die Küche betrat, schon den Tisch gedeckt, und zwischen Trauben, Schinken, Brötchen und Orangensaft stand die Bronzekopie des Wagenlenkers. Daneben Ilse, der eben den Kaffee aus der Maschine nahm und sagte: «Schenk ich dir. Hat dir doch so gefallen.»

Giovanni war sprachlos.

Als die beiden später in ihren vollgepackten VW-Bus stiegen,

Ilse ihn umarmte und einlud, recht bald nach Ithaka zu kommen, war er noch immer so gerührt, daß er nur sagte: «Bis gleich. Geh nicht verloren.»

«Unkraut», schrie Ilse aus dem fahrenden Wagen und winkte. Dann beugte er sich zum Lenkrad hinüber und drückte lange auf die Hupe. Giovanni verschwand schnell im Hauseingang, als zwei Fenster in der Nachbarschaft aufgingen. Auf dem Heck des Busses klebte der Spruch «Krieg dem Rauschgift». Davor war von Hand das Wort «Ich» geschrieben und dahinter ein Cannabis-Blatt gemalt.

♡

Zwei Tage nach seinem neunundzwanzigsten Geburtstag, fünf Wochen nach Ilses Abreise und einen Tag, nachdem er sich vorgenommen hatte, alle Gedichte durchzusehen und die besten irgendwo anzubieten, fand Giovanni einen Brief im Kasten. Er steckte in einem blauroten Luftpostumschlag. Wie ein Schrecken ohne Angst war Giovannis Reaktion auf den Anblick der vertrauten kleinen Schrift. Er riß den Umschlag so hastig auf, daß der Brief selbst eine Ecke verlor. Lieber gespenstisch weit entfernter Giovanni, stand da, falls Du noch lebst, solltest Du mal nach unserem Spinnerfreund Bo sehen. Er macht sich. Nein, nicht zum Idioten, wie gewohnt, sondern ganz prächtig. Als Schauspieler. Und zwar macht er sich im Düsseldorfer Schauspielhaus in einer Hauptrolle. Das Stück heißt «Gimme Shelter», und Du solltest es Dir ansehen. Hast doch eh was für die Kultur übrig. Entschuldige den flapsigen Stil, ich weiß nicht mehr, wie man Briefe an Dich schreibt. Hast Du manchmal an mich gedacht? Nein? Laura. So eine kleine Dicke mit Brille. Wenn Du Dich anstrengst, kommst Du drauf. Es geht mir gut, und von Dir würde ich das jetzt auch gern wissen. Setz Dich mal hin und schreib. Deine Laura. P.S. Wer ist Linda?

♡

Im Café Völter gab es eine Ecke, in der man vor Bekannten fast sicher war. Giovanni hatte den Brief noch viermal gelesen, bis die Bedienung kam, und weitere zehnmal, als schließlich ein Känn-chen Kaffee und zwei Eier im Glas vor ihm standen.

Sein immer noch verstörter Blick streifte die am Fenster sit-zende Cornelia Mack, eine ebenso treue Stammkundin dieses geruhsamen alten Kaffeehauses, und sie lächelte ihn an. Dank-bar lächelte er zurück, denn ihr Blick war so etwas wie ein Henkel an der Wirklichkeit, aus der er sich eben wieder fallen fühlte. Cornelia mußte bemerkt haben, daß er ein und denselben Brief immer wieder las, und gerührt davon ignorierte sie die natür-liche Barriere zwischen ihnen. Diese Barriere bestand darin, daß Cornelia als Herausgeberin eines literarischen Periodikums eine angesehene Intellektuelle war und er ein unseriöser Pop-heini. Ein Unterhaltungsjournalist. In dieser Stadt standen die Grenzen fest, man verbrüderte sich nur mit Ebenbürtigen. Doch war sie auch so klein, daß man jeden, den man meiden wollte, kannte.

«Ein guter Brief?» fragte sie jetzt über drei Tische hinweg.

«Weiß noch nicht», sagte Giovanni, «muß ihn mindestens noch zehnmal lesen.»

Sie lachte, sagte: «Laß dich nicht stören» und vertiefte sich wieder in die Lektüre eines nicht sehr dicken Manuskripts.

Giovanni war sich wirklich seiner Gefühle nicht sicher. Wie immer, wenn es drauf ankam, streute eine Mischung aus Empfin-dungen, deren Zusammensetzung weder qualitativ noch quanti-tativ eindeutig war, durch sein Inneres. Da war ein Gefühl der Aufregung. Lauras Schrift, ihre Hand, die das Papier berührt hatte, ihre Gedanken an ihn beim Schreiben – fast hörte er ihre Stimme den Brief sprechen, wie in einem alten Film. Und syn-chron zu dieser Aufregung, die sich anfühlte wie Erröten am ganzen Leib, war da auch ein Gefühl von Banalität. Ganz normal, sie lebt. Ganz normal, sie war in Deutschland, hat sich Platten von mir besorgt, hat sich an mich erinnert, na klar, ich denke ja auch an sie. Ganz normal, sie wird bald dreißig und denkt an ihre Jugend. Ich bin bloß ihre Jugend. Ganz normal.

Aber natürlich war nichts normal. Zehn Jahre lang hatte sie nichts von ihm wissen wollen, nicht ob er an sie dachte noch was er tat, um zu leben. In Gedanken formulierte er schon Antworten.

Cornelia schenkte ihm einen Blick über den Rand ihrer Brille hinweg, als er aufstand. Er nickte ihr zu und hoffte, sie sähe ihm nicht nach. Sein Gang mußte unsicher sein. An der Tür drehte er sich um, ging zu ihrem Tisch zurück und sagte: «Ich weiß es jetzt. Ist 'n guter Brief.»

Sie nickte nur, als sei das für sie ohnehin schon klar gewesen, und sagte: «Dann hast du heut einen Feiertag.»

Nur um zu spüren, ob bei der Mauer am Fluß ein Rest von früher, von Laura, von ihm selbst noch aus der Zeit vor dem Dienst nach Vorschrift zu finden sei, ging er trotz des Nieselregens dorthin. Doch er blieb nicht einmal stehen, als er am verwaisten Anlegeplatz der Stocherkähne vorbeikam.

Er stieg die Treppen am Hölderlinturm zur Stiftskirche hinauf und eilte nach Hause, denn der Brief in seiner Tasche schien zu zappeln.

Die Mauer war längst zum Touristentreff verkommen und die frühere Besatzung in alle Winde verstreut. Lehrer, Sozialarbeiter, Politologen, Psychologen, Ingenieure, Elektriker, Verkäufer und Maler waren sie geworden, hatten Umschulungen, Computerkurse und Wohngemeinschaften hinter sich, hatten Kinder und konnten über den Spruch «Wir sind die, vor denen uns unsere Eltern immer gewarnt haben» längst nicht mehr lachen. So wie jetzt Giovanni mochte manch einer von ihnen um die Weihnachtszeit herum, wenn sie alle ihre Eltern besuchten, an der Mauer entlang streichen und sich melancholisch der alten, lächerlich gewordenen Hoffnungen und Träume erinnern. Die freie Liebe, das nicht entfremdete Leben, der überwundene Besitzanspruch, das tolerante Zusammenleben und die weite Welt. Und so etwas wie eine immerwährende Jugend. Die jetzige Jugend war schon das nächste schlechte Vorbild für die Kinder der Weltverbesserer, Außenseiter und freiwilligen Verlierer geworden.

Giovanni war das egal, denn erstens war ihm das Gejammer der Szene peinlich, und er wollte nicht schon jetzt ein Veteran sein, und zweitens hatte er Laura in der Tasche. Zumindest einen Brief, der zappelte und beantwortet werden wollte.

Zu Hause legte er den Stapel Gedichte beiseite und wollte sich eben setzen, als das Telefon klingelte. Ein sehr deprimierter Stefan teilte ihm mit, daß die Plattenfirma den Vertrag nicht verlängere, drei weitere Firmen schon abgewinkt hätten und er seine Tournee, die Ende April, also in wenigen Tagen, beginnen sollte, komplett abgesagt habe. Mangels Vorverkauf. Ganze eineinhalb Stunden lang ließ sich Giovanni scheinbar teilnahmsvoll, aber in Wirklichkeit von einem Bein aufs andere hüpfend, die private Apokalypse schildern. Stefan redete wie Ilse in dessen besten Zeiten. Alle waren schuld, nur er selber nicht. Die inkompetenten Leute bei den Plattenfirmen, die eigenen Musiker, das plötzlich wieder dumm gewordene Publikum, die rückgratlosen Medien, die Kollegen, die bereitwillig auf die neue deutsche Schlagerseligkeit, den Hawaihemden-und-Schicki-Micki-Schmus einstiegen, die Kollegen, die ihn beklauten und damit erfolgreich waren – alle, alle waren sie schuld an Stefan Moningers unverdientem Abstieg. Und klang da nicht auch so ein Unterton an, es könne an der sinkenden Qualität der Texte liegen? Giovanni hatte wenig Trost für ihn. Nicht jetzt, nicht mit diesem Brief auf dem Schreibtisch. Heute war einfach nicht der Tag für Existenznot und Kulturpessimismus.

Endlich lag der Hörer wieder auf, aber der Dialog mit Laura war gestört. Der Brief zappelte nicht mehr. Nach einigen unschlüssigen Versuchen, etwas zu finden, das jetzt dringend getan werden mußte, beschloß Giovanni, eine Kassette aufzunehmen. Mit sämtlichen Texten von ihm. Für Laura. Es waren vierunddreißig Stücke auf neun verschiedenen Platten. Nach zwei Stunden, die er mit dieser Beschäftigung verbrachte, war wieder Platz in der Wohnung. Für Laura und ihn. Vorsorglich nahm er den Hörer vom Telefon und brachte den Apparat ins Schlafzimmer. Das fordernde Tut-tuuut des Freizeichens hätte die so gewonnene Ruhe wieder gestört. Liebe Laura, schrieb er endlich, versuche ich jetzt witzig zu sein oder ehrlich? Laß Dich überraschen, beziehungsweise finde es selbst heraus. Jetzt sitz ich schon seit Jahren nach jedem Ami-Film eisern auf der Kante, bis der letzte Rest vom Abspann gelaufen ist. Ich bekomme Streit mit Leuten, die sich nicht so dafür interessieren und deren Weg ich blockiere. Ich verderbe mir die Augen, weil der Abspann meist auf dem geschlossenen Vorhang läuft, wo die Schrift wakkelt. Ich bekomme Ärger mit meiner Begleitung, die nach einer Zigarette giert. Und wozu das alles? Um Deinen Namen zu finden. Geh ich in die falschen Filme, hast Du ein Pseudonym, oder bin ich einer Fehlinformation aufgesessen? Wo cuttest Du denn oder assistierst bei der Regie? Ich finde Dich jedenfalls nie und fühle mich betrogen. Hast Du jetzt gekichert? Ja? Dann war das witzig...

Der Brief wurde neun Seiten lang, und Giovanni war sich nie sicher, wovon er eigentlich berichtete. Die Worte erzählten von dem, was er tat, wovon er lebte, was er dachte und wonach er suchte, aber das Gefühl, das ihn beim Schreiben begleitete, war eher eine Art Festhaltenwollen. Solange er schrieb, war Laura gefesselt. An ihn. Zum Schluß bat er sie, von sich zu erzählen. Sie habe ihm gefehlt und fehle noch. Als allerletzten Satz fügte er an, Linda sei sie. So wie er sie gern hätte. Beziehungsweise daß.

♡

Zwei Tage lang ließ er den Brief liegen. Dann, als die Gefahr wuchs, daß er eher im Papierkorb als in einem Briefkasten landen könnte, brachte er ihn mit anderen zur Post und versuchte, vor sich so zu tun, als sei nichts Besonderes daran. Aber natürlich zählte er dann die Tage, bis ihre Antwort frühestens eintreffen konnte.

Es waren zweiundvierzig.

DREIUNDVIERZIG

Die griechischen Gastarbeiter hatten sowohl mit den Restaurants, die sie in Deutschland aufmachten, als auch mit den Ferienwohnungen, Hotels, Strandlokalen und Kneipen in Griechenland noch Erfolg gehabt. Die vom Hund gebissenen letzten waren jetzt die Türken. Ihre Restaurants waren weder Restaurants, noch wurden sie von Deutschen besucht. Es waren Lokale. Oder Kaschemmen. Oder Lasterhöhlen. Was immer sie auch waren, es gingen dort nur Türken hin und allenfalls der eine oder andere deutsche Großstadtlehrer, der echt keine Vorurteile hatte. Dieser eine oder andere Großstadtlehrer hatte inzwischen von seinen Schülern das Wort «geil» gelernt und setzte es, meist in Verbindung mit einer schwarzen Lederhose, erfolgreich ein. Als eine Art Code zur Herstellung von Verständigungsmöglichkeiten.

Über den Düsseldorfer Verkehrsverein hatte Giovanni den Spielplan des Stadttheaters bekommen. Da er in Düsseldorf niemanden kannte, nahm er sich ein Zimmer in Bahnhofsnähe. Er hatte keine Lust gehabt, mit dem Wagen zu fahren, und sich lieber mit einem Buch in den Zug gesetzt, aber dann keine einzige Seite gelesen, weil die Gedanken an Bo und die ständig wechselnden Bilder vor dem Fenster ihn ganz in Anspruch genommen hatten.

Eben verebbte das Raunen und Rascheln der herausgeputzten Düsseldorfer, und der Vorhang ging hoch. Laute Rockmusik ertönte, und das Stück begann mit einer Schulhofszene. Von zwei Schauspielern glaubte Giovanni, sie könnten Bo sein, bis sie ihre ersten Sätze sprachen. Der dritte war es. Giovanni erkannte ihn sofort am Gang. Bo spielte einen verdrucksten Schüler, der, verspottet und erniedrigt von Lehrern und Kameraden, so lange kuschte, bis sich Gelegenheit zur Rache bot. Und diese Rache war fürchterlich. Er nahm einen Lehrer und eine Lehrerin als Geiseln, bedrohte sie mit einer brennenden Zigarette vor dem aufgeschraubten Tank eines Motorrades in der Gerätekammer der Turnhalle. Giovanni war hingerissen. Laura hatte recht, Bo spielte ausgezeichnet.

Aber es war auch so sehr der alte Bo, der da auf der Bühne tobte, daß Giovanni sich nicht sicher war, inwiefern er den rasenden Underdog überhaupt spielen mußte. Ich versteh nichts davon, sagte er sich und schaute fasziniert auf seinen Freund.

♡

Der Pförtner am Bühneneingang warf ihm schon mißtrauische Blicke zu, als Bo endlich mit einer Plastiktüte unterm Arm heraustrat.

«He», sagte Giovanni.

Bo sagte gar nichts und schien Sekunden zu brauchen, bis er begriff. Aber dann ging er gradewegs auf ihn zu und nahm ihn in die Arme.

188

Eine Weile standen sie so und atmeten einer in des andern Halsbeuge, bis Bo murmelte: «Arschloch. Hast du bis jetzt auf eine Entschuldigung gewartet?»

«Weiß nicht», sagte Giovanni und löste sich von Bo. «Weiß ich nicht.»

«Dann frag ich dich was Leichteres.» Bo schien sich langsam zu fangen. «Hast du Hunger?»

«Lust, was zu essen, jedenfalls.»

♡

Die Wände des Lokals waren mit Schauspielerfotos vollgepflastert, und Bo mußte, kaum daß sie saßen, zwei Schülerinnen Autogramme ins Programmheft schreiben.

«Du übersiehst das doch jetzt nicht etwa geflissentlich», flüsterte er Giovanni zu, «wie mich die Massen lieben.»

Giovanni grinste und sagte: «Ich hasse diesen Rummel um deine Person.»

«Kriegst gleich den Chianti ins Gesicht», sagte Bo und gab den Mädchen die Hefte mit seiner krakeligen, immer noch ungeübt wirkenden Unterschrift zurück. Den Satz «Ich hasse diesen Rummel um meine Person» hatte er früher immer zur Illustration seines künftigen Ruhms gebraucht, hatte sich dabei exaltiert die meist imaginären Locken aus der Stirn gestrichen und den entrückten Blick der belästigten Diva in die Ferne gerichtet. «Wenn du dich nicht zusammenreißt und mir meinen Applaus gönnst, dann sage ich den nächsten, daß du der halbe Stefan Moninger bist.»

«Welche Hälfte soll ich denn sein, Stef Mon oder Fan Inger?»

«Ja, ja. Bestell was, ich lad dich ein. Ich verdiene mich hier dumm und dämlich.»

♡

Bo war ein richtiger Schauspieler geworden. Er hatte tiefe Gräben um den Mund, den schminkegeschädigten Teint, die ausgeprägte Gesichtsmuskulatur und diese theatertypische Blicklosigkeit, die das Warten auf einen Gesichtsausdruck signalisiert, die fortwährende Bereitschaft, auf sich selber zu verzichten und eine fremde Gebärde zu übernehmen. Die Linien in seinem Gesicht spiegelten die Erfahrungen angenommener Persönlichkeiten, und seine Gesten strahlten die Gewißheit aus, allgemeingültig und unmißverständlich zu sein. Seine Sprache hatte jede Dialektfärbung verloren, und trotzdem war all diese Künstlichkeit nichts Neues, sondern nur die Perfektionierung der Anfänge. Giovanni sah die vollendete Ausgabe seines früheren Freundes.

Noch vor der Abschlußprüfung hatte ihn der Düsseldorfer Intendant bei einer Vorführung des Reinhardt-Seminars gesehen und ihm einen Vertrag angeboten. Bo hatte angenommen und eine Anfangsgage von dreitausend Mark ausgehandelt. Dann hatte er sich einen Abgang vom Seminar überlegt. So einfach engagiert zu werden, das war für ihn zu blaß. Es mußte schon etwas Ausgefallenes sein.

Er funktionierte eine Gruppenimprovisation, in deren Verlauf er der Trainerin seine Liebe erklären sollte, in eine rasende Vergewaltigungsszene um. Brüllend fiel er sie an, versuchte, sie in den Hals zu beißen, und riß ihr die Bluse von den Schultern. «Ich will dich jetzt, du Hure!» schrie er, und genau in dem Moment, da sie zu zweifeln begann, ob er noch spielte oder schon durchdrehte, zerrte er an ihrem Büstenhalter und seinem Gürtel. Die andern hatten längst zu spielen aufgehört und standen hilflos herum, da sie nicht wissen konnten, ob die Trainerin mitmachte oder sich zu retten suchte. Erst als sie schrie: «Tut doch was! Schafft mir doch den Irren vom Hals!», griffen sie zaghaft ein und zogen den sabbernden und knurrenden Bo mit vereinten Kräften von der aufgelösten Lehrerin fort. «Faßt mich nicht an!» schrie Bo jetzt und stellte sich fauchend und spuckend gegen die anderen. Dann drehte er sich blitzschnell um, öffnete das Fenster und sprang aus dem zweiten Stock. Nicht ohne sich mit einem kurzen Blick davon überzeugt zu haben, daß das Trampolin aus dem Gymnastikraum noch immer da stand, wo er es am Morgen aufgestellt hatte. Daß es nicht reißen würde, hatte er vorher mit einem Backstein geprüft.

Bevor noch die Gruppe am Fenster erschien, war er schon auf dem Weg zum Bahnhof, wo er sein Gepäck aus dem Schließfach nahm und präzis den Zug nach Frankfurt erreichte.

«War das nicht eher geschmacklos?» fragte Giovanni, nachdem Bo seinen Bericht mit ungerührtem Gesicht, aber in einem Ton, als staune er über sich selber, beendet hatte.

«Doch, aber wozu brauch ich Geschmack? Ein Schauspieler braucht Mut. Und außerdem war ich damals noch jung. Das war vor sieben Jahren.»

«Bist du seitdem hier in Düsseldorf?»

«Nein, zuerst war ich nur zwei Spielzeiten hier, dann in Marburg, dann Wiesbaden, und jetzt bin ich seit drei Jahren wieder hier.»

«Du hast mich schwer beeindruckt heut abend.»

Bo hatte die ganze Zeit Kontakt mit Laura gehabt und ließ sich bereitwillig ausfragen. Froh hörte Giovanni, daß sie keine Kinder hatte und, wie Bo glaubte, auch nicht glücklich sei mit ihrem Steve. Der sei viel zu amerikanisch für Laura. Sie müsse sich jeden Auslauf für ihre Klugheit stehlen. Im Alltag mit Steve sei fürs Nachdenken kein Platz. «So wie ich es kapiere», fügte Bo hinzu, «vermißt sie dich immer noch. Aber sie wird sich nie bei dir melden.»

«Hat sie aber schon.»

«Ein Wunder.»

«Für Wunder war sie doch schon immer gut.»

Das mußte trauriger geklungen haben, als Giovanni wollte, denn Bo sagte unvermittelt: «Du fragst dich immer noch, warum ich das getan habe?»

191

«Ja.»

«Und bist bis heut nicht drauf gekommen?»

«Nein.»

«Weil ich sie liebe, du Trottel. Ich liebe sie genauso wie du. Ich meine genauso sehr. Aber im Gegensatz zu dir hab ich begriffen, daß ich sie niemals ohne dich haben kann.»

«Nein?»

Was Giovanni da hörte, tat weh und gut zugleich und ließ wieder einmal keine klare Antwort zu.

«Nein», sagte Bo ernst. «Nachdem du weg warst, gab sie mir keine Chance mehr. Nicht die geringste Chance. Ich durfte noch da wohnen und hatte mich mit ihrem üblichen Sarkasmus zu begnügen. Ich war froh, als ich endlich nach Wien konnte.»

«Und später? Ich meine, sie hat dich doch besucht, wenn sie hier war.»

«Nix», sagte Bo, und nun klang auch seine Stimme traurig. «Steve war da, und du warst weg. Was sollte schon sein?»

Giovanni war so aufgewühlt von dem Gedanken, Laura könnte ihn noch immer wollen, daß er sich schnell verabschiedete. Er konnte jetzt nicht weiterreden, mußte allein sein. Allein mit Laura.

«Ach, ich muß dir noch meine Adresse geben», sagte er, nachdem Bo bezahlt hatte.

«Mann, du bist so blöd, das gibt's gar nicht. Glaubst du, ich hab deine Adresse nicht? Die Erlaubnis, dich zu besuchen, reicht mir. *Du* brauchst *meine* Adresse.»

Giovanni schrieb sie auf.

«Geh mir nicht noch mal verloren», sagte er vor dem Hotel und umarmte Bo.

«War ich nie», sagte der.

Das mitgebrachte Buch hätte er auf der Rückfahrt genausogut aus dem Fenster werfen können. Laura, Laura, Laura. Warum, wenn sie ihn nicht leid gewesen war, hatte sie sich nie gemeldet? Aus Stolz? War sie zu stolz, ihm sein abruptes Weggehen zu verzeihen? Das paßte eigentlich nicht zu ihr. War zu verbohrt. *Er* hätte so reagieren können, aber sie doch nicht. Es half alles nichts. Giovanni steckte in der Geschichte drin und konnte nicht den unbeteiligten Beobachter spielen. Und wozu über zehn Jahre alte Beweggründe nachdenken, wo Laura doch durch ihren Brief jetzt wieder aufgetaucht war? Die heutige Laura, die mit diesem Steve nicht glücklich war, von der Bo glaubte, sie hänge noch an Giovanni, die keine Kinder hatte und vielleicht nur noch das Geld fürs Ticket brauchte, um ihn zu sehen...

♡

Zu Hause lag ein Zettel im Briefkasten. Mit einer Telefonnummer ohne Vorwahl und der Unterschrift «Karen».

Es war merkwürdig. Schon wieder tauchte Karen gleichzeitig mit den Gedanken an Laura auf. Giovanni wählte die Nummer, und ihre Stimme meldete sich: «Bei Göhre.»

«Karen?»

«Ja. Giovanni?»

«Auch ja. Komm ich, oder kommst du?»

«Ich komme. Bis gleich.» Sie legte auf.

♡

Sie fielen einander in die Arme, und der Geruch, der ihrer leichten Sommerkleidung anhaftete, war ihm so bekannt, daß er sie wie selbstverständlich küßte. Und wie selbstverständlich fuhr ihre Hand über seinen Nacken, jagte ihre Zunge seine und zog sie ihr T-Shirt von der Brust, auf der seine Hand sich schon tastend bewegte.

«Du kommst von einem andern Stern», sagte er und gab der Tür einen Tritt.

Sie zog eine verklebte Haarsträhne aus ihrem Mundwinkel und sagte: «Da will ich grade hin.»

Mit schnellen Bewegungen zog sie ihre Kleider aus und warf jedes Teil in eine andere Ecke des Flurs. Dann faßte sie seinen Gürtel, öffnete ihn und zog am Reißverschluß der Jeans. Wie unentschlossen fuhren ihre Hände jetzt hinter die Knopfleiste seines Hemdes am Kragen und öffneten drei Knöpfe, um dann wieder zu seiner Hose zu huschen und diese halb herunterzuziehen.

«Alles gleichzeitig geht nicht», sagte er lächelnd. «Und außerdem sind wir im Flur.»

Er zog sich selbst aus, während sie sich mit beiden Händen auf der Telefonkommode abstützte und ihm dabei zusah.

«Dann zeig mir halt die Wohnung.»

«Ähmm, vielleicht zuerst das Schlafzimmer?»

Sie nahm ihn an der Hand und zog ihn durch die erstbeste Tür. Es war das Wohnzimmer.

«Daneben», sagte er. «Schlafzimmer ist dort drüben.»

«Mußt du unbedingt ein Bett haben?»

«Nein, unbedingt nicht.»

«Dann komm.»

Sie setzte sich auf den Tisch, rutschte nach vorn an die Kante und zog ihn an den Schultern zu sich her, sagte: «Komm, komm schon in mich rein», und führte ihn mit ihrer Hand. Er mußte in die Knie gehen, und dieser unbequemen Haltung verdankte er, daß er sich diesmal nicht vor ihr verlor.

Nachdem sie ihr Ziel, sich klammernd und mit der Hüfte an ihm tanzend, erreicht hatte, lehnte sie den Oberkörper zurück, stützte sich auf die Tischplatte und zeigte sich gelassen vor, während ihr Blick seinem auswich, um ihn nicht zu stören. Bald fielen sie sachte über den Tisch in eine Haltung, in der sie, Mund an Hals, eine Zeitlang verharrten. Es war nachmittags kurz vor fünf, und ein Luftzug, der durchs Fenster kam, streichelte ihre Haut so vorsichtig, wie sie selbst es nicht vermocht hätten.

«Du hast mir tatsächlich gefehlt», sagte Karen irgendwann und rückte ihren schmerzenden Ellbogen auf der harten Tischplatte zurecht. «Ich hab's nicht geglaubt, aber du hast mir gefehlt.»

Das war ein Satz, den Laura hätte sagen können. Oder sollen.

♡

«Das Badezimmer ist da», hatte Giovanni gesagt, aber Karen wollte nicht duschen. «Ich will danach riechen», sagte sie und bat nur um ein Handtuch. «Und jetzt spazierengehen. Auf jeden Fall raus.»

Wie frisch gewaschen war die Stadt, obwohl es nicht geregnet hatte. Sie gingen Hand in Hand durchs Schloß und den langgezogenen Berg dahinter entlang. Der Blick ins Tal, auf die Dächer der Stadt und zu den gegenüberliegenden Hängen mit Kliniken und Villen, das einsetzende Abendlicht und die Geräusche und Gerüche des Frühlings schienen Giovanni das beste Geschenk für Karen. Sie nahm es vergnügt und gelassen an.

«Ich weiß nicht, was ich diesmal schwänze», sagte sie, «aber ich schwänze irgendwas. So ein Gefühl gibt es nur beim Schwänzen. Letztesmal mit dir hab ich Herrn Moninger geschwänzt. Oder Herrn und *Frau* Moninger. Jetzt weiß ich nicht.»

«Apropos...» sagte er.

«Ist aus. Schon lange. Seine Maja hat ein Kind gekriegt. Da hatte ich genug.»

«Seine Felle schwimmen davon», sagte Giovanni nachdenklich und begann sich selber als ein weiteres dieser Felle zu sehen. Auch er würde demnächst wegschwimmen. Keine ermüdenden Diskussionen mehr, ob ein Wort singbar ist oder nicht. Kein Beiseitelegen guter Texte mehr, weil sie der Plattenfirma zu negativ, zu hochgestochen, zu speziell oder zu allgemein sein würden. Und keine Untertöne mehr, es könne am Text liegen, wenn die Platte nicht läuft. Eben erst wurde ihm klar, daß er das schon eine Weile erwog, ohne es bislang zuzugeben. Aus Schuldgefühl. Um nicht als Ratte ertappt zu werden, beim Verlassen des sinkenden Schiffes.

«Trapperschicksal», sagte Karen, und Giovanni staunte über ihre Treffsicherheit.

Sie hatte eine Stelle angenommen bei Gastl, direkt neben der Stiftskirche. «Ich glaube sogar, wegen dir», sagte sie, «aber denk jetzt nur nicht, du hast mich am Hals. Ich bin frei und bleib es auch. Aber das Leben ist schöner, wenn ich dich ab und zu in mir drin habe.»

Er fand die Vorstellung, ab und zu in ihr drin zu sein, erregend. Nicht nur Karens Schönheit, von der er immer geglaubt hatte, sie gehöre zu strahlenden Männern, zu Glanz, Öffentlichkeit und Parties, nicht nur diese Schönheit, die so viel offensichtlicher war als Lauras, hatte ihn glauben lassen, daß Karen höchstens einen Freund, aber nie einen Geliebten in ihm suche; es war auch ihre Verbindung zu Stefan gewesen, von dem er sich so verschieden fühlte. Wie konnte sie an Stefan etwas finden und gleichzeitig an ihm? Aber es war ja nicht gleichzeitig. Stefan war ja weg. Er brannte darauf, sie Bo vorzustellen.

«He, sag was! Das war eine Liebeserklärung.»

«O ja, entschuldige. Ich war in Gedanken.»

Er nahm sie in die Arme und küßte sie auf den Mund: «Ich hab Platz für dich.»

«Ich zahle Miete.»

Sie holte zwei Bücherregale aus dem Keller und stellte sie ins Schlafzimmer, schob seine Kleider auf die rechte Schrankseite und zog ein. Wenn sie nicht zusammen ausgingen, kochte er für sie, und es dauerte nicht lange, da waren die Ergebnisse eßbar. Er brachte ihr das Flippern bei, und mit zwei Kollegen aus der Buchhandlung, dem Trickfilmer, dessen Freundin und einem Anwalt, den Giovanni seit langem kannte, wurden sie eine richtige Clique.

Seit der Zeit mit Laura, Bo und Ilse hatte Giovanni sich nicht
mehr so aufgehoben gefühlt. Auf einmal war die Stadt, die er seit
Jahren als einen Aufenthaltsort gesehen hatte, als eine Nische,
die bloße Umgebung seiner Wohnung und seines Schreibti-
sches, wieder eine Heimat für ihn geworden. Zum ersten Mal seit
Jahren schaute er hin und wieder nach oben, wenn er durch die
Straßen ging, und entdeckte Giebel, Dächer und Winkel, die er
nie zuvor gesehen hatte. Als wäre *ich* es, der hierhergezogen ist,
dachte er manchmal, wenn er sich bei einer solchen Neuentdek-
kung inmitten des Altbekannten ertappte. Ich komme zu mir
durch Karen. Dabei tut sie nichts, was mich ändern könnte. Sie
ist nur da. So wie sie eben ist. Schön und klar und für einen so
klugen Menschen viel zu einfach.

Sie schliefen fast jede Nacht miteinander auf eine genießeri-
sche Art, die, halb Ernst und halb Spiel, ihnen den anderen
quadratmillimeterweise eröffnete. Giovanni hörte auf, sein eigenes Spiegelbild mit vorwurfsvollen Augen zu betrachten. Auf
einmal war ihm egal, daß er nicht schön war oder männlich; sein
Gesicht war in Ordnung. Und manchmal verspürte er Stolz auf
die neben ihm gehende Schönheit. Die gehört zu mir, dachte er
als Begleitmusik zu neidischen, flüchtig sich orientierenden
Blicken, die zu lesen ihn früher oft deprimiert hatte. Früher
konnten solche Blicke doch immer nur ein Dutzendgesicht regi-
strieren. Jetzt mußten sie unverständig das Privileg dieses Dut-
zendgesichtes hinnehmen, von solcher Schönheit für voll genommen zu werden. Fremde Federn, dachte Giovanni, wenn er
sich bei solchen Gedanken ertappte, aber es war doch ein
schönes Gefühl.

Er besuchte sie fast täglich in der Buchhandlung und las
mehr als je zuvor.

♡

Lieber Giovanni, stand in dem Brief, der am zehnten Juni endlich aus dem Kasten sprang, direkt lachen mußte ich nicht, aber

bitte schreib weiter. Schreib mir viele solcher Briefe, und erzähl mir, was Du tust. Ich kann nicht genug davon kriegen. Das fehlt mir hier in den Staaten. Ich cutte nicht und assistiere bei keiner Regie, ich bin eine Hausfrau, die sich standhaft weigert, Alkoholikerin zu werden. Das ist aber auch das einzige, was ich nicht tue. Alles andere, den kompletten american way of life, mache ich brav mit, und niemand ahnt etwas Böses. Schreib mir solche Briefe, dann halt ich besser durch.

Ich habe ehrlich keine Lust, von mir zu erzählen, bin viel begieriger auf Deine Geschichten. Hast Du Dir eigentlich mal überlegt, ein Buch zu schreiben? Deine Liedertexte mag ich meistens, manche sogar sehr. Mit der Stimme dieses Moninger kann ich allerdings nicht viel anfangen. Der ist so spröde, ich mag ihm kein Gefühl glauben. Und schon gar nicht, wenn der Text von Dir stammt. Dann kommt mir dieser Mann wie ein Lügner vor. Schreib doch mal ein Buch. Es muß ja nicht ausgerechnet von einem Dichter handeln, der schließlich ein Buch schreibt. Aber vor allem, schreib mir. Was immer Dir einfällt. Vorn meine Adresse drauf und weg damit. Santa Monica ist ein nettes Städtchen, wir haben nette Nachbarn, Steve ist ein netter Mann, er hat einen netten Job, und ich fahre einen netten kleinen Toyota als Zweitwagen. Ich selber bin auch nett. Erinnerst Du Dich daran, daß ich jemals *nett* war? *Nett?* Aber wie gesagt, ich habe keine Lust, von mir zu erzählen. Jedenfalls jetzt noch nicht. Ich umarme Dich. Deine Laura. P. S. Wir haben jetzt eine Brieffreundschaft.

Er besuchte Karen nicht im Laden an diesem Tag.

VIERUNDVIERZIG

Der Begriff «Altbundeskanzler» klang irgendwie positiv. So ähnlich wie «Recycling». Getreu dem Slogan einer schon wieder erfolglosen Band ging es jetzt extrabreit in die achtziger Jahre. Leistung lohnte sich wieder, und man hatte kein schlechtes Gewissen mehr. Das personifizierte gute Gewissen war jetzt Bundeskanzler und glänzte fettig aus allen Rohren. Über den Malvinas, so hieß es, sei eine Anzahl roter Luftballons abgeschossen worden; wer's nicht glaube, solle sich halt das Video kaufen.

Von Stefan, den er beim Festival das letzte Mal gesehen hatte, hörte Giovanni überhaupt nichts mehr. Es war eine seltsame Szene gewesen, als Stefan und Maja mit Karen zusammentrafen. In Giovannis Wohnung. Für Maja war alles ganz normal – schließlich war doch diese Karen Giovannis Freundin –, aber Stefan war völlig durcheinander gewesen und hatte sich bald verabschiedet. Giovanni war sich unsicher, was er von diesem Auftritt halten sollte. Hatte es ihm gefallen, Stefan zu verletzen, oder tat er ihm leid? Möglicherweise beides. Karen war begeistert.

Ein ganz neues Gefühl der Ruhe war seit dem stetigen Briefwechsel mit Laura in Giovannis Leben eingekehrt. Er hatte gut verdient in letzter Zeit und würde leicht ein Jahr lang davon leben können. Bis auf die Plattenkolumne in der Hi-Fi-Zeitschrift kündigte er alle Zeitungsjobs. In den Blättern, für die er gearbeitet hatte, war jetzt hauptsächlich von Verkaufszahlen die Rede. Es ging nur noch um Erfolge und die alten kitschigen Märchen vom großen Glück, ein Star zu sein. Kein Wort mehr über musikalische Dinge, kein Versuch mehr, Musik zu beschreiben oder gar über Texte nachzudenken, sondern nur noch Klatsch über Frisuren, Bettgeschichten, Millioneneinkünfte und Zuschauerzahlen. Ich stehe nicht mehr zur Verfügung, schrieb er einfach an die Redakteure. Und das war ein tolles Gefühl.

♡

So weit entfernt Laura auch war, sie stellte doch einen festen Punkt in seinem Leben dar, von dem aus gesehen Giovanni nicht überflüssig war. Alle zwei, drei Wochen schrieb er ihr, und auf etwa jeden dritten Brief kam Antwort. Sie schrieb kurz und bezog sich mehr auf ihn, als daß sie von sich erzählte. Erst nach und nach begann sie ihr Leben in Amerika zu schildern, und das klang meistens traurig.

Auch klang in ihren Briefen etwas an, das ihn von dem Wunsch abhielt, sie zu besuchen. Es schwang aber auch eine Zuneigung mit, die die Briefe zu Geheimnissen machte. Zu Erkennungszeichen eines Lebens außerhalb der Regeln, einer Nische nur mit Platz für sie und ihn.

In einem dieser Briefe machte sie ihn auf einen Schriftsteller namens Kurt Vonnegut aufmerksam, dessen Bücher er daraufhin wie süchtig las. Dieser Vonnegut mit seinem tragikomischen Stil war es auch, der ihm den letzten Anstoß gab, sich an eine längere Geschichte zu wagen.

Als wären Fenster in seinem Kopf geöffnet worden, wehte alles durcheinander, was er schon immer hatte aufschreiben wollen. Er holte seine frühen Versuche aus der Schublade, aber legte sie schnell wieder enttäuscht beiseite. Nichts war darunter, was man schreiben mußte. Aber was mußte man denn schreiben? Sich selbst?

Er versuchte es mit Anfängen. Schrieb einfach Sätze auf und prüfte, ob sie ihn in eine Richtung, an einen Ort oder zu einer Person zogen. Der alte Unterschied zwischen Farbe und Schwarzweiß tauchte wieder auf. Sätze fingen farbig an und wurden immer blasser oder waren gleich von Anfang an in Grau.

Endlich, Ende Oktober, fiel ihm Stefan ein. Spazierte einfach in einen Satz über Musik, einen Satz, in dem Platz war für Personen. Mitten in diesem Satz stand Stefan und schaute unsicher vom Blatt direkt in Giovannis Augen, als stünde dort seine Zukunft geschrieben. Der Satz war in Grau, aber Grau war eine Farbe.

Das ist es, dachte er. Ich bin Stefan. Mein Plattenvertrag läuft aus. Existenzkrise. Ich verlasse Maja und lerne Karen kennen. Ich erzähle von Plattenheinis, Radiofritzen, Journalisten und Musikern. Ich erzähle davon, was Musik bedeuten kann. Wenn man sie liebt. Und braucht.

Er machte keine Notizen mehr, sondern schrieb los, indem er mit dem nassen Novembertag begann, an dem Stefan begriff, daß es so nicht weitergehen würde. Das war natürlich derselbe nasse Novembertag, an dem Giovanni die ersten Zeilen in sein schwarz-rotes Din-A-vier-Notizbuch schrieb.

Und natürlich schliefen er und Karen nicht mehr jede Nacht miteinander. Beim gründlichen Durchsuchen des anderen Körpers hatten sie irgendwann alles gefunden, und kein Winkel und kein Fleckchen war mehr neu. Es war noch immer schön, aber schließlich nicht mehr wichtig, ob sie es jetzt tun würden, heute noch, morgen oder übermorgen. Es lief ja nicht davon.

Oft schrieb Giovanni jetzt bis spät in die Nacht und kroch erst lange nachdem sie eingeschlafen war, zu Karen unter die Decke. Er stand viel später auf als sie und war nicht hungrig, wenn sie von der Arbeit kam. Von Laura sprach er nicht – was gäbe es auch zu sagen? –, und das langsam wachsende Manuskript hielt er auch vor ihr zurück. Aus Angst, sie könnte es nicht mögen.

Doch da er sonst an nichts mehr dachte als an Laura und das Buch, verloren die Gespräche den Gehalt. Sie sprachen über Filme, Bücher, Freunde und den Speiseplan.

♡

Als er jedoch Karen im Spiegel von Bos Augen sah, war Giovanni wieder stolz auf diese Frau.

«Du bist aber schön», sagte Bo sofort, als er zur Tür hereinkam.

Karen blieb den Abend über einsilbiger als sonst, und als Bo gegangen war, sagte sie: «Den mag ich nicht.»

Sie fuhr über Neujahr zu ihren Eltern, und Giovanni stellte fest, daß er das Alleinsein genoß. Er schämte sich. An Karen ist nichts Falsches, dachte er, sie tut mir nichts an, warum also belüge ich sie? Denn daß er sie nicht in sein Manuskript schauen ließ, obwohl sie darum bat, daß er Laura mit keinem Wort erwähnte, obwohl er ihr dauernd schrieb, daß er kaum noch auf Karen achtete und dabei hoffte, sie merke es nicht – was tat er damit anderes als lügen?

Bo las er vor, was er bis jetzt geschrieben hatte. Es waren vierundneunzig Seiten. Bo verstand die Begriffe aus der Musikszene nicht. Giovanni mußte jeden einzelnen erklären. Und jedes englische Wort.

«Aber sonst gefällt's mir gut», sagte Bo.

♡

Er hatte seit einem Jahr eine Freundin, eine zarte rothaarige Tanzschülerin, die er väterlich umhegte. Ihr zuliebe hatte er in Düsseldorf gekündigt und war nach Hamburg gezogen, wo er, bislang noch arbeitslos, ohne Eile nach Rollenverträgen Ausschau hielt.

«Leider wohnt mein Bruder auch in Hamburg», sagte er, «das ist der Nachteil.»

«Du mußt ihn doch nicht sehen.»

«Sag *ihm* das.»

♡

Auf langen Spaziergängen im Schnee füllten sie die zehnjährige Lücke auf. Sie redeten sich selbst herbei, als wäre alles erst echt, wenn der andere über jede Minute, jeden Zweifel, jeden kleinen Triumph und jeden Tropfen Herzblut, der irgendwann einmal vergossen worden war, Bescheid wußte.

«Eigentlich habe ich immer noch nicht mit dem Leben angefangen», sagte Giovanni einmal.

«Und ich müßte aufhören zu spinnen», antwortete Bo.

Mit diesen Hausaufgaben trennten sie sich kurz nach Silvester. Bo fuhr nach Hamburg zu seiner Katharina, und Giovanni dachte wieder an sein Buch.

Ein Buch zu schreiben war jedoch das glatte Gegenteil von Leben, und so freute er sich, als Karen von Stuttgart aus anrief und fragte, ob er sie abholen komme. Er hatte noch Zeit, einen Blumenstrauß zu kaufen und ein Essen vorzubereiten, das er nur noch in den Ofen zu schieben brauchte.

Im Fußgängertunnel unter dem Schloßberg pfiff er und klatschte in die Hände, und am Bahnhof konnte er es kaum erwarten, bis sie ihm endlich entgegenkam. Er vergrub sein Gesicht in ihrem Haar und roch ihren warmen Duft.

«Du hast mir gefehlt», sagte er, und das stimmte. Er hatte es nur nicht bemerkt.

203

FÜNFUNDVIERZIG

Alles, was von mehr als zwei Leuten für geil gehalten wurde, nannte man «Zeitgeist». Falls, wie es nun auf einmal schien, die halbe Menschheit an Aids sterben würde, hätten sich die Antiatomkraftbewegung und die Friedensbewegung ganz umsonst gesorgt. Beziehungsweise um das Falsche. Aber noch stand ja nicht fest, ob man Aids nicht der CIA zuschreiben konnte, und dann wäre das ja wieder fast dasselbe.

Vor dem Fenster wurde ein Stück Straße neu gepflastert, und das Klicken der Steineklopfer mischte sich mit dem Zwitschern der Vögel und den Teppichklopf- und Staubsaugergeräuschen in der Nachbarschaft. Zwei Frauen tratschten von Fenster zu Fenster, und der Kaffee, den Karen in die Thermoskanne gefüllt hatte, duftete wie frisch gebrüht. Neben der Kanne stand ein bunter Blumenstrauß und an die Vase gelehnt eine Karte: Herzlichen Glückwunsch zum Geburtstag. In Liebe, Karen. Es klingelte.

«Telegramm», rief es von unten, und er ging dem Boten entgegen. Es war von Laura. Willkommen im Club, stand da, und Giovanni stellte es neben Karens Karte an die Vase.

War ich schon einmal so glücklich?, fragte er sich. Einige wenige Male vielleicht. Als Laura ihn zum ersten Mal berührt hatte, im Weinberg, nach der Schule; als Freddie in Aix vor ihm herlief zum Haus; als Laura aus dem Flugzeug stieg und als Karen ihn in Kamen auf sich zog. Und vorgestern, als er den Schlußsatz der Geschichte schrieb.

Das Telegramm und die Karte vertrugen sich nicht. Das Wort «Liebe» auf Karens Gruß war unvereinbar mit Lauras Gegenwart. Nach kurzem Zögern entschied er sich, das Telegramm in die Schublade zu den Briefen zu legen. Angekommen war es ja. Tief innen sogar.

Schon seit einigen Jahren kam immer um die Zeit seines Geburtstages eine wohlige Wehmut über ihn. Er sprach nie darüber, denn die Worte hätten Kitsch oder Pathos entlarvt. Aber ohne Worte, ohne daß er Rechenschaft darüber ablegen mußte, war diese Wehmut ihm das wahre Maß der Jahre geworden. Sein eigenes Sylvester im April.

Wenn es roch wie jetzt und klang wie hier, dann dachte er an seine alten Wünsche. Geriet für kurze Momente in eine Zeitschleife, horchte aus der Zukunft nach dort, wo sie noch nicht Gegenwart war. So roch und klang die Welt, als er sich danach sehnte, hinaus in das Leben hinter dem Stoffbezug des Blaupunkt-Radios zu gelangen und alles zu fassen, was dort für ihn sei; so roch und klang die Welt, als er meinte, an den Fingerspitzen zu fühlen, wie es sein würde, eine nackte weibliche Brust zu berühren, als er die Augen schloß, um Lauras Körper von allen Seiten zu sehen, als er die Haut anspannte, um zu spüren, wie es wäre, mit ihr zu schlafen. So roch und klang die Welt auch noch, als er hoffte, Stefans Platte werde ein Erfolg und er entpuppe sich zu einem großen Dichter.

Und dann roch nichts mehr. Jahre vergingen mit Dienst nach Vorschrift, bis auf einmal die Erinnerung auftauchte. Und mit ihr wieder Geruch und Klang der Zukunft.

Dreißig Jahre. Noch gestern nacht hatte er einen kleinen Schock bekommen, als jäh das Bewußtsein einsetzte. Dreißig Jahre, mit Glück ein Drittel, mit Pech die Hälfte, und dann wird es mich einfach nicht mehr geben. Mich, den Wichtigsten von allen. Und überdies waren die letzten zehn Jahre so schnell vergangen, daß er sie nicht mit den früheren vergleichen konnte. Selbst wenn er noch einmal dreißig Jahre hatte, sie würden sich anfühlen wie zehn. Oder fünfzehn. Das mußte an den Wiederholungen liegen, dem Mangel an Premieren. Kein Wunder, daß er anfing, seiner Jugend nachzutrauern.

Aber jetzt, bei diesem Frühstück, war der Schrecken überholt, und die Wehmut war ein schöner Teil des Lebens. Giovanni wollte noch den Postboten abwarten und dann sein eigenes Geburtstagsgeschenk kaufen gehen. Einen Computer. Er freute sich schon aufs Abtippen und Überarbeiten des Manuskripts. Außerdem brannte er darauf, zu erfahren, wie es Laura gefiel. Und Karen würde er es auch zeigen. Jetzt, wo es fertig war. Zumindest mal fertig erzählt.

In der Post waren noch zwei Glückwunschkarten von Bekannten, aber keine von Stefan. Zum ersten Mal, seit sie sich kannten. Wenn eine gekommen wäre, hätte es mich mehr gestört, dachte Giovanni und machte sich auf in die Stadt, um alles, was er für das Fest abends brauchte, einzukaufen.

♡

So laut ließ er «A Salty Dog» laufen, während er Salate wusch, daß er ihr Kommen erst bemerkte, als Karen ihn von hinten küßte. Sie trug ein Kleid, das er noch nie an ihr gesehen hatte. Weich, schwarz und lang mit einem Schnitt, der ihre Brüste und Hüften unterstrich.

«Mann, bist du schön. Ist das neu?»

«Es kann nicht Mann heißen», lachte sie, «‹Frau, bist du schön› vielleicht, aber nicht Mann. Ja, es ist neu. Es ist ein Teil von deinem Geschenk.»

«Und wo ist der Rest?»

Sie ließ das Paket unter ihrem Arm einfach fallen, sagte: «Das ist bloß Attrappe», hob den Kleidersaum bis zum Kinn und zeigte, daß sie nichts darunter trug außer Strümpfen, die bis zur Mitte ihrer Oberschenkel reichten und von den schmalen Bändern eines Hüftgürtels gehalten wurden. «Da ist der Rest.»

Sie nahm ihn wie damals an der Hand und schob ihn zielbewußt ins Schlafzimmer. Dort zog sie die Vorhänge zu und setzte sich aufs Bett. Als sie das Kleid über den Kopf streifte, hatte er sich schon alles vom Leib gerissen und kniete neben ihr.

«Das ist das, was der Spießer Reizwäsche nennt, stimmt's?» fragte er.

«Gib doch zu, daß es dich reizt», sagte sie lachend und zog seinen Kopf an ihre Brust. «Da mußt du gar kein Spießer sein.»

«Ich geb's zu», murmelte er und war tatsächlich ein bißchen verlegen, «aber du darfst es niemand verraten.»

«Niemand», sagte sie, und als sie wieder zu sich kamen, war die Platte längst zu Ende und blieb nur noch wenig Zeit bis zum Eintreffen der Gäste.

♡

Das Paket war keine Attrappe gewesen, sondern enthielt ein Textverarbeitungsprogramm. Am Tag nach dem Fest setzte er sich an den Computer.

Es dauerte drei Tage, bis er so weit war, daß er nur noch etwa einen Fluch pro Stunde ausstieß, und von da an tippte er mit wachsender Freude seine Handschrift ab und änderte fast jeden zweiten Satz.

Karen stellte manchmal Blumen auf seinen Schreibtisch, massierte ihm abends die schmerzenden Schultern und kochte nach der Arbeit, was bisher immer sein Job gewesen war.

«Du pflegst mich ja wie einen Kranken», sagte er nach einer Woche.

«Das machen wir Schriftstellerliebchen so. Sonst haut er uns mit einer Jüngeren ab.»

♡

Sie wartete, bis das ganze Manuskript ausgedruckt war, und las es dann in einem Zug durch, während er ins Kino und hinterher spazierenging.

Er fand sich lächerlich mit dieser ängstlichen Erwartung im Gesicht, aber sie sagte gleich: «Gut. Es ist gut. Das werden viele Leute mögen.»

Gleich am nächsten Tag machte er drei Kopien, schickte eine

im vorbereiteten Kuvert nach Amerika, die zweite an einen Verlag, dessen Adresse ihm Karen herausgesucht hatte, und legte die dritte zu Hause neben das Original. Und wartete.

♡

«Bin ich eigentlich die Frau in dem Buch?» fragte Karen einige Tage später.

«Welche?»

«Die Traumfrau, die, die er dann kriegt.»

«Ja.»

Das stimmte, wenn auch nur zum Teil, denn natürlich war die Figur eine Mischung aus Laura und ihr geworden. Aber ein Teil stimmte ja, und von Laura hatte er noch immer nichts gesagt, also sah er keine Möglichkeit als diese halbe Lüge. Die immerhin auch eine halbe Wahrheit war.

SECHSUNDVIERZIG

Das Instandbesetzen von Häusern war schon wieder nicht mehr modern und somit auch die letzte Bastion der verständnisvollen Ex-Außenseiter gefallen. Während drunten auf der Straße das Auftauchen von Hitlers Tagebüchern diskutiert wurde, hängte man in so mancher Beletage die Klotür wieder ein, kündigte den Mitbewohnern und strich die braunen Regale weiß. Das würde erst mal reichen bis zum nächsten Ikea-Besuch. Die Idee, Auschwitz rühre vom Pazifismus her, stammte nicht aus den Hitler-Tagebüchern, die ihrerseits auch nicht von Hitler stammten. Aber da es bald «Mehr Zukunft für alle» geben sollte, hatte man doch jetzt eigentlich ein Recht, davon nichts mehr hören zu wollen.

Nach Wochen, in denen keine Antwort des Verlags eintraf, gewöhnte sich Giovanni an den Gedanken, daß aus dem Buch nichts werden sollte.

Laura schrieb, sie habe Tränen gelacht, zumindest glaube sie, daß es Lachen gewesen sei, und ob er mit der Frau sie gemeint habe. Ja, schrieb er zurück, natürlich. Wen denn sonst? Er legte Original und Kopie in eine Schublade und schob das Buch aus seinem Blickfeld.

♡

Lange nachdem das Ithaka-Projekt gescheitert war, tauchte Ilse wieder auf. Er hatte einige Monate in Südfrankreich Straßentheater gemacht. Management, wie er es nannte. Eher war es wohl das Herumgehen mit dem Hut gewesen. Braungebrannt und mit einer Flasche Cidre unterm Arm stand er eines Nachmittags vor der Tür und sagte «Na?»

Sein Vater war von einem Schlaganfall gelähmt, und man hatte alle Hebel in Bewegung gesetzt, um Ilse ausfindig zu machen, damit er die Werkstatt weiterführte.

«Willst du das?» fragte Giovanni.

«Ich mach's jedenfalls und werde genauso erwachsen wie du.»

Tatsächlich versorgte Ilse den ansehnlichen Kundenstamm seines Vaters und schien sich einzuleben. Oft, wenn er in der Stadt zu tun hatte, kam er nach Feierabend vorbei, unterhielt sich mit Karen, die ihn schnell ins Herz geschlossen hatte, lieh sich Bücher aus und brachte die meisten sogar irgendwann zurück.

Giovanni besuchte ihn ein paarmal bei der Arbeit und war beeindruckt von Ilses Können. Er bewunderte seinen sicheren Umgang mit Pinsel, Spachtel und anderem Gerät. Das hätte er nicht erwartet, daß sein verträumter Freund ein wirklich guter Handwerker war. Er hatte immer aus der Qualität von Ilses Plänen auf die seiner Fähigkeiten geschlossen.

Seine Bewunderung wurde jedoch von Ilse ruppig abgeschmettert. Er schien das Lob für Spott zu halten. Wie konnte man etwas so Unwichtiges wie ein Handwerk loben, wo doch nur die Kunst, der Ruhm und allenfalls noch ein Vermögen Respekt verdienten?

Er befreundete sich mit Udo, dem Anwalt aus ihrer Clique. Ilses Angewohnheit, bei jedem Auftrag irgendein Detail zu vergessen, einen Fensterrahmen, ein Stück Treppengeländer, sämtliche Scharniere etlicher Türen oder irgend etwas sonst, war die gesunde materielle Basis dieser Freundschaft. In Verbindung mit der Rechtsschutzversicherung, die er vom Vater übernommen hatte. Tatsächlich schaffte es Udo meist, daß Ilse recht bekam und seinen erbosten Kunden keinen Pfennig zurückzahlen mußte. Die beiden fanden immer ein Haar in der Suppe, das sich vor Gericht zu einem Versäumnis oder unrechtmäßigen Verhalten des Kunden aufbauschen ließ. Über Udo bekam Ilse auch Aufträge als Schriftenmaler. Er stattete Boutiquen, Läden, Kneipen und Messestände mit Schriften aus, und der Zuwachs an Kundschaft dieser Art machte es ihm leicht, den Schwund auf der traditionellen Seite des Anstreicherhandwerks zu verschmerzen.

Eines Abends kam Karen von der Arbeit mit einer Platte unterm Arm, die sie wortlos auf Giovannis Schreibtisch legte. Stefan Moninger – Berührungen. Auf dem Cover ein weichgezeichnetes, stark geschöntes Foto. Die Schreibschrift des Titels erinnerte an Weihnachtsplatten.

«Na, irgendwo muß er ja bleiben», sagte Giovanni und legte die Platte auf. Sie klang, wie sie hieß und aussah. Irgendwer hatte Stefan beigebracht, wie man singt, und damit alles, was gut und eigen an ihm gewesen war, planiert. Mit Hilfe bekannter Studiomusiker hatte ein österreichischer Produzent den typischen Dutzendsänger aus ihm gemacht. Alle gängigen Studiotricks und «aktuellen» Klänge waren wohldosiert vorhanden, und die Texte taten ein übriges, Giovanni und Karen erschauern zu lassen. «Du wirst es fühlen, wenn du es nur fühlen willst», hieß einer der Refrains und «Enge Jeans» ein anderer.

«Viel Spaß in deinem neuen Beruf», sagte Giovanni, als der Tonarm sich hob.

In dieser Zeit arbeitete er an einem Auftrag vom Verlag des Rocklexikons. Zusammen mit einem Psychologen, der sich auf Mode spezialisiert hatte, und einem Journalisten aus dem Feuilleton einer Wochenzeitung sollte er, als Musikspezialist, die Jugendkultur der siebziger Jahre porträtieren. Die Arbeit machte Spaß, und er schrieb den überwiegenden Teil seiner Materialsammlung direkt aus der Erinnerung, ohne viel zu recherchieren.

Während Giovanni die eigenen Gefühle und Gedanken zu den Songs der siebziger Jahre skizzierte, bekam er wieder Lust, eine längere Geschichte zu schreiben. Aber es fielen ihm nur Stimmungen, Bilder und kleine Szenen ein. Bevor er nicht Personen hätte, die ihn durch die Geschichte ziehen konnten, die ein eigenes Leben von ihm forderten, Charaktere, deren Wünschen er nur noch hinterherzuschreiben brauchte, lohnte es sich nicht, Notizen zu machen. Erst mußte eine Person einen Satz besuchen, vorher fing keine Geschichte an. Die Bilder, Gefühle und Szenen kämen dann von alleine wieder.

SIEBENUNDVIERZIG

Die Sache mit Aids war doch noch nicht so eilig. Erst mal ging es gegen die Stationierung von Raketen. Es gab Menschenketten und riesige Demonstrationen, die nannte man «Druck von der Straße». Dann gab es den amerikanischen Druck auf Nicaragua, den Druck neuer Briefmarken für Grenada, den Druck des Mig-Piloten auf den Abschußknopf, um einen vollbesetzten Jumbo zu zerschmettern, und aus jedem Lautsprecher den Druck von der Bassdrum, ohne den inzwischen überhaupt nichts mehr lief.

In einem Brief von Laura stand «Manchmal erscheinst Du mir wirklicher als meine eigene Küche». Solche Sätze tauchten alle paar Briefe auf und blitzten aus dem unverbindlichen Ton hervor. Aber immer wenn Giovanni darauf reagierte, kam eine Art Demento zurück. Hausfrauenfrust sei das gewesen, schrieb sie dann, oder «eine nostalgische Anwandlung». Giovanni fühlte sich von diesen Sätzen immer vorsichtig bei der Hand genommen. Er meinte einen leisen Druck zu spüren, Druck von der Art, wie man ihn anwendet, um zu prüfen, ob der andere noch da ist, ob er wach ist und einen registriert.

Diesmal schrieb er: «Halte mal eine Hand in den Mixer. Ich würde sagen, wir geben uns nichts, Deine Küche und ich, wir sind beide wirklich. Und doch auch recht verschieden.»

«Was bist Du nur für ein frecher Arsch geworden», schrieb sie zurück, «Dir sollte man auf die Finger sehen.»

«Ja», schrieb er wieder zurück. Nur dieses eine Wort.

♡

Stefan hatte bescheidenen Erfolg mit einem Lied, dessen Refrain lautete: «Ich sag es, und ich sag es nicht allein: Dein Frieden sollte meiner sein.» An seinen Tantiemen konnte Giovanni jedoch ablesen, daß die alten Songs noch immer liefen. Zwar hörte er nie einen, aber das konnte daran liegen, daß er das Radio nicht mehr anstellte. Gerade mal noch beim Autofahren.

Er schrieb fast keine Lieder mehr. Hin und wieder bekam er Aufträge für eine Jugendsendung im Fernsehen, aber das wurden biedere Texte nach genauen Themenvorgaben, und er sah sich die Sendungen niemals an. Das war Dienst nach Vorschrift.

♡

An Heiligabend hatten er und Karen, die zum ersten Mal nicht nach Itzehoe fuhr, seinen Vater eingeladen. Seine Mutter war bei Freunden, die sein Vater nicht mochte, und Giovanni fühlte sich verpflichtet, dem alten Mann ein einsames Weihnachten zu ersparen.

Ohne das Regulativ seiner Frau, deren Schweigen allein schon hundert verschiedene mißbilligende Bedeutungen für ihn haben konnte, sprach der Vater auf einmal frei und zusammenhängend von sich und seiner Jugend, seiner Ehe und vom Krieg. Sprach von Gefühlen, die Giovanni ihm nie zugetraut hätte, die er für eine Spezialität seiner eigenen Generation hielt, sprach von seiner Erziehung, deren Fehler er bereute, von Enttäuschungen und wie er sie verwand. Es war eine richtige Gegengeschichte. Gegen Giovannis Erinnerung und gegen das vorgespiegelte Bild der Ruhe und des ausgeglichenen Verständnisses, das seine Eltern nach außen hin boten.

Zum ersten Mal schien es Giovanni, als hätte sein Vater ihm ein Freund sein können. Wie Paul. Hätte er nur den Anfang versucht. Er entschuldigte sich innerlich.

213

An einem eiskalten Februartag störte ihn das Telefon von der Arbeit an einer Glosse auf. Er mußte sich unwirsch gemeldet haben, denn die Stimme am anderen Ende der Leitung sagte lachend: «Sie haben doch nicht mehr geschlafen, oder?»

Es war Viertel nach drei am Nachmittag.

Die Stimme gab sich als Lektor des Verlages zu erkennen, dem Giovanni das Manuskript geschickt hatte. Er wolle das Buch sehr gern machen, habe aber einige Änderungen vor, die zuerst besprochen werden sollten.

«Kein Problem», sagte Giovanni.

Der Lektor erklärte, ein Praktikant im Verlag habe das Manuskript entdeckt und ihm auf den Tisch gelegt.

«Was trinkt der Mann?» fragte Giovanni und jubelte innerlich.

Nach dem Gespräch nahm er den Hörer wieder auf und rief Karen in der Buchhandlung an.

«Hallo, Schriftstellerliebchen», sagte er nur, und sie stieß einen Freudenschrei aus, der die Buchhandlung möglicherweise den einen oder anderen Kunden kostete.

Auf dem Weg nach Hamburg fuhr Giovanni durch die verschiedensten Stimmungen. Kurz vor Fulda war es Freude darüber, daß sein Buch tatsächlich herauskommen würde, hinter Göttingen dann Angst vor der Kritik, die ihn erwartete, und im Bahnhof von Hannover das Gefühl, als ginge hinter ihm eine Tür zu. Dabei ging doch vor ihm eine auf.

Es tat zwar manches weh, was der Lektor sagte, aber sie stritten nur einmal heftig um eine Stelle, die Giovanni nicht opfern wollte. Danach duzten sie sich und machten eine Stunde Pause.

Schade, daß sich unter Bos Nummer niemand gemeldet hatte. Er hätte ihn gern besucht und Katharina kennengelernt. Soviel er wußte, war sie die erste Frau, bei der Bo länger als ein paar Wochen blieb, und da er nicht an große Veränderungen bei Bo glaubte, nahm er an, sie müßte etwas haben, das allen vorherigen fehlte.

Er ging ins Kino und gab sich dann im Hotelzimmer den Träumen hin, die schon seit Tagen sein Bewußtsein umkreisten. Jetzt ließ er sie alle ein. Sein Buch in den Schaufenstern der Buchläden; Artikel in Spiegel und Stern; Lesungen vor einem Publikum mit offenen Mündern; Frauen, die das Buch signiert haben wollten und von denen bemerkenswert viele blonde Haare, braune Augen und dunkelblonde Augenbrauen hatten; Bestsellerliste; Kritikerkommentare wie «eine erfreuliche Entdeckung», «ein Buch von bemerkenswerter Dichte» oder «…konnte es nicht aus der Hand legen».

Seit langem hatte er wieder einmal das Gefühl, in der Mitte der Ereignisse zu sein. Der wichtigen jedenfalls. Er war wichtig. Ein Schriftsteller.

Natürlich ermüdet die Faszinationskraft solcher Träume, und er schaltete den Fernseher ein. Da war Depardieu auf dem Bildschirm, und Giovanni wußte, daß er den Film kannte. Er brauchte nur zu warten, bis das Schlüsselbild zu seiner Erinnerung auftauchte. Da war Fanny Ardant, ein kleines Haus, dessen Fenster sie öffnete – jetzt wußte er den Titel. «Die Frau nebenan».

Was würde er tun, wenn Laura mit ihrem Steve ein Haus direkt neben ihm und Karen bezöge? Alles einsetzen, um sie zurückzugewinnen? Tat er das nicht schon, seit sie wieder Briefe wechselten? Und tat sie das nicht auch, auf eine langsame, vorsichtige und gründliche Weise? Und Karen? Würde er sie einfach verlassen wollen, wenn Laura käme? Mit Karen verband ihn fast so etwas wie eine gute Ehe. Ja, sie waren ein gutes Ehepaar ohne Trauschein. Ein gutes Ehepaar, das einander nicht mehr wie wahnsinnig begehrte, sondern ausgeruht genoß, wann immer noch die Lust es wollte. Ein Ehepaar, das nicht mehr nach den letzten Geheimnissen des andern grub, aus Angst vor der folgenden Leere vielleicht, doch warum denn nicht auch aus Respekt? Ein Leben, geregelt von Gewohnheitsrechten, deren Inkraftsetzen keine großen Kämpfe vorangegangen waren – man hatte sich gezeigt, der andere hatte verstanden, das Vor und Zurück der Ansprüche hatte Platz geschaffen. Platz zwischen ihnen und Platz um sie her, Platz, den keiner dem anderen zu stehlen brauchte, gewährter Platz, großzügig vermessen und selten zum Schaden des anderen besetzt.

Wir sind Freunde, dachte er, das Beste, was nach der Liebe kommen kann. Aber Liebe? Ehrlich, war es Liebe? Glück ja. Glück war es. Nein – *ist* es. Glück von der Badewanne bis zum Schriftstellerliebchenschrei, aber was wird, wenn Laura morgen kommt? Sie kommt nicht.

Er kam sich selber unehrlich vor, hatte das Gefühl, sich nicht die volle Wahrheit einzugestehen, und merkte, daß er in Sätzen dachte. In Worten. Das war verdächtig. In Worten denkt, wer sich selber was beweisen will; in Worten denkt, wer sich nicht über den Weg traut.

Hatte er sich nicht oft an Sätze aus Lauras Briefen fester geklammert als an Karens Körper?

Vor lauter Bildern im eigenen Kopf, lauter Worten und Sätzen, die sein Zwerchfell berührten, war der Film nun ungesehen vor ihm hergeflimmert. Jetzt war da Schnee im Bildschirm, und er schaltete ab. Um Karen noch anzurufen, war es endlich zu spät. So lange hatte er es hinausgeschoben, bis sie sicher schliefe. Er fand sich untreu. Das As im Ärmel, Laura hält mich warm, dachte er. Hält sie mich warm? Denke ich? In Worten oder Bildern?

Auf der Rückfahrt war er wieder der Schriftsteller. Der Mann mit dem Manuskript in der Tasche, das nur noch rasch überarbeitet werden mußte, um dann ein Buch, ein echtes Buch zu sein. Der

Mann mit dem Verlagsvertrag in der Tasche. Der Mann, von dem man noch hören würde. Eine ähnliche Euphorie wie damals nach dem Abitur war in ihm. Es war etwas Junges, jugendlich Unvernünftiges daran, wie er Vergangenheit und Gegenwart so ausschließlich einer Zukunft unterordnete, die irgendwie wertvoller, großartiger und intensiver zu werden versprach. Etwas Naives auch, das war ihm klar, aber dennoch schaffte er es nicht, sich diese Euphorie auszureden. Ich habe schon gelebt, das Leben fängt nicht jetzt erst an, ich werde nicht ab morgen früh die Welt von oben sehen, und ein Schriftsteller ist nichts Besonderes; ein Buch erst recht nicht; außerdem, wer sagt, daß es irgend jemand lesen wird – von alldem versuchte er sich zu überzeugen, aber es gelang nicht. Sein Verstand sagte: Kitsch, Quatsch, kindisch und naiv, doch sein Gefühl sprach: aber sicher werde ich die Welt von oben sehen. Von ganz hoch oben. Die ganze Welt. Mindestens.

In Giovannis Morgenmantel saß Bo am Küchentisch und starrte fragend in einen Teller Spaghetti.

«Nicht, was du denkst», sagte Karen, als Giovanni den Raum betrat. Sie hatte vom Weinen gerötete Augen. Es war kurz vor sechs.

Er wäre am liebsten umgedreht. So kraß verschieden war das, was er hier fand, von dem, was er den ganzen Weg in sich hierhergetragen hatte, daß er sich fühlte wie ein Eindringling.

«Was ist?» fragte er, und noch diese beiden Worte klangen falsch. Als hätte er sich im Ton vergriffen.

«Katharina ist tot», sagte Bo, ohne aufzusehen, und nahm eine tränennasse Hand vom Gesicht, um sie achtlos an der Hemdbrust abzuwischen.

«Nein.» Schon wieder ein falscher Ton.

«Doch.» Bos Stimme war leise, aber ihr Ausdruck bestimmt und gestattete kein weiteres Geplänkel. Karen erzählte.

Vorgestern abend vor der Fabrik in Altona waren Bo und Katharina aus einem Konzert gekommen. Sie hatten gestritten, und Katharina riß sich los, rannte auf die Straße und direkt in einen VW-Transporter hinein. Nach dem Aufprall geriet sie unter ein Vorderrad und wurde einige Meter mitgeschleift. Bo stand regungslos. Er verharrte wie aus Eisen und sah in die Richtung der aufgeregten Menschentraube. Polizei und Notarztwagen waren schon da, als er einen Ruf hörte, das Mädchen sei tot. Er drehte sich um, ging zu seinem Wagen und raste in knapp sieben Stunden hierher. Gegen sechs Uhr läutete er Karen aus dem Bett, war weiß im Gesicht und sprach kein Wort. Karen, die zuerst annahm, er sei betrunken, machte ihm Tee und aus ihrem Mißmut über die Störung kein Geheimnis. Doch dann wurden ihr sein Schweigen und die bald danach über sein Gesicht laufenden Tränen so unheimlich, daß sie in ihn drang und nach und nach die Geschichte mit allen Einzelheiten herausbekam. Sie packte Bo in ihr Bett und ging zur Arbeit. In der Mittagspause fand sie ihn schlafend, und abends bat sie, früher gehen zu dürfen; da saß er am Tisch und trank Milch.

Auch ihr liefen jetzt wieder Tränen übers Gesicht, und Giovanni nahm sie in den Arm und sagte «Du armer Kerl» zu Bo.

Er holte sich einen Teller, und sie aßen schweigend. Bo, der seine Spaghetti nicht anrührte, schob den Teller bald von sich und sagte: «Ich muß gehen.»

«Wohin denn? Bleib doch hier», sagte Giovanni. «Kannst im Arbeitszimmer schlafen.»

«Nein, ich muß weg.»

«Wohin?»

«Nach Stuttgart vielleicht. Zu Christian und Annette. Ich muß es ihnen sagen. Sie waren Katharinas beste Freunde, glaub ich.»

Er war nicht zu überreden, wurde plötzlich lebendig, als hätte diese neue Pflicht eine stillstehende Unruhe in ihm angestoßen. Er ging unter die Dusche, zog sich an, sagte «Vielen

Dank» und küßte Karens Handrücken zum Abschied mit trauriger Galanterie.

Bedrückt und außerstande, mit sich und diesem Abend etwas anzufangen, blieben sie zurück, die Gedanken bei Bo, der von Freund zu Freund rasen wollte, um überall die Nachricht zu verbreiten.

♡

Kein Anruf kam von ihm in den Tagen darauf, keine Zeile und auch kein Besuch. Vielleicht war er zurück nach Hamburg oder an den Bodensee zu Katharinas Eltern gefahren.

Giovanni saß vor seinem Manuskript und versuchte, Satz für Satz auf Klang und Gehalt zu prüfen, aber es fiel ihm schwer. Immer wieder schweifte er ab zu dem Bild des einsamen und schuldbeladenen Bo, dessen Entsetzen von Tag zu Tag wachsen mußte. Er hatte Angst um ihn. Angst, daß er das Auto gegen einen Baum lenken würde auf einer seiner Fahrten kreuz und quer.

Nach fünf Tagen rief er Bos Eltern an und fragte, ob sie etwas gehört hätten. Sie klangen beide bedrückt, kamen nacheinander ans Telefon, als erhofften sie sich von ihm gute Nachricht. Nein, sie wüßten auch nicht, wo er sei, er habe nichts von sich hören lassen. Dienstag abend sei er dagewesen, habe erzählt, was passiert sei, und dann nach Stuttgart gewollt. Man müsse wohl einfach abwarten, bis er sich wieder melde.

Giovanni versprach, Bescheid zu geben, wenn er etwas hörte, und legte auf.

Und sah noch tagelang Bo an einen Baum rasend, Bo in einer Großstadtkneipe, wo er sich sinnlos betrank, Bo in einem schäbigen Hotel, Bo in einem Nachtzug nach Italien, Bo immer verzweifelt, verwirrt und außerstande, sich zu fassen.

ACHTUNDVIERZIG

Seit neunzehnhundertachtundvierzig hatte das Jahr, das man jetzt schrieb, Symbolwirkung gehabt. Es war ein Synonym für die Zukunft gewesen. Die böse Zukunft. Enttäuschend, daß jetzt die Zukunft weder da war noch besonders böse. Jedenfalls nicht böser als im letzten Jahr. Das war ungeil. Oder affengeil. Je nachdem.

Nach drei Wochen hatten Bos Eltern angerufen und gesagt, Katharina sei am Leben, die ganze Geschichte erlogen, und sie wüßten nicht ein noch aus vor Empörung und Scham. Sie hatten einen Beileidsbrief an Katharinas Eltern geschrieben, und so kam die ganze Sache ans Licht. Giovanni war entsetzt, und erst nachdem er es Karen erzählt hatte, konnte er, wenn auch bitter, darüber lachen.

«Ich will den Kerl nicht mehr sehen», sagte Karen schlicht.

Wieder einige Wochen später war eine Postkarte von Bo gekommen, auf der stand: Es tut mir leid, bitte verzeiht mir. Sie antworteten nicht.

♡

Das Buch war fertig, und mit der zweiten Rate des Vorschusses wollten sie nach Griechenland fliegen. Drei Tage lang lagen die zwölf Belegexemplare in einer Reihe auf dem Schreibtisch, und Giovanni konnte sich kaum von dem Anblick lösen. Daß die Bücher einander glichen wie ein Ei dem anderen, machte ihn stolz und aufgeregt und begeisterte ihn so, daß er nicht wußte, wie er Karen sein Gefühl erklären sollte.

Erst am Tag vor der Abreise schaffte er es, einige zu verschikken. An Bo, an Ilse, an seine Eltern und Laura. Die restlichen acht packte er ein.

«Wer ist das, Laura Dowles?» fragte Karen.

«Meine erste Freundin. Ist verheiratet in Amerika. Schon lang.»

Er horchte seiner eigenen Stimme hinterher. Hatte das zu beiläufig geklungen? Oder nicht beiläufig genug? Hätte er die Bücher nicht schon vor zwei Tagen verschicken können, als Karen noch arbeitete? Aber was sollte sie schon Böses denken, wenn er seiner ersten Liebe sein erstes Buch schickte. Die Wahrheit vielleicht. Das wäre schlimm.

♡

Sie teilten das Zimmer mit einer fast durchsichtigen rosa Eidechse. Zuerst waren sie befremdet und ängstlich gewesen beim Anblick der glaslosen Fensterlöcher, der Dusche, neben der ein Hammer lag, mit dem man an das Rohr schlagen mußte, um Wasser zu bekommen, das dann, wenn es lief, im ganzen Haus für Aufruhr sorgte. So laut donnerte und rauschte es auf seinem Weg vom Dach herunter. Zuerst auch glaubten sie, nicht schlafen zu können bei dem schrillen Lärm der Zikaden. Aber schon in der zweiten Nacht hörten sie den verwunschenen Ruf einer Nachtigall, als gäbe es keine Zikaden mit ihrem viel lauteren Krach. Sie begrüßten die Eidechse, wenn sie nach Hause kamen, und suchten nach ihr, wenn sie sie nicht in ihrer gewohnten Zimmerecke fanden.

Bald wurden sie aufgenommen in einen Kreis junger Leute um die Tochter des Vermieters, und so saßen sie am Tag und lasen dicke Bücher und sprachen mit den Griechen jede Nacht. Sie waren glücklich.

Karen fühlte sich aufatmen, fühlte eine Ruhe, die zu Hause niemals eintrat, und las aus dem Herbstprogramm, was sie interessierte. Giovanni hatte selbst nur wenige Bücher mitgenommen, denn er wußte, er würde nur die Hand aufhalten müssen, damit Karen ein Buch, das ihr gefiel, hineinlegte. Sie war eine Art Vorkoster seines Lesefutters. Sie mußte, und er durfte.

Ganze Stunden auch, wenn Karen zum Strand gegangen war, saß er im Kafenion und träumte. Von seiner triumphalen Rückkehr, von einem überquellenden Briefkasten, Interviewwünschen, Briefen von Lesern, der Ankündigung der nächsten Auflage, dem einen oder anderen Literaturpreis, Lizenzangeboten aus aller Welt – es waren wunderbare Träume. Zwei Urlaubsbekanntschaften schenkte er das Buch und wartete betont gleichmütig auf ihr Urteil. Sie lobten es beide, sagten, eine Liebesgeschichte dieser Art hätten sie noch nicht gelesen, und wollten es Freunden empfehlen. Von da an war ihm jedes Treffen mit ihnen peinlich, und er kam sich wie ein Angeber vor.

Nachts, wenn sie nicht in der Runde saßen und redeten, machten sie lange Spaziergänge den Strand entlang und gingen, die Augen zum Himmel gerichtet, bis sie irgendwo anstießen. Sie machten Wettbewerbe im Sternschnuppensehen. Karen gewann jedesmal.

Giovanni verwandte jede zweite Sternschnuppe für die Beschwörung, das Buch möge sich gut verkaufen, obwohl er glaubte, solche eigensüchtigen Wünsche seien nicht der Sinn der Sache. Die anderen verteilte er gerecht auf Karen, Laura und Bo, und jeden siebten Wunsch erbat er sich für Ilse. Karen schlief mit ihm am Strand, aber nur ein einziges Mal, denn hinterher war sie wund vom feinen Sand. Auch er brauchte Tage, um sich davon zu erholen, doch dem Glück, das sie empfanden, fehlte nichts.

Zwei Tage vor der Heimreise setzte sich Karen auf ihn und wiegte sich sanft, und das Licht auf ihren Brüsten sah so aus, wie der Schrei des Nachtvogels klang. Zitternd, melancholisch, weich und wie verträumt, und sie wiegte ihn in eine weiche, lange und ziehende Lust hinein. Und noch lange, nachdem sie selbst gekommen war, saß sie aufrecht da, die Knie an seinen Seiten. Als horchte sie nach irgendwo, den Kopf zu ihm geneigt, verharrte sie so und ließ die Lust ganz langsam schwinden. Er war schon fast eingeschlafen, als sie fragte: «Hast du was gehört?»

«Nein, was?»

«Es hat nicht geknirscht.»

Außer Werbung, Zeitungen und uninteressantem Kram lag nichts in der Post. Ilse hatte jeden zweiten Tag den Briefkasten geleert, und nur eine von Karens Pflanzen war eingegangen. Ilse mußte ihnen zuviel Wasser gegeben haben. Und der Wagenlenker fehlte.

Giovanni erwähnte es nicht, als er anrief, um sich zu bedanken, denn Ilse hatte wieder diese Selbstmordstimme.

NEUNUNDVIERZIG

Der Bundeskanzler erklärte den Israelis, daß er im «Dritten Reich» nichts angestellt habe. Der General erklärte der Öffentlichkeit, daß er in der Schwulenbar weder etwas angestellt habe, noch überhaupt je dort gewesen sei. Der Verteidigungsminister erklärte, es täte ihm leid, aber man hörte seine Zähne dabei knirschen. Der Präsident erklärte, der Russe werde gerade zu Klump geschmissen, und sorgte damit für Bombenstimmung im Pressekorps. Als es ihm leid tat, knirschte nichts.

Über der Abwicklung von Ilses Konkurs war auch seine Freundschaft mit Udo in die Brüche gegangen. Schon in der folgenden Zivilklage weigerte sich Udo, die Vertretung zu übernehmen. Es war allerdings auch ein Fall, um sich daran die Finger zu verbrennen. Ilse hatte einem Stadtrat, von dem er sich arrogant behandelt fühlte, zwei Makrelen ins Wohnzimmer tapeziert. Der Stadtrat hatte ihm den Auftrag erteilt, die ganze Wohnung zu renovieren, während er mit seiner Familie in Urlaub fuhr. Er hatte gesagt: «Aber keine Handwerkerlaunen bitte», er wolle die Wohnung picobello wiederfinden und den gesamten Getränkebestand unversehrt. Darüber war Ilse so beleidigt, daß er hinter dem Sofa eine Kuhle in den Gips schlug, zwei frische Makrelen hineinnagelte und dann die Rauhfasertapete darüberklebte. Zuerst war der Stadtrat begeistert von der sauberen Ausführung, deshalb zahlte er prompt und zufrieden. Als er dann aber merkte, daß die Hennessyflasche Chantré enthielt und der sechzigjährige Buchanans sich in vierjährigen Racke Rauchzart verwandelt hatte, drohte er Ilse erbost mit dem Richter.

«Beweisen Sie das mal», war dessen aufgeräumte Antwort.

Dem Kammerjäger, der nach einem halben Jahr wegen des unerträglichen Gestanks in der Wohnung hinzugezogen wurde, war der Trick mit den Fischen nicht ganz unbekannt. Er riß, nach einigem Klopfen, triumphierend die Tapete von der Wand, und heraus fielen zwei mumifizierte Makrelen.

Ilses Vorteil war, daß er seinen Offenbarungseid schon geleistet hatte, und bevor der Richter noch Haft statt der achttausend Mark Strafe anordnen konnte, war er mit Sack und Pack verschwunden. Nach Spanien, wie er Giovanni und Karen anvertraut hatte. Endgültig.

«Dieses Scheißland hier hat mich gesehen», waren seine Abschiedsworte gewesen.

Das Weinen ohne Augen war zurückgekehrt. Aus dem Radio. Giovanni, der nicht mehr befürchten mußte, Stefans akustische Niederlage mitanhören zu müssen, schaltete das Radio wieder häufiger an. Zwar hielt er das Zuhören nie lange aus, denn von der jetzt populären Musik mochte er nur wenig, aber er wollte auf dem laufenden bleiben. Und plötzlich wand sich ein Song um seine Brust und schlang sich um Hals, Kinn und Ohren. «The Boys of Summer». Giovanni riet, daß der Sänger einer der Eagles sein mußte, und fand die Platte im Laden sofort. Als er den Text verstand, vertiefte sich die Faszination. In dem Lied war Laura. Sie war wieder in ein Lied gegangen, hatte wieder den Glanz der Sonne im Haar und war nicht zu erreichen, war fremd und aus Glas und entrückt. Wie damals in Suzanne.

FÜNFZIG

Affentittengeil.

«Du bist so schön», sagte Giovanni, als Karen aus dem Bad kam und ihre Nacktheit ihm bewußtmachte, wie warm es im Zimmer war. Das Fenster überzogen Eisblumen.

«Das klingt traurig», antwortete Karen. «Früher klang es anders, wenn du das gesagt hast.»

«Sollte nicht traurig klingen», sagte Giovanni und hörte seinem Tonfall das Halbherzige an.

«Nein?»

«Was ist, wieso bestehst du so drauf?»

Sie antwortete nicht, zog nur ihren Bademantel an und hauchte auf die Fensterscheibe.

«Ich will ein Kind», sagte sie irgendwann.

Der Hahn im Badezimmer war nicht ganz zugedreht. Jetzt hörte man das Plick-plick stetig fallender Tropfen wie ein böses Metronom. Böse und ungenau, das Tempo schwankte deutlich.

Es konnten zwei Minuten verstrichen sein oder auch zehn, als Giovanni sich sagen hörte: «Ich aber nicht.»

«Weiß ich. Weiß ich doch längst.»

In ihrem Ton war etwas, das ihn nicht erleichtert sein ließ. Sie sprach so fest. So eigentümlich sicher.

«Warum sagst du's dann?»

«Es ist ein Umweg. Ich will ein Kind, du möchtest keins, jedenfalls keines von mir ...»

«Nein, über ...»

«Nicht. Sag nichts, du brauchst die Lügen gar nicht. Was deine Flamme aus den Staaten schreibt, klingt mir nicht sehr platonisch, also müssen deine Briefe entsprechend gewesen sein. Laß uns einfach festhalten, daß du kein Kind mit *mir* haben willst, ja?»

«Du hast die Briefe gelesen.» Giovannis Stimme war so leise, daß er seine Worte eher spürte als hörte.

«Ja.»

♡

Sie ging, wie sie gekommen war, mit prosaischer Gebärde. Sie küßte den beschämten Giovanni auf den Mund, sagte «Danke für dich» und schaffte ihre Sachen in den Wagen. Ihre Bücher ließ sie da, es waren mehr als dreihundert. Giovanni wollte ihr beim Tragen helfen, aber sie nahm ihm den Karton aus der Hand und sagte: «Das darfst du nicht. Das muß dir dein Stolz verbieten. Oder meiner.»

Es tat ihm weh, daß sie ging, es tat weh, daß sie von Laura wußte, weh, wie klar sie sprach und daß sie keine Trauer zeigte.

Als der Motor angelassen war, kurbelte sie das Fenster herunter und sagte: «Wenn ich sicher bin, dann kriegst du die Adresse.» Und schon fahrend rief sie: «Wir werden Brieffreunde.»

Eine Ohrfeige zum Abschied. Nicht einmal die verhalf ihm zur Wut, denn ihm schien sie gerecht und verdient.

♡

Es wurde Frühling, bis er die Leere halbwegs akzeptieren lernte. Akzeptieren war der Name, den er selber der Gewöhnung gab.

Mit Karen war alle Selbstverständlichkeit gegangen. Nichts war mehr richtig oder gut. Die Dinge, ob er sie nun tat, ließ, sah oder dachte, waren falsch. Es war falsch, ein Gedicht zu schreiben, es war falsch, mit Freunden auszugehen, falsch, auf den Bildschirm des Fernsehers zu starren, und falsch, all dies nicht zu tun. Ohnehin meinte er manchmal, imaginäre Schatten von der Wand kratzen zu müssen, Gerüche, deren Ursprung er Karen zuschrieb, auslüften zu müssen, Sätze, die auch Karen hätte gesagt haben können, nicht aussprechen zu dürfen, und das Telefon, dessen Klingeln auch ihr gelten konnte, aus der Wand reißen zu müssen. Er tat nichts von alledem. Er wartete, bis es vorbei war, und fand sich selber staunend über die Größe des Verlustes.

♡

Im März stand Bo vor der Tür und sagte: «Willst du mir schon wieder nicht verzeihen?»

«Doch, doch, komm rein. Ich freu mich über dich.»

«Wo ist die Schöne?» Bo sah sich im Zimmer um.

«Weg. Wird erwachsen. Weiß von Laura.»

Bo ging in die Küche und stellte Kaffeewasser auf den Herd. Er klapperte mit den Tassen und klirrte mit den Löffeln, machte Lärm, als verscheuche er Gespenster.

«Dann hast du ein Zimmer frei?»

«Wieso?»

«Ich bin die nächste Spielzeit hier.»

♡

Nach einer Woche zog er ein. Sein Gepäck waren zwei Koffer und eine Plastiktüte. Tatsächlich war mit seiner Ankunft die Leere aus der Wohnung verschwunden, und Giovanni begann zu arbeiten, als sei er einfach krank gewesen und müsse den Rückstand jetzt aufholen. Und so war es auch.

♡

Ich schenke Karen ein Buch, dachte er und schrieb wie aufgezogen Blatt für Blatt voll. Noch drohte kein Geldmangel, da er sparsam und die Wohnung billig war.

Er besetzte die Geschichte mit Ilse und Karen. Aber er selbst war Ilse. Der würde sich auf keinen Fall erkennen, so wie auch Stefan sich sicher nicht erkannt hatte. Es ging nur wieder darum, als Hauptperson keinen Dichter zu haben, der am Ende ein Buch schreibt.

EINUNDFÜNFZIG

Als Bhagwan ins Gefängnis kam, grinsten seine Jünger nur noch breiter. Grinsten noch entspannter im Hier und Jetzt. Noch hierer und noch jetzter. Breit grinste Kohl neben Reagan, und nur kurzfristig setzte das Grinsen beider aus, in Bitburg über den Gräbern. In dem Fernsehfilm «Shoah» grinste ein polnischer Bahnarbeiter, als er der Kamera die Gebärde zeigte, mit der er die Juden in den Zügen kurz vor Treblinka begrüßt hatte. Die Gebärde war die des Halsabschneidens. Keinen, der diesen Film gesehen hatte, konnten das Rattern der Züge und der Anblick von Gleisen, die sich am Horizont zu treffen scheinen, je wieder an Sehnsucht, Fernweh oder Glück erinnern.

Im Juli flog Giovanni mit Bo, der eine Filmrolle bekommen hatte, nach Kreta. Zwar wollte er dort eigentlich soviel wie möglich schreiben, aber die ganze Szenerie des Films nahm ihn gefangen. Bo hatte nichts dagegen, freute sich sogar, und so stand Giovanni oft in der Nähe der Kamera oder bei dem Grüppchen um den Maskenbildner, den Requisiteur und die Aufnahmeleiterin und sah seinen Freund spielen. Es sollte ein Film ohne Worte werden, ein Stummfilm nur mit Geräuschen, und Bo spielte einen jungen Mann, der sich in ein Kind verliebt. Eine latent erotische Beziehung der beiden, die sich in Blicken, Gebärden und Bildern ausdrücken sollte, war die ganze Handlung. Giovanni glaubte, dabei könne nur zickige Pseudokunst herauskommen, aber er sagte nichts, denn Bo war begeistert von seiner ersten Filmrolle.

Das Beobachten dieser Arbeit gab ihm etwas wieder, dessen Fehlen er nicht einmal bemerkt hatte. Es war eine ähnliche Magie wie im Studio mit Stefan. Trotz Ausblick, Tageslicht und vieler Leute herrschte auch hier dieser Zauber des gemeinsamen Wunsches, diese Eroberungslust, die sich mit dem Bewußtsein mischte, daß alles immer an einem dünnen Faden hing. Eine Art Ergebenheit war zu spüren, ein Wissen um die Gnade der zufälligen Höchstleistung, eine gemeinsame Anspannung, wenn es darauf ankam, und gemeinsame Enttäuschung, wenn ausgerechnet bei der gelungensten Geste die Sonne hinter einer Wolke verschwand.

Es war die Ehre, die dem Unwiederholbaren erwiesen wurde, die alle Beteiligten verband. So sehr sie einander auch andernorts mit Distanz oder Antipathie begegnen mochten. Nach dem Drehen verlief sich denn auch die ohnehin sehr kleine Crew. Die technischen Mitarbeiter wie Maskenbildner, Requisiteur, Aufnahmeleiterin und Scriptgirl aßen in anderen Lokalen als Regisseur, Kameramann, Schauspieler und Regieassistentin.

Wenn er nicht bei den Dreharbeiten zusah, mischte sich Giovanni in Rethymnon unter die Touristen, genoß das quirlige Leben am Hafen und schrieb, wenn er Lust hatte, an seiner Geschichte weiter.

♡

Auf dem Grab seines Vaters war noch kein Stein. Still und verwirrt stand Giovanni auf dem Friedhof und fühlte langsam die Erkenntnis kommen. Die Erkenntnis, daß er seinen Vater nie wieder sehen würde, daß der in keinem Himmel sei, nur einfach weg; verloren, verschwunden, vergangen. Aus der einen Ferne in die andere. Kein Freund mehr geworden, Giovanni hatte es nicht versucht, kein Verlust mehr, nur ein hohles, blasses, rauchiges, windiges, spirreliges, fragwürdiges Gefühl von Verrat. Ich habe mich nicht bemüht, ich schulde dir etwas, ich kann es nicht mehr bezahlen, es ist verjährt, ich habe mich nicht bemüht, jetzt bist du kein Mensch mehr, obwohl du noch im Juli einer warst.

Trauer, Schrecken und ein Gefühl, als entwiche alle Luft aus ihm, hatten Giovanni bei der Nachricht seiner Mutter überfallen. Eine Stunde oder zwei hielt diese Verzweiflung an, dann wurde sie schwächer und verschwand schließlich ganz.

Unverständnis stellte sich ein. Unverständnis darüber, daß sein Vater, den es doch gegeben hatte, nicht mehr da war. Unter die Erde verschwunden. Keine Trauer mehr, nur noch Unverständnis. Und der Gedanke, eines Tages werde ich sterben, und jemand anderes wird es nicht verstehen.

♡

Die Unruhe, die Bo mit seinen Frauen in die Wohnung brachte, war eine Art Trost für Giovanni. Ein Schutz vor allzu langer Stille, die er nur, solange er schrieb, ertragen konnte. Er ertappte sich auch hin und wieder bei begehrlichen Blicken, die er auf Bos wechselnde Freundinnen richtete. Wenn sie sich ins Bett verzogen, ging er aus, um nicht auch noch mitanhören zu müssen, was er selbst entbehrte. Aber morgens im Flur erfreute und kitzelte ihn gelegentlich der Anblick einer aus dem Morgenmantel schauenden Brust, das nasse Haar einer wie selbstverständlich in der Küche rumorenden Frau, die er kaum oder gar nicht kannte.

Der fast vor seinen Augen stattfindenden Sinnenfreude bei gleichzeitiger Enthaltsamkeit verdankte er es wohl auch, daß seine Geschichte immer erotischer wurde. Eine Liebesgeschichte war sein Plan gewesen, aber daß sie bis in solche Ziselierungen vordringen würde, hatte er nicht erwartet. Was er schrieb, verstärkte noch den Mangel und wurde dadurch um so intensiver.

Die ersten hundert Manuskriptseiten schickte er dem Lektor und bekam als Antwort den fertig ausgefüllten Verlagsvertrag zugeschickt. Das machte ihn stolz, und er fühlte sich beflügelt. Zwar ähnelte sein jetziger Zustand in keiner Weise dem griechischen Schriftstellertraum, aber die Realität hielt auch ihre Komplimente für ihn bereit. Das erste Buch verkaufte sich gut, dem zweiten wurde schon vor der Fertigstellung vertraut, das war doch ein Grund, sich zu freuen. Und zu arbeiten.

Leben konnte man nicht von den Honoraren eines Taschenbuchs, aber seine Mutter wollte das Haus verkaufen, und so konnte er mit einigem Geld rechnen. Genug, um eine Schriftstellerlehre zu finanzieren. Ich lebe nicht davon, dachte er, ich lebe dafür. Und notierte sich diesen Satz, um ihn dem Maler in seiner Geschichte in den Mund zu legen.

Seit sie von Karens Weggang wußte, hatte sich der Tonfall in Lauras Briefen erneut geändert. Als lockere sie die Verbindung wieder, um ihn nicht eines Tages vor der Haustür zu haben, schrieb sie in schwesterlich-distanziertem Ton, wie in den ersten Zeiten ihres Briefwechsels. Er verstand die Botschaft und schlug niemals vor, nach Amerika zu kommen, obwohl er sich manchmal danach sehnte. Er fragte nichts in seinen Briefen, sondern versuchte zu berichten und beschreiben, was er dachte, sah und tat.

Allein Bos Geschichte von der «toten» Katharina ergab einen zehnseitigen Brief, den zu schreiben sich Giovanni über eine Woche Zeit nahm.

♡

Wegen eines ausgefallenen Seminars war Bo damals zu früh in die gemeinsame Wohnung zurückgekehrt. Katharina kam ihm, nackt unter einem schnell übergezogenen Pullover, den er nicht kannte, auf der Treppe entgegen und sagte: «Geh nicht rein.»

Er stürmte natürlich ins Schlafzimmer, fand dort den Mann, der sich hastig anzog, wobei er beschwichtigende Sätze stammelte. Bo wußte nicht, ob er über sich lachen oder der Verzweiflung, die in ihm aufkam, nachgeben sollte. Er gab nach, rannte aus der Wohnung und ließ sich nicht aufhalten. In einer Telefonzelle fand er sich, den Hörer in der Hand und die Stimme seines Bruders im Ohr. Er hatte sich die Geschichte nicht zurechtgelegt, hatte vielleicht mit dem Satz «Katharina ist tot» nur ausdrükken wollen, daß sie für ihn gestorben sei, aber an der erschütterten Reaktion seines Bruders entzündete sich die Lust am Fabulieren. Aus dem Stegreif entwickelte er die Geschichte, die er dann, auf seiner Reise kreuz und quer, jedem seiner und ihrer Freunde erzählen sollte. Nach dem Gespräch mit seinem Bruder setzte er sich in den Wagen und fuhr zu Karen und Giovanni. Er wußte, daß er nicht verrückt war, log mit vollem Bewußtsein und hatte doch das sichere Gefühl, daß diese Geschichte mächtiger sei als er selbst. Er war sich klar darüber, daß er jetzt nur lügen konnte, daß er alle seine Freunde verlieren würde und nicht einmal wußte, ob er sich nun an Katharina, an sich selbst oder sonst jemandem rächen wollte. Oder ob das ganze überhaupt eine Rache war.

Er habe später noch viel darüber nachgedacht, erzählte er, habe sich gefragt, ob das Ganze ein Experiment gewesen sei, ein Test, aber was hätte er denn testen sollen? Ob er etwas fühlte? Ob jedes Erlebnis sich in eine andere Geschichte transponieren läßt? Ob sie wirklich sterben würde, wenn er diese Art Voodoo veranstaltete? Er wußte es nicht. Er wußte nur, daß es zwingend gewesen war, sobald er die ersten Worte in den Telefonhörer gesprochen hatte. Daß die Lawine von diesem Zeitpunkt an rollte und bis zu Ende rollen mußte.

Tatsächlich verzieh ihm keiner seiner Freunde, und von Katharina hatte er seither nichts gehört.

ZWEIUNDFÜNFZIG

Aufwärts schoß die Raumfähre Challenger nur wenige Sekunden, dann in alle Richtungen. Abwärts fielen die Bomben auf Libyen, so wie die Bomben überall, und in alle Richtungen verteilte sich die Strahlung von Tschernobyl. Solidarität war längst kein Kommunistenwort mehr, sondern nur noch ein Wort unter vielen. Wie Fußgängerzone, Waldsterben, Wirtschaftsflüchtling, Scheinasylant, Obdachloser, Aids oder Fitneß. Als Begriffspaare allgemein anerkannt waren jetzt Fisch-wurmig oder bauch-oben, Chemie-Unfall, Fundi-Realo, Birne-Fallobst oder faulig und Umwelt-Schutz.

Das zweite Buch hatte Giovanni Karen gewidmet und hoffte, sie wäre noch Buchhändlerin, wo immer sie auch hingezogen war. Ihre Adresse hatte sie nie geschickt. Also war sie noch nicht sicher.

♡

Bei einer Lesung in Frankfurt saß sie lächelnd in der ersten Reihe, und er verhaspelte sich andauernd.

«Danke», sagte sie nachher, als er endlich die wenigen Bücher, die ihm entgegengehalten wurden, signiert hatte. «Obwohl ich nicht weiß, ob ich mich verpetzt fühlen soll. Du verrätst ja so ziemlich alles, was wir getan haben.»

«Weiß ja niemand», sagte er verlegen.

Er freute sich sehr, aber in ihrem Lächeln lag auch etwas Spöttisches, eine Drohung erneuter Ohrfeigen, falls er einen Fehler machte. So jedenfalls interpretierte er dieses angedeutete Lächeln und den leisen Ton, in dem sie sprach.

«Gehst du mit mir essen?»

«Ich lade dich sogar zu mir nach Hause ein.»

«Also bist du dir jetzt sicher?»

Sie antwortete nicht.

In ihrem Fiat fuhr sie ihn in eine große, schöne Altbauwohnung im Westend. Bevor er ausstieg, fragte Giovanni: «Hast du ein Kind?»

«Noch nicht.»

Sie war verheiratet mit einem Architekten, und der Wohnung sah man an, daß er viel Geld haben mußte. «Er mag dein Buch nicht», sagte sie, und Giovanni erstaunte die Komplizenschaft, die sie dadurch mit ihm einging.

«Liebst du ihn?» fragte er.

«Das geht dich tatsächlich nichts an.» Da war er wieder, dieser drohende Unterton.

«Ich mag dein Buch sehr, obwohl ich diese Nebengeschichte ein bißchen langweilig fand. Aber die Liebesgeschichte, ich geb's zu, das meiste hat mich naß gemacht.»

Sie sah, daß er überlegte, wie sie dieses «naß gemacht» meinen mochte, und fügte hinzu: «Naß zwischen den Beinen, du Herzchen, geil, erregt, scharf. Ich wollte es wiederhaben.»

Er schluckte: «Und jetzt, willst du noch?»

«Nein, mein Lieber, nein, nein. Dafür ist deine Laura zuständig. Ich helfe mir eher mit der Hand, bevor ich dich noch mal anrühre.»

Ihre Direktheit verwirrte ihn. Nicht nur, weil das eigentlich nicht ihre Art zu reden war, es klang auch so abschätzig und gab gleichzeitig Begehren zu. Er verstand nicht, was vorging.

Laura sei nach wie vor in Amerika, da sei nichts, sagte er, aber sie fegte seine Worte beiseite.

«Komm, hör auf, ich muß dir doch nicht erklären, daß es nicht darum geht, ob du es mit ihr machst, sondern ob du willst.»

Er antwortete nicht. Das seltsame Gefühl, daß eine Art Gerichtsverhandlung stattfinde, daß sie ihn ansehe, um ihn zu beurteilen, und daß dieses Urteil nicht positiv ausfallen könne, verstärkte sich noch durch ihr Schweigen. Sie saß einfach da mit ironisch-fassungslosem Gesichtsausdruck, so als frage sie sich, was sie je an ihm gefunden habe.

«Du bist sehr sauer auf mich», sagte er schließlich.

«Ja.»

«Warum bin ich dann hier?»

Sie zuckte nur die Schultern, aber so, daß er sicher sein konnte, sie wisse die Antwort, enthalte sie ihm nur aus Gründen, die ihn auch nichts angingen, vor.

«Rufst du mir ein Taxi?» fragte er schließlich und stand auf, um die zunehmend unerträglicher werdende Atmosphäre zu verlassen.

Sie zuckte wieder mit den Schultern, ging aber zum Telefon und bestellte einen Wagen.

«Ich warte unten», sagte er und hatte Angst, auf der Treppe zu stürzen, so eindringlich fühlte er ihren Blick in seinem Rücken.

Er schlief schlecht in dieser Nacht und ließ, zu Hause angekommen, ihre Adresse noch tagelang im Geldbeutel, bevor er sie betont achtlos in den Karteikasten legte.

Um die Wirkung dieser Augen, die ihn so distanziert gemustert hatten, abzuschwächen, die niederschmetternde Erinnerung an dieses halbe, böse Lächeln und den traurigen Hohn in den Worten «Ich helfe mir *eher* mit der Hand, als dich noch einmal anzurühren», sagte er sich selber Dinge wie «Jetzt ist die Schönheit beim Geld, wie sich's gehört», aber er wußte, daß es billige Repliken waren und keine Argumente. Sie war im Recht in seinen Augen. Und er nicht im Unrecht.

♡

Noch unter dem Eindruck, Karens Haß, Verachtung oder was auch immer es war, unverschuldet verdient zu haben, schickte er Laura ein Telegramm mit den Worten: «Was hast Du eigentlich mit mir vor?»

Es war eine willkommene Möglichkeit für ihn, die Verantwortung für Karens Wut nicht allein zu tragen. Sollte doch Laura ihren Teil davon nehmen. Sollte sie doch sagen, ob sie ihn wollte oder nicht. Sollte sagen, komm her und laß uns herausfinden, ob wir noch wir sind. Oder irgendwas in dieser Art. Er war böse auf sie. Nun hatte er jahrelang diesen Strohhalm aus Briefen festgehalten, aber an Land war er nicht damit gekommen. Sie sollte ihn wollen oder freigeben. Nicht beides wie bisher.

Seinen eigenen Anteil an dieser doppeldeutigen Situation verschwieg er sich. Vor dem Hintergrund von Karens abfälliger Verletztheit konnte er sich nur in einer Opferrolle ertragen. Laura hatte ihn da hineingedrängt. Sie hielt ihn fest, aber auf Distanz, sie wollte ihn nicht lassen, obwohl sie ihn nicht nahm.

Nichts von diesem Ärger war mehr zu spüren, als ihre Stimme zwei Tage später aus dem Hörer kam: «Das ist Laura», und als er nicht sofort antwortete: «Kleine Dicke mit Brille, remember?»

«Von wo rufst du an?» fragte er, weil er nichts Besseres zu sagen wußte. Außerdem klang ihre Stimme so klar, als telefoniere sie aus der Wohnung nebenan.

«Santa Monica, Nachbarschaft. Ich bin morgen elf Uhr zwanzig eurer Zeit in Frankfurt.»

«Ja», sagte er nur.

«Okay?» Jetzt schrie sie fast in den Hörer.

«Ja, okay. Elf Uhr zwanzig.»

«Wirst du eine rote Nelke im Knopfloch tragen oder eine Times unterm Arm? Wie erkenn ich dich?»

«Ich bin dann der, der auf dich zukommt.»

«Okay. Meine Kreditkarte macht schon so Zuckungen, ich muß aufhören. Elf Uhr zwanzig. Frankfurt.»

«Ja, ich freu mich.»

«Frankfurt, Westdeutschland. Nicht daß du dich verfährst. Ich verlaß mich drauf.»

«Ich werd's schon finden.»

«Bye, bis gleich.»

Wie sollte er jetzt schlafen?

Bo, der noch für eine weitere Spielzeit unterschrieben hatte, kam gegen elf mit seiner derzeitigen Freundin, einer österreichischen Schauspielerin namens Christine. Giovanni hielt beide wach, solange er konnte, und freute sich an dem Blitzen in Christines Augen, das ihm ihre Rührung über seine fassungslose Vorfreude verriet. Als die beiden schlafen gingen, brach er auf zu einem Spaziergang durch die warme Oktobernacht, und bald fand er sich an allen Orten, die ihm und Laura gehört hatten. Er wanderte ihre Geschichte ab wie einen Kreuzweg. Es wurde eine lange Wanderung. Von der Stelle im Weinberg, an der er sie zum ersten Mal hatte berühren dürfen, riß er für sie ein Weinblatt ab. Als Willkommensgeschenk. Aber später, wieder unten in der Stadt, beschloß er, es doch wegzuwerfen, da er nicht wußte, ob dieses Geschenk nicht falsche Erwartungen zeigen würde. Wer sagte denn, daß sie daran interessiert sein würde, in Erinnerungen an ihre Liebe zu schwelgen? Fest stand nur, daß sie ihn besuchte, daß er sie sehen würde nach nunmehr fünfzehn Jahren, daß er sie würde reden hören, riechen und berühren. Wo, wie lange und auf welche Art, war offen.

♡

Sein Zug fuhr um fünf Uhr achtunddreißig morgens, und er war Viertel nach zehn am Flughafen. Er setzte sich ins Restaurant und frühstückte, während er gegen die Vorstellung ankämpfte, das Flugzeug werde von Arabern in die Luft gejagt. Das heißt, in der Luft war es ja schon. Acht Minuten nach elf landete eine TWA-Maschine, und er ging mit bis an den Hals klopfendem Herzen zum Zollschalter an der Gepäckausgabe.

Es dauerte lange, bis er sie sah. Da war nur dieser schmale Spalt, durch den man in den Raum mit der Förderbandschleife sehen konnte, und er mußte warten, bis sie diesen Spalt passierte. Plötzlich stand sie da. Sah ihm genau ins Gesicht und bewegte sich nicht. Auch er sah ihr einfach in die Augen, und die Meter waren so unbedeutend wie die gelegentlichen Unterbrechungen ihres Blickes durch Passanten. Sie fuhr sich mit der Hand durch die Haare, stoppte die Bewegung mittendrin, drehte sich dann langsam um und ging zum Förderband. Wenig später erschien sie in der Paßkontrolle mit einer großen Tasche über der Schulter. Jetzt waren es noch zwei Meter.

Sie standen lange eng umarmt und lauschten ihren eigenen Gefühlen. Giovanni spürte ihre Brüste durch die Collegejacke hindurch, und er spürte , wie sich ihr Unterleib fest an seinen preßte. Der Hügel über ihrem Schoß traf genau auf seine Erektion und blieb dort, wich weder zurück noch zur Seite. Sie roch nicht mehr wie früher und sah nicht wie früher aus, aber alles Fremde war hinzugekommen. Die Laura, die er kannte, war nicht durch eine andere ersetzt worden, sondern ergänzt. In ihrem jetzigen Geruch wohnte ihr früherer, in ihrem Gesicht das von einst, und ihr Gang war, auf den paar Metern, die er sie hatte gehen sehen, noch ganz genau derselbe. Ich denke, stellte er plötzlich fest, wieso denke ich? Er tastete sie gleichzeitig mit Gedanken ab, als reiche die Empfindung allein nicht hin, um zu erfassen, was im Augenblick geschah.

238

Am liebsten hätte er sie gleichzeitig an sich gepreßt und von sich gehalten, um zu sehen und zu fühlen auf einmal.

Irgendwann berührte sie seinen Hals mit ihren Lippen, und es durchfuhr ihn bis in die Schuhspitzen.

«Wenn du mich fragst», sagte sie an seinem Ohr und löste sich langsam von ihm, «wenn du mich fragst, gehn wir in das nächste Hotel.»

Ohne sich anzufassen, ohne zu reden und ohne einander anzusehen, gingen sie zum Steigenberger am Flughafen.

Wie konnte man nur so im Traum und gleichzeitig bewußt sein? Beim Ausfüllen der Anmeldezettel tastete Giovanni nach ihrem Körper und spürte, wie ihre Hand nach seiner griff.

«Bist du noch da?» fragte er leise. So leise, daß es die Frau am Empfang nicht hören konnte. Ein Händedruck war die Antwort.

Während der Fahrt im Fahrstuhl zum achtzehnten Stock standen sie einander gegenüber und sahen sich an. Laura biß wie nachdenklich in ihre Unterlippe, aber ihre Augen waren klar und fest auf ihn gerichtet.

Das Zimmer öffnete sie und trat ein, ohne sich nach ihm umzusehen. Er hängte das rote Schild nach draußen und schloß die Tür.

«Wir wissen nicht, ob das gut ist», sagte sie und zog sich schnell und sicher aus. Auch er beeilte sich, und doch war sie schon nackt bei ihm, als er die Hose von den Hüften schob. Die Socken hatte er schon vorher abgestreift und so war seine Unterhose das letzte Stück Stoff an ihm, und sie schob sie nach unten, während sie ihn gleichzeitig schon in den Mund nahm.

Sie ließ nur kurz die Zunge spielen, während er in ihrem Haar nach mehr von ihr suchte. Sie stand auf, zog ihn aufs Bett und über sich und griff und suchte nach allen erreichbaren Stellen an ihm, die sie, fahrig und nach kurzem Druck der Hand, gleich wieder verließ. Auch seine Hände versuchten, soviel wie möglich von ihrer Haut zu berühren, und auch seine Hände konnten nirgends bleiben, denn das Fassen einer Stelle bedeutete den Verzicht auf eine andere. Bald war er in ihr und kam viel zu schnell und stemmte sich steif an ihre Raserei. Es tat weh und gut zugleich, und als sie sich von ihm löste, blieb nur kurze Zeit für beide zum Verschnaufen.

Sie küßte ihm die Schweißperlen vom Gesicht und verstrich die Nässe, die sie aus ihrem Schoß holte, auf seinem Bauch.

«Das reicht niemals», sagte sie und legte seine Hand in ihren Schoß. Bald löste er die Hand mit seiner Zunge ab und hatte das Gefühl, daß er sie jagte. Er jagte sie dorthin, wo sie jetzt sein wollte, sein mußte, wo niemand auf sie wartete, außer ihrer eigenen Lust. Er jagte sie und half ihr beim Alleinsein. Dem einzig guten Alleinsein vielleicht. Und doch war es, als ob er in der Lage sei, ihr zu folgen. War das nicht seine Lust, sein Ziel, sein Verlieren der Konturen, die wiederzufinden nachher ein Wunder sein würde, ein Rätsel? Je weiter er sie jagte, desto weiter kam auch er, und es bedurfte nur weniger Bewegungen seiner eigenen Hand, um mit ihr im selben schwarzen Loch zu verschwinden. Oder war es nur sehr ähnlich?

Er hatte ihren Fuß umfaßt und sie eine Hand in seinem Haar vergraben, und so lagen sie schweigend und horchten den vergangenen Geräuschen ihrer Lust hinterher. Sie sahen sich selber wieder fortgehen vor ihren inneren Augen, deren Wahrnehmung sie keine Bedeutung beimaßen, denn dies Fortgehen würde immer die Folge solcher Nähe sein.

Und noch etwas horchten sie hinterher. Der Überraschung, daß noch alles stimmte. Zumindest ihre Körper hatten alle Zweifel ausgeräumt, die Jahre, das Lernen, das Leben und die Menschen hätten den anderen zur Unkenntlichkeit verändern können. Auch der alte Giovanni schien für Laura noch im neuen enthalten. Ihr Körper jedenfalls hatte seinen erkannt.

Was alles in glücklicher Erschöpfung gedacht werden kann, dachte sich nun schlendernd durch ihre Köpfe, tippte hier und tippte dort, bei Hoffnungen und Ängsten, bei Erklärungen und Fragen, an die Mütze.

Nicht Eifersucht war es, aber doch ein Gefühl nah am Schmerz, das Giovanni empfand, als er bedachte, daß Orgasmen damals bei Laura nicht vorgekommen waren. Aber der Schmerz war doch eine Art Glück beim Begreifen, daß so etwas in Verbindung mit ihm, durch ihn, an ihm entstehen konnte. So aufgegangen war er noch nie in der Lust einer Frau, und er hoffte dasselbe von Laura. Spiegelbildlich.

Von weither schien ihre Stimme zu kommen, als sie sagte: «Wenn wir jetzt nicht reden, dann summen unsere Gedanken.»

«Ich liebe dich», sagte er, «und mir ist alles andere wurscht.»

♡

Laura ließ die Badewanne vollaufen, und Giovanni blitzte Karen durch den Kopf. Wenn er jetzt mit Laura in die Wanne stieg, löschte er dann das Erlebnis mit Karen, oder beschwor er es herauf? Er würde sich untreu fühlen, wenn er an Karen dächte, aber wie schafft man es, an etwas nicht zu denken? Aber war nicht Karen damals Laura gewesen? Doofe Logelei, unnötig, darüber nachzudenken. Wieso denkt man solchen Mist? Er stieg in die Wanne.

Sie sprachen scheu fast nur von ihrem Wiederfinden, und es schien, als wollten sie ihre nackten Körper jetzt voreinander verbergen. Waren die Körper zu schnell gewesen, zu eindeutig, zu sicher für Seele und Verstand? Sollten die Körper nun zurechtgewiesen werden für ihr eindeutiges Ja zum andern? Oder sollte ihnen einfach etwas weniger Gehör geschenkt werden, angesichts der Realitäten, die sich langsam, aber gefährlich wieder in die Nische schoben. Die Nische, in der nur Platz war für Laura und ihn und aus der die Realitäten sie verdrängen konnten. Die Realitäten hießen Steve.

«Ich hab ihn nicht verlassen», sagte Laura nachdenklich, «ich betrüge ihn mit dir.»

Giovanni begriff schnell und sagte trotz seiner Enttäuschung: «Ich warte.»

Sie sprachen lange nichts, sahen nur wieder einander ins Gesicht, noch immer nicht studierend, sondern nur, um zu genießen, daß sie da waren, daß sie lebten, daß sie sichtbar waren und nah, und Giovanni tat nichts, um eine Träne, deren Lauf über seine Wange ihn kitzelte, zu verbergen.

«Mein Flieger geht um acht», sagte sie.

«An welchem Tag?»

«Heute, nachher.»

Es war Viertel vor zwei.

Sie gingen Hand in Hand durch Frankfurt, und angeregt durch die wechselnden Bilder ringsum begannen sie endlich zu reden. Steve, Bo, Karen, die Tatsache, daß keiner von ihnen Kinder hatte, obwohl sie keine besondere Anstrengung aufs Verhüten verwandt hatten; Berichte vom Leben ohne den andern, die zusehends Berichte vom Warten auf den andern wurden. Bald sprachen sie nur noch von dem Loch, das in ihrem Leben geblieben war, von niemandem gefüllt und jetzt erst richtig in seiner Größe erkennbar. Jetzt, wo sie es gegenseitig füllten. Vorübergehend.

«Hatte Bo recht, als er sagte, er bekäme dich nicht ohne mich?» fragte Giovanni irgendwann.

«Weiß nicht. Wäre zu klug für Bo, wenn's richtig wäre», sagte sie. «Aber nur mal angenommen, er hat recht. Würdest du es heute tun?»

«Was tun?»

«Mit ihm zusammen mit mir schlafen.»

Er dachte nach. Der Gedanke tat weh. Aber nicht so sehr, wie er hätte müssen.

«Vielleicht. Wenn ich dich dadurch bekäme, vielleicht ja.»

«Ich glaube nicht, daß er recht hat.»

Gegen sechs, als sie wieder im Taxi saßen, fragte sie: «Was wirst du tun gegen deinen Bauch?»

Zuerst wollte er verärgert sein, aber dann mußte er lachen. Ein Blick in ihr Gesicht sagte ihm, daß sie frech war und nicht ernst.

«In meinem Alter werden normale Leute ans Kreuz genagelt, was stört mich da ein Bauch?»

«Als Antwort ist das gut», sagte sie, «aber statistisch hat es Macken.»

«Dann laß uns doch mal im Hotel nach deiner Orangenhaut sehen. Ich habe den Verdacht, da gibt's ein Patt.»

Der Taxifahrer schüttelte den Kopf.

Wieder im Zimmer, versuchten sie noch einmal, miteinander zu schlafen, aber sie brachen ab, als sie bemerkten, daß es wie ein Diebstahl war. Raffgierig jedenfalls. Sie wollten der Zukunft ohne einander noch schnell ein Stück stehlen, aber an ihren eigenen Bewegungen spürten sie, daß keine Lust mehr, sondern nur Erleichterung am Ende auf sie wartete.

«Wir machen uns den Vergleich kaputt», sagte sie.

Es war viel zu schnell acht Uhr, und Laura wartete den letzten Aufruf ab, um ihm noch schnell mit der Hand durch die Haare zu fahren, ihren Körper ein letztes Mal an seinen zu pressen und dann ohne Blick zurück durch die Schranke des Schalters zu verschwinden.

♡

Ihr Mann war auf einer Tagung. Bis er wiederkäme, wäre sie zu Hause und würde ihm erzählen, sie habe die Zeit bei einer Freundin verbracht. Wenn er nicht auf der Kreditkartenabrechnung das Telefongespräch aus der Stadt bemerkte, konnte sie nicht entdeckt werden. Von der Freundin, bei der sie angeblich gewesen sein würde, hatte sie sich Bargeld geliehen für den Flug, das sie in den nächsten Wochen peu à peu aus der Haushaltskasse zurückzahlen würde. Steve war Arzt, verdiente gut, und es würde ihm nicht auffallen.

«Demütigt dich das nicht?» hatte Giovanni gefragt, um die viel wichtigere Frage, warum sie Steve nicht einfach verlasse und zu ihm käme, nicht zu stellen.

«Doch, aber das bist du mir wert.»

♡

Seine Briefe sollte er in Zukunft an die Adresse der Freundin schreiben.

«Ab jetzt darf er sie nicht mehr entdecken», hatte Laura gesagt.

Amerika war nicht mehr weit. Jetzt, da sie Steve mit ihm betrog, war nichts mehr, kein Ort, an dem sie wäre, noch weit. Erreichbar und erreichenswert wäre noch der hinterste Winkel, wann immer sie es wollte. Als sie durch die Sperre gegangen war, um das Flugzeug zu besteigen, in dem sie zwölf Stunden sitzen würde, war es, als stiege sie in den Bus nach einer Stadt, die man notfalls und mit gutem Willen auch mit dem Fahrrad erreichen konnte.

♡

Als er vom Bahnhof nach Hause ging, fiel ihm zum ersten Mal der geputzte und geschliffene Charakter der Stadt auf. Vielleicht schaute er mit Lauras Augen. Sie würde nichts mehr wiedererkennen. Die Stadt sah aus wie ihre eigene Kopie. Alles restauriert, neu gemalt, neu verputzt, das Fachwerk farblich abgesetzt und jede Fassadenmalerei in grellen, frischen Farben. Wieso lebe ich hier? fragte er sich, aber dann gleich hinterher: Wieso denn nicht? Er war immer hier gewesen. Das, was er tat, konnte er überall tun. Weiße Blätter besiegen, sie vollschreiben; vom Leben der anderen abschreiben, vom eigenen Leben auch, das konnte man überall.

244

DREIUNDFÜNFZIG

*Plötzlich waren alle Menschen schön. Jeden-
falls alle, auf die es ankam. Plötzlich hatten
alle Restaurants mindestens einen Stern, jedenfalls alle, in die man ging; hatte jeder
einen Jaguar oder Porsche oder BMW oder
Daimler, wenn er nicht gerade Asylant oder
arbeitslos oder Aussteiger oder sonstwas mit
A war. A wie Abfall oder Arsch.*

Bo war wieder weggezogen, nach Marbach am Neckar. Als er
nach einigen Wochen die zurückgelassene Reihe Reclamhefte
abholte, erzählte er von einer Freundin, mit der er zusammen-
wohne und die er heiraten werde. Die einzige Schwierigkeit sei
noch, daß er drei Priester für die Trauung brauche, und die habe
er noch nicht gefunden. Einen katholischen, einen evangelischen und einen von der Christengemeinschaft, denn Vera sei
Anthroposophin.

«Drunter geht's nicht?» fragte Giovanni.

«Drunter geht's nicht», sagte Bo.

♡

Wieder allein in der Wohnung zu sein war schöner, als Giovanni
erwartet hatte. Auch in der Stadt war er wieder wie ein Fremder,
denn der Trickfilmer und seine Freundin waren fortgezogen,
die Freundschaft mit dem Anwalt hatte Ilses Konkurs nicht überstanden, und einige aus der Clique waren wegen Karens Abreise
auf Distanz gegangen. Das letzte Jahr über hatte Giovanni sich so
sehr mit Bo begnügt, daß er selbst die restlichen Bindungen
wieder lockerte. Und eine lockere Bindung hielt nicht lange in
dieser Stadt. Hatte man sich dreimal gesehen und nur gegrüßt,
dann war beim vierten Mal schon kein Gespräch mehr möglich.

Das war Giovanni recht, denn er lebte seit Frankfurt mit

Laura. Das dritte Zimmer war wieder ein Schlafzimmer und das Bett vor dem Schreibtisch ein Gästebett.

Liebster Giovanni, hatte in ihrem ersten Brief gestanden, jetzt wissen wir doch immerhin, woran wir sind. Ich weiß, daß ich nur noch hier aufräumen muß und dann, so schnell wie möglich, nach Hause. Zu Dir. Das Aufräumen wird noch dauern, aber daß Du sagst, Du wirst warten, macht es für mich in Ordnung. Wirst Du warten? Das heißt jetzt nicht, daß Du hübschen Mädchen von der Wäsche bleiben mußt, es geht nur um den Platz. Nach allem, was in Deinem neuen Buch so steht, werden die Frauen hinter Dir her sein. Teil mir Deine Geheimnummer mit. In Liebe, Laura.

Was hieß «aufräumen»? Wollte sie sich scheiden lassen? Sicher war es das. Sie mußte ja ihre Sachen aus der Ehe holen, ihr Geld oder was auch immer. Seltsam, das war alles so weit weg gewesen für ihn. Ehe, Geld, Besitz. Verheiratet waren immer die anderen, Geld reichte zum Leben und mußte immer wieder besorgt werden. Und Besitz? Besessen hatte er immer nur ein paar tausend Mark auf dem Konto, die Dinge in der Wohnung, Platten, Bücher, Bilder und den längst verschrotteten Mercedes. Jetzt, wenn das Erbe käme, würde er auch ein Besitzender sein. Obwohl, hunderttausend Mark, das reichte bei gleicher Sparsamkeit wie bisher für vier Jahre Lebensunterhalt. Das war noch nicht direkt Besitz. Andere hatten in seinem Alter ein Haus, zwei Autos, eine Frau, zwei Kinder und einen täglichen Weg zur Arbeit von zwei Stunden. In *der* Reihenfolge.

Ihm fiel auf, wie sehr er neben dem Leben hergetrödelt war, begünstigt von ein paar Zufällen und etwas Talent.

Es gefällt mir aber so, und da ich jetzt erwachsen bin, dachte er, werde ich eine Lebensversicherung abschließen. Auf Laura ausgestellt.

♡

Im Februar hatte Ilse angerufen. Aus Benidorm. Er klang nicht nach Selbstmord, sondern stolz. Es gehe ihm gut, er fühle sich wie ein Fisch im Wasser, die Leute würden ihn so nennen, weil er Schwimmlehrer sei in einem teuren Urlaubsclub. Er verdiene nicht viel Geld, aber da er nichts brauche, werde es demnächst reichen, um ein kleines Atelier zu mieten, und dann werde wieder gemalt. Die Kinder, denen er das Schwimmen beibringe, seien zwar Nörgelsusen und verwöhnte Monster, aber ihre Mütter gelegentlich nicht ohne. Und dann die Sonne und das gute deutsche Bier, echt wie ein Fisch im Wasser.

Mach's gut, Fisch, hatte Giovanni zum Schluß gesagt und sich ehrlich gefreut. Nur wie lange es dauern würde bis zum nächsten Absturz, das traute er sich nicht zu schätzen. Vielleicht ging es ja diesmal gut. Ilse war ja schließlich auch dreiunddreißig. Erwachsen. Beziehungsweise Fisch.

In Lauras fünftem Brief stand, sie werde im März drei Tage in Rom sein mit Steve. Ob er kommen könne? Natürlich konnte er. Er rief vier Redaktionen an, bis ihm die eines Magazins für Tierärzte eine Geschichte über Rom abnahm. Allerdings müsse er Fotos dazu liefern. Also kaufte er sich einen idiotensicheren Fotoapparat und staunte über die Qualität der Probebilder, die er schoß. Er haßte das Fotografieren.

Am zehnten März bestieg er den Nachtzug in Karlsruhe, fiebrig vor Erwartung und Vorfreude auf Laura. Obwohl sie erst in einer Woche in Rom sein würde.

Er hatte Glück, sein Schlafwagenabteil blieb leer. Ich rase mitten durchs Leben, dachte er, links und rechts ist das Leben, und ich rase mittendurch. Nach Rom. Er hatte nie Lust gehabt, allein zu verreisen, und selten war die Möglichkeit aufgetaucht, sich anderen anzuschließen. Was hatte er gesehen von der Welt? Ein bißchen Frankreich, Österreich, Holland, ein bißchen Italien, Griechenland und Kreta, das war's dann schon. Keine Seychellen, Malediven und Kanaren, kein Tunesien, Madagaskar und Hawaii. Er konnte nicht mitreden. Aber nicht mitreden zu können war eine seiner Lieblingsbeschäftigungen, um so mehr Worte hatte er in Reserve für die weißen Blätter. Aber auf Rom, die Stadt der Städte, freute er sich fast so sehr wie auf Laura.

Die Namen der Städte und das gespenstische Licht der Bahnhöfe traten in seinen unruhigen Schlaf, und von Etappe zu Etappe wußte er sich näher am Ziel und wuchs seine aufgeregte Freude.

Sechs Uhr fünfzehn, Stazione Termini, Roma. Er mußte warten, bis die Hotelinformation öffnete, und trank Cappuccino, während er das Schlurfen des erwachenden Großstadtlebens beobachtete. Es gelang ihm nicht, die allfällige Armut nicht dekorativ zu finden; es gelang ihm nicht, den Schmutz schmutzig zu finden, und es gelang ihm nicht, die Unhöflichkeit des Kellners unhöflich zu finden. Dies war Rom. Rom hatte recht, war schön und unangreifbar und jenseits aller Ansprüche, die ein Tourist stellen durfte. Nicht einmal der einsetzende Nieselregen konnte seine Begeisterung trüben, und als er einen Stadtplan gekauft und die Adresse eines bezahlbaren Hotels erfahren hatte, ging er dorthin zu Fuß.

♡

Obwohl er müde genug war, um einige Stunden zu schlafen, hielt es ihn nicht in seinem Zimmer. Er stellte seine Reisetasche ab und ging zurück zum Campo dei Fiori, ließ sich vom Trubel des Marktes eine Weile gefangennehmen und dann einfach treiben, wohin ihn die Straßen, Gassen und Durchgänge lockten. Stundenlang.

Er war nur Auge, Nase, Ohr und mußte mehr als einmal aufpassen, daß er nicht Leute umrannte oder in eine Kette oder Mülltonne lief. Es war ein Rausch, und nur die Müdigkeit, die ihn mittags überkam, vermochte diesen Rausch auszunüchtern. Er zog den Plan aus der Tasche und suchte sich das Zickzack seines Heimwegs zum Campo dei Fiori und zum Vicolo dei Chiodaroli Nummer neun, wo das Hotel Smeraldo in einer engen Gasse lag. Dort schlief er bis zum Abend.

♡

Bis in die Nacht setzte er dann seinen mäandernden Weg fort und war aufgesogen von der Atmosphäre und den Stimmen der Stadt. Er aß in einem Touristenrestaurant, weil er sich nicht in die Trattorias traute, vor denen nur Italiener geduldig warteten. Er hatte Angst, etwas falsch zu machen, und wünschte sich einen Führer, jemanden, der sich hier auskannte. Der allerdings würde ihm wohl dies wunderbare Ziellos-Treiben verwehren, würde ihn direkt zu all den Sehenswürdigkeiten führen, die er so, ohne zu suchen, hinter jeder Ecke fand.

♡

Am nächsten Vormittag hinterlegte er einen Brief für Laura bei American Express. Ab Samstag konnte sie sich melden. Ab Samstag würde er warten auf sie, ihren Anruf oder einen Zettel an der Rezeption.

Er blieb eine Weile bei der spanischen Treppe, trank Cappuccino im Caffé Greco, dem Schriftstellertreff, in dem jetzt natürlich nur noch Reisende, ihre überdimensionalen Papiertaschen aus der Via Condotti neben sich, auf das Erscheinen von Alberto Moravia warteten. Solche wie er, mit dem Unterschied, daß er sich in seinen blassen Jeans, der Allerweltsjacke und den ungeputzten Schuhen in dieser Umgebung wie eine Ohrfeige ausnahm.

Da es kälter war als gestern und ihn seine eigene Zotteligkeit störte, kleidete er sich komplett neu ein. Er kaufte eine Hose, drei Hemden, Socken, Schuhe und ein Jackett und am Ende einen weichen schwarzen Mantel. Mit jedem Kleidungsstück, das neu an ihm war, wuchs die Sicherheit seines Auftretens im nächsten Geschäft. Und die Höflichkeit der Verkäufer propor-

249

tional zu ihren Englischkenntnissen. Eindeutig. Schließlich fühlte er sich total verkleidet, aber nicht mehr fehl am Platz.

Um einem Rolls-Royce hinterherzusehen, drehte er den Kopf und schrie auf, weil ihn etwas biß. In den Hals. Es war eine Nadel, die er beim Auspacken des Hemdes übersehen hatte. Die Maus, hatte er gedacht, Zelko, nach über zwanzig Jahren. Er meinte sogar die piepsige Stimme «Katzist» rufen zu hören. Irgendwo, tief innen in seinem Kopf. Er lächelte, als er die Nadel wegwarf. Katzist, na ja, das wäre vielleicht die einzige Partei, der ich beitreten könnte. Katzisten International e.V.

Ähnlichkeit mit Katzen hab ich doch, dachte er. Ich kann es nicht leiden, wenn man mich festhält, man darf mich nicht ziehen, ich muß jeden Schritt alleine tun, man darf meine Sinne nicht beeinträchtigen. Wenn mir jemand die Ohren oder Augen bedeckt, werde ich verrückt. Das ist doch typisch katzig. Ich bin zärtlich, aber nur wenn ich will, ich bin reinlich, und es stört mich, wenn sich an einem Lieblingsplatz von mir etwas ändert. Das ist doch alles typisch Katze. Und hat Freddie nicht gesagt, er ist mein Freund?

Das Caffé della Pace bei der Piazza Navona wurde sein Stammcafé für die nächsten Tage. Von hier aus ging er zum Tiber, zum Vatikan, zur Via Appia und nach Trastevere. Nach hier kam er mittags zurück, um zu essen, sich auszuruhen und sich dann für eine neue Richtung zu entscheiden. Hier machte er Notizen für seinen Artikel, und hier machte er Pause an dem Tag, den er mit dem Fotoapparat verbrachte. Auf zehn Diafilmen hielt er Anblicke fest, denen er zutraute, die römische Atmosphäre einzufangen. Dieses braune Halbdunkel, dem die Farben in aufsteigenden Schichten vom Licht der Märzsonne nur geborgt wurden.

Er wollte in die Bar gegenüber dem Hotel, um einen Tramezzino zu essen, als der Portier «Signore Burregatte» hinter ihm herrief.

Er schwenkte einen Zettel in der Hand, den er Giovanni lässig reichte. Bin schon da, stand darauf, einen Tag früher. Ich glaube, ich kann Dich heute nachmittag anrufen. Laura. Er hielt den Zettel vorsichtig wie eine Reliquie.

♡

Er lag auf seinem Bett und versuchte in dem Buch zu lesen, das er am Morgen bei Herder gekauft hatte. Manche Seiten hatte er viermal gelesen. Er sprang auf, als es an der Tür klopfte, denn er dachte, das sei endlich der Portier. Aber sie war es selbst.

In ihren Armen hielt sie einen großen schwarzweißen Teddybär, fast so wie damals Freddie, nur daß sie jetzt beide keine Rücksicht darauf nahmen und den Bären in ihrer Umarmung zerdrückten. Nach einer Weile streichelte sie mit der Bärenpfote sein Gesicht und sagte: «Er heißt Albert, er will zu dir.»

Giovanni küßte Albert auf die Schnauze. «Hab jetzt aber keine Zeit für dich. Schön, daß du da bist, Albert.»

Und sie fielen auf das quietschende Bett.

♡

Sie hatten sich in großer Eile geliebt, fast so, als sei die Zeit sogar dafür zu kostbar. Daß Laura gleich hinterher duschte, tat ihm weh. Konnte es sein, daß Steve heute nacht mit ihr schlafen würde und nichts von ihrer Untreue bemerken durfte? Schlief sie noch mit ihm? Und die Trennung? Sie wollte doch aufräumen, hatte sie gesagt. Versprochen. Er wartete doch. Es war, als wasche sie ihn, Giovanni, von sich ab, nicht nur den Schweiß und die Spuren ihrer Liebe.

«Ich habe Zeit bis sechs», sagte sie, als sie fertig angezogen ins Zimmer zurückkam. «Ab halb sieben bin ich besser wieder dort. Wie siehst denn du aus?»

Sie meinte seine Kleider, nicht sein Gesicht.

«Hab mich für dich feingemacht», sagte er.

Da sie nicht in einem der Cafés an der Piazza Navona oder am

Pantheon sitzen wollte, führte er sie zu seinem Lieblingsplatz, dem Caffé della Pace.

Sie schwiegen eine Weile.

«Er weiß, daß ich gehen werde, er weiß nur nichts von dir. Ich will es ihm nicht sagen. Er soll sich nicht ersetzbar fühlen. Ich mag ihn», sagte sie schließlich.

«Und warum kommst du noch nicht?»

«Weil ich ihm versprochen habe, seine Operation mit ihm durchzustehen. Dann kann ich gehen. Erst dann. Das ist eine Sache, die wir gemeinsam tun müssen. Er braucht mich.»

Vor kurzem hatte Steve beschlossen, seine Praxis für ein Jahr zu vermieten und sich in einer Spezialklinik bei Sydney am Rückgrat operieren zu lassen. Gutartige Tumoren an verschiedenen schwer zugänglichen Stellen drohten ihn zu lähmen. Laura hatte versprochen mitzukommen, da er, obwohl selber Arzt, große Angst vor den Eingriffen hatte.

«Danach fangen wir beide ein neues Leben an», hatte er gesagt.

«Ja», sagte Giovanni.

«Wir sind schon getrennt, aber wir sind noch Freunde. Steve ist kein Feigling. Er braucht mich. Ich tu das gern.»

«Ja.»

Ein ganzes Jahr.

«Kann ich dir denn irgendwas dabei helfen?»

«Aber nein, was denn? Nein. Putz du die Wohnung, bis ich komme, und bleib mein guter Stern.»

Ein ganzes Jahr! Bedrückt von diesem Ausblick begleitete er sie noch ein Stück in Richtung Piazza Espagna. Morgen könne sie wieder um diese Zeit kommen, sagte sie, bis sechs.

An diesem Abend fühlte sich Giovanni zum ersten Mal einsam in Rom. Verloren und von der Lebenslust der anderen gequält. Ein ganzes Jahr. Er betrank sich im Zimmer, nahm Albert in den Arm, fiel ins Bett und schlief dennoch schlecht und nur bis kurz vor sieben.

♡

Nicht eilig, wie am Tag zuvor, aber jetzt mit einem Unterton von Wehmut liebten sie sich wieder am nächsten Nachmittag. Laura würde nicht mehr kommen können, denn Steve und sie hatten vor, nach der letzten Veranstaltung sofort aufzubrechen. Zum Flugzeug um neunzehn Uhr fünfzehn.

«Ich schreibe, so oft es geht», sagte sie, «du mußt einfach geduldig sein. Ohne mich steht er das nicht durch. Behalt die Nerven und sei mein guter Stern.»

Er brachte sie nur bis zum Pantheon. Sie küßten sich im Schatten einer Tür, und Laura sagte: «Vielleicht geht es ja schneller.»

«Hoffentlich leuchte ich hell genug», sagte Giovanni.

«Das wirst du ganz bestimmt.»

Er sah ihr nach, bis sie zwischen zwei Häusern verschwunden war, ging zurück ins Hotel, bezahlte sein Zimmer und nahm ein Taxi zum Bahnhof. Er bezahlte das ganze Schlafwagenabteil, um allein sein zu können, und in Mailand war er endlich betrunken genug, um zu schlafen.

♡

Das ist nicht meine Stadt, dachte er, als er um zehn Uhr morgens aus der Bahnhofshalle trat. Das wird wieder meine Stadt, wenn es wieder Lauras Stadt ist. Wenn sie da ist, ist jede Stadt meine. Es störte ihn nicht, daß alle, die ihm begegneten, indigniert, spöttisch oder erstaunt zu ihm hinsahen. Er trug Albert auf dem Arm wie ein Kind. Einmal setzte er die Tasche ab und ließ Albert mit der Pfote einer Frau hinterherwinken. Er selbst schaute sich nicht um, hörte aber ein Lachen. Diese Frau hatte beim Entgegenkommen wenigstens gerührt gelächelt, nicht verständnislos wie die meisten.

Von nun an schlief er jede Nacht mit Albert im Arm, obwohl ihn dessen Fell in heißen Nächten juckte. Du kommst nie in die Waschmaschine, das versprech ich dir, sagte er, wenn Albert ihm bedrückt vorkam, und jedesmal schien der Bär dann wieder zufriedener.

♡

Er schrieb Glossen für den Funk, übersetzte Songtexte der siebziger Jahre für eine Nonsens-Serie, übersetzte «As tears go by» in «Arschtiere gehen einkaufen» oder «We can work it out» in «Wir Blechbüchsen schaffen es draußen». Es machte Spaß, obwohl er nicht wußte, wo der Humor herkam. Ihm war nicht danach zumute. Dienst nach Vorschrift kann auch das, dachte er.

♡

Wie am Tropf hing er an der Möglichkeit, einen Brief von Laura im Kasten zu finden. Und jeder Morgen, an dem keiner darin lag, war wie eine Luftblase, deren Eintritt in die Vene den Tod bedeuten konnte. Einen allerdings immer nur sekundenkurzen Tod, denn gleich danach wuchs die Hoffnung wieder, daß der Brief am nächsten Tag käme. Das war die Nährlösung. Der jeweils nächste Tag.

♡

Noch vor seinem Geburtstag war der Brief da. Sie schrieb: Jetzt geht es los, wir fliegen morgen. Du leuchtest hell, hab keine Angst, hab nur Geduld. Ich habe keine Angst, denn ich freu mich auf zu Hause. Zu Hause, das bist Du. Du mit Deinen Schlafaugen, die mich schon immer betört haben, Du mit Deinen schusseligen Händen, die sogar meine Haut verwirren können, Du mit Deinem distanzierten Blick, aus dem die Bereitschaft spricht, alle zu lieben. Aber nur wenn sie Eintritt bezahlen. Mich liebst Du ohne Eintritt, stimmt's? Mich mit meinen kleinen Brüsten, den zu dunklen Augenbrauen und der löchrigen Dichtung zwischen Phantasie und Leben. Mich liebst Du nicht, obwohl ich so bin, sondern weil. Lieb mich. Ich bin da. Gleich. Deine Laura.

Im Mai kam eine Postkarte von ihr mit einem Bild von Ayers Rock. Von hier aus kann man durchs Ozonloch spucken, schrieb sie, das ist das Ende der Welt. Ich schreibe Dir Postkarten, die schmuggeln sich leichter aus dem Haus. Keine Adresse, Du sollst mir nicht hierher schreiben. Wie geht's Albert? Ich liebe Dich, Laura.

Er schrieb mit der linken Hand einen Antwortbrief von Albert. Wan kohms du entlich? Der Schowanni is schon gants rappelich. Er knuhdschd mich so verdächtich. Wen du nich gleich kohms, dann machters mit mir. Glaup ich wenikstenz. Dein Albert (Bär).

Den Brief legte er in eine Schublade. Könnte sie ja gelb anstreichen, dann wär die Illusion eines Briefkastens perfekt, dachte er. Bärfekt, wie in der Bärenmarke-Werbung.

Im Juni kam eine Heiratsanzeige von Bo und Vera. Standesamtlich. Die eigentliche Hochzeit solle erst in zwei Jahren stattfinden, stand in Bos Krakelschrift dabei, bis dahin sei auch das Priesterproblem zu lösen. Viel Glück, dachte Giovanni.

VIERUNDFÜNFZIG

Ein Deutscher und seine Cessna flogen zum Kreml, und einige russische Generale von ihren Posten. Um an Aids zu sterben, mußte man noch immer mit jemandem schlafen, fixen, Bluter sein oder sonst eine Transfusion brauchen. Das Virus konnte immer noch nicht fliegen. Aber jeder, der was auf sich hielt, flog irgendwohin in Urlaub. Fliegen war geil. Turbogeil.

Etwa alle drei Wochen schrieb Laura ihre Postkarten. Zwei Operationen waren schon problemlos verlaufen. Giovanni hatte sich mit dem Warten ausgesöhnt.

Irgendwann beschaffte er sich Pauls Telefonnummer und rief eines Nachmittags an.

«Ohlenburg?»

«Paul? Hier ist Giovanni.»

«Giovanni?»

«Ja, Giovanni. Der Ex- und zukünftige Liebste deiner Tochter.»

«Giovanni, na sowas, das freut mich aber. Geht's dir gut?» Die Stimme klang müde.

«Ja. Ich will fragen, ob ich dich besuchen darf.»

«Aber ja, wann du willst. Wir sind immer hier. Wann du willst. Ich freue mich, dich zu sehen.»

«Ich könnte Anfang September.»

«Aber ja, wann du willst.»

«Also dann, ich ruf noch an.»

Wir? Wer war wir? Hoffentlich nicht seine Frau. Die hatte Giovanni in so unguter Erinnerung, daß er nicht annahm, sie könne inzwischen nett geworden sein. Lauras Schwester? Vielleicht. Konnte ja sein, daß sie den Sommer in Aix verbrachte.

Die Zugfahrt war so unbequem wie schön. Doch das Reisen war ein Glück für sich, und er versuchte, soviel wie möglich zu sehen. Landschaften, Gesichter, Farben, Geräusche, Stimmen, Gestalten und Gespräche. Kommt alles in den Speicher, dachte er, und wird irgendwann ein Buch.

Er hatte von daheim aus angerufen, um sich anzukündigen, und jetzt freute er sich, Paul am Bahnhof vorzufinden. Und neben ihm Sabine Kunolt.

Sie nahm ihn ganz selbstverständlich in die Arme und küßte ihn auf beide Wangen. Genauso Paul. Er mußte schlucken. Die Arme dieser beiden wirkten wie ein kalter Umschlag bei hohem Fieber. Fieber, von dem er natürlich wieder nichts gewußt hatte, bis der Umschlag und mit ihm die Linderung kam. Er sagte: «Das ist wie nach Hause kommen.»

«Schön», sagte Paul. «Du wohnst bei uns. Sabine gibt dir ihr Arbeitszimmer. Das kennst du schon.»

Das Gartenhaus der Mullers hatte sich äußerlich nicht verändert, aber das Wohnzimmer war ein Arbeitszimmer geworden mit Büchern bis zur Decke, einem Computer und einem riesigen Schreibtisch. Der Eßtisch stand jetzt in einer Ecke, denn woanders gab es keinen Platz mehr. Pauls Zimmer war ein Schlafzimmer, und das, in dem Giovanni und Laura damals gewohnt hatten, war Sabines Arbeitszimmer geworden. Auch hier ein Schreibtisch und Bücher über Bücher. Nur das Bett von früher stand noch immer an der Wand.

Es waren wunderschöne Tage. So einfach war es, zu reden, so klar und genau sprach sich Satz um Satz aus wie von selbst. So selbstverständlich schienen die kompliziertesten Sachverhalte, und so aufrichtig klang der Ton, in dem jeder von sich und allem sprach.

Seit ihrer Rehabilitierung half Sabine Paul als Assistentin. Sie wollten beide nicht mehr nach Deutschland zurück, zogen es vor, Ausländer zu sein, hier wie dort. Paul schrieb Artikel und

Bücher, machte Vortragsreisen und gab manchmal noch Kurse an amerikanischen Universitäten. Auch ihnen schrieb Laura nur Postkarten. Paul war froh, daß sie zurückkommen würde.

«Unsere Liebste ist treu», sagte er einmal, und Giovanni sah, daß es ihm Freude machte, wieder von «unserer Liebsten» sprechen zu dürfen. Ein Seitenblick auf Sabine zeigte ihm, daß sie einverstanden war.

«Ich teile sie am liebsten mit dir», sagte Paul zu Giovanni.

«Das ist kein Teilen, wir haben sie beide ganz.»

«Und sie uns.»

«Hoffentlich bald.»

Nach einer Woche brach er wieder auf, denn er hatte bemerkt, daß die beiden ihr Leben und die Arbeit für ihn unterbrochen hatten, und er wollte sie nicht zu lange stören. Sie brachten ihn zum Bahnhof, und es tat ihm leid abzureisen.

«Komm bald wieder», sagte Sabine.

«Mit Laura», sagte Paul.

«Ich liebe euch», sagte Giovanni.

Ein Brief von Laura in der Post! Die letzte Operation ist überstanden. Du kannst mir schreiben, ich warte sehnlichst auf Post von Dir. Aber schreib an American Express in Sydney. Ich möchte Steve mit meiner Freude über Deine Briefe nicht weh tun. Er weiß nichts von Dir, und das soll so bleiben. Ich weiß, daß Du mich verstehst. Bitte schreib mir bald, ich werde davon leben. Kann sein, daß es drei, vielleicht auch vier Monate dauern wird, bis ich mit Steve zurück in die Staaten fliegen kann. Er erholt sich nur sehr langsam und braucht mich für fast jeden kleinen Schritt. Aber was sind schon ein paar Monate, danach bin ich bei Dir. Du kannst schon mal langsam die Wohnung aufräumen. Bis bald, Deine glückliche Laura.

♡

Im Oktober kam die Geburtsanzeige von Nikolaus Pletzky. Aha, dachte Giovanni und fand sich selber spießig.

Er ließ das Blaupunkt-Radio von einem Fachmann renovieren und gab ihm einen Ehrenplatz im Schlafzimmer.

Eines Tages kam ein Spediteur mit einem Bild von Ilse. Groß, weiß, scheußlich und unterzeichnet mit «Fisch». In einem Begleitbrief stand: Auch wenn Du nichts davon verstehst, ich schenk's Dir für Deine Wohnung. Hasta la vista, Fisch.

Ach, Ilse, dachte Giovanni, du bist doch kein Fisch. Du bist eher so was wie eine Dauersternschnuppe, ein dauerverwunschener Prinz, den niemand aus den Froschkleidern küßt. Zum Fisch fehlt dir die Glätte, vom Fisch hast du nur den Glanz, aber du bist und bleibst ein Warmblüter. Bist und bleibst waren schöne Worte für Ilse. Fast wie ein Gebet. Oder so was wie ein Trost.

♡

Versunken las er ein neues Buch von Vonnegut. Es hieß «Galapagos», und er dachte daran, es Laura zu schicken, aber der Gedanke, daß sie Steve das deutsche Buch erklären müßte, hielt ihn davon ab. Schließlich konnte sie ja englisch lesen. Statt dessen schickte er ihr Alberts Brief und streunte Tag um Tag durch die Wohnung, um hier und da noch Verbesserungen vorzunehmen. Gleich, dachte er, fängt die echte Zukunft an, demnächst ist hier das Leben. Das Leben selber. Nicht nur die Sonntagsbeilage wie bisher.

Er nahm Albert mit in die Badewanne und schrubbte ihn mit Pril, bis die weißen Teile seines Fells nicht mehr grau waren. Liebe macht Spuren, sagte er zu Albert, Liebe macht grau. Albert verstand.

♡

FÜNFUNDFÜNFZIG

Es gab die Apokalypse in den verschiedensten Versionen. Die biblische Version baute eher auf Sturm, Hagel und Sintflut, die Atomversion auf riesengroße Pilze. Es gab die Umweltversion, die Aids-Version, die Börsencrashversion und die mit dem Einschlag eines Meteors. Es gab die Überbevölkerungsversion mit den anstürmenden Unterprivilegierten, die Version mit der Herzenskälte, an der alle erfrieren, und die, in der die Computer an der Macht sind. Und viele, viele Mischformen. Fast jeder hatte eine privat gefärbte Version, und so war die Apokalypse ein beliebtes und ergiebiges Gesprächsthema. Im Urlaub, beim Skat, in der Kneipe und am Kamin.

Giovanni stapfte durch frisch gefallenen Schnee, den die Räumtrupps noch nicht von der Straße geschafft hatten. Er kam vom Weihnachtsessen mit seiner Mutter und seinen Brüdern, bei dem er ein überraschend warmes Gefühl für die drei in sich entdeckt hatte. Ein Gefühl aus den Augenwinkeln. Das heißt, eigentlich kein Gefühl, nur eine Art, sie anders anzusehen. Ich mag sie doch, dachte er, ich hab sie mir nicht ausgesucht und finde nichts bei ihnen, aber ich mag sie doch. Meine Witwenmutter Irmgard, meinen Lehrerbruder Norbert und meinen Arztbruder Arno, ich mag sie. Meine Körperfamilie. Und ich mag oder liebe meine Herzfamilie. Paul, Sabine, Bo und Fisch alias Ilse und vielleicht noch Karen, doch, natürlich Karen, sie braucht es nicht zu wissen, sie braucht sich nicht zu freuen, sie braucht von meiner Liebe nichts zu ahnen. Und Albert. Albert, mein verständnisvoller Bär.

Gestern war ein Brief von Laura gekommen, in dem sie schrieb, sie reise ab aus Australien und fliege in die Staaten mit dem fast gesunden Steve. Länger als bis Mitte März brauche sie nicht, um alles, was anstehe, zu erledigen. Mitte März spätestens, schrieb sie, habe ich Dich im Arm. Und vergiß nicht, Du schuldest mir eine Geschichte. Erinnerst Du Dich? Als ich von Amerika kam, hast Du mir eine Geschichte schenken wollen. Jetzt komm ich noch mal aus Amerika, jetzt will ich sie. Deine aufgeregte Laura. P.S. Der Anfang tut's auch, und ich mach Dir keine Auflagen. Einfach eine Geschichte. Eine ganz normale Geschichte. Kann ein junger Mann sein, der ein Buch schreibt. Was wäre daran auszusetzen? Vielleicht liebt er ein Mädchen, dessen Vorteil es ist, daß es keine allzu großen Titten hat, und der Nachteil, daß es zu weit ausholende Bewegungen macht. Mit der Seele und allem.

Das Postskriptum war so lang wie der Brief.

Auf seinem Heimweg durch den Schnee sah er ein Plakat. Tanz in den Silvester mit den Royals.

Ich werde ein Fahrrad brauchen, dachte er. Wenn es Frühling wird, fahren wir zusammen durch die Gegend. Mein Bauch geht weg, und Laura strampelt vor mir her. Im März, wenn es warm wird, kauf ich ein Fahrrad. Und rutschte aus.

Und verstauchte sich den Fuß.

Mit Mühe und unter Schmerzen schaffte er, mehr hüpfend als gehend, den restlichen Weg und betrachtete zu Hause versonnen die immer dicker werdende Schwellung.

Er stellte eine Kanne Kaffee vor sich und schaltete den Computer an. Als das freundliche Flimmern des Bildschirms ihm die leere Seite zeigte, schrieb er:

Das Herz ist eine miese Gegend.

Er drückte die Tasten Shift und F 3, um den Satz zu zentrieren, und die sechs Worte flitzten auf dem Bildschirm in die Mitte.

Dann drückte er so lange auf die Return-Taste, bis die nächste Seite angezeigt war, stellte mit der CapsLock-Taste die Schrift auf groß und schrieb:

EINS

Er drückte die Taste F9, um das Wort einzurücken, stellte kursiv an und CapsLock wieder aus, tippte dreimal auf Return und schrieb:

> *Kennedy starb vor Winnetou. In einem Blaupunkt-Radio der eine und im Scala beim Bahnhof der andere. Ein Buch lag auf einer Kommode...*

Und er schrieb und schrieb und schrieb, und wollte weiterschreiben, bis das Telefon ihn unterbräche, der Telegrammbote oder die normale Post, bis sein verstauchter Fuß verheilt sein würde oder das Leben anfinge.

Dann hätte er Besseres zu tun.

Paul Auster

Paul Auster, geboren 1947 in Newark / New Jersey, gilt in Amerika als eine der großen literarischen Entdeckungen der letzten Jahre. Er studierte Anglistik und vergleichende Literaturwissenschaft an der Columbia University und verbrachte danach einige Jahre in Paris. Heute lebt er in New York.

Die New York-Trilogie *Roman*
(rororo 12548)
«Eine literarische Sensation!» *Sunday Times*

Mond über Manhattan *Roman*
(rororo 22756)

Smoke. Blue in the Face
Zwei Filme
(rororo 13666)

Die Erfindung der Einsamkeit
(rororo 13585)

Die Musik des Zufalls *Roman*
(rororo 13373)

Mr. Vertigo *Roman*
Deutsch von Werner Schmitz
320 Seiten. Gebunden und als rororo Band 22152

Leviathan *Roman*
Deutsch von Werner Schmitz
320 Seiten. Gebunden und als rororo Band 13927

Von der Hand in den Mund
Deutsch von Werner Schmitz
512 Seiten. Mit 24 farbigen Tafeln. Gebunden und als rororo Band 22634
Aller Anfang ist schwer: Paul Austers amüsantes Selbstporträt des Künstlers als hungernder Mann vor dem Hintergrund der bewegten sechziger und siebziger Jahre.

Timbuktu *Roman*
Deutsch von Peter Torberg
192 Seiten. Gebunden und als rororo 22882

Das rote Notizbuch
Deutsch von Werner Schmitz
64 Seiten. Pappband und als rororo Band 23040
Nov 2001

Paul Auster's Stadt aus Glas
Herausgegeben von Bob Callahan und Art Spiegelman. New York-Trilogie I. Großformat
(rororo 13693)

Im Land der letzten Dinge
Roman
Deutsch von Werner Schmitz
200 Seiten. Gebunden und als rororo Band 13043

Lulu on the Bridge *Das Buch zum Film mit Vanessa Redgrave und Harvey Keitel*
(rororo 22426)
Nach den Drehbüchern für «Smoke» und «Blue in the Face» führt Paul Auster hier zum ersten Mal Regie.

rororo Literatur

rowohlt paperback

Janice Deaner
Fünf Tage, fünf Nächte *Roman*
(paperback 22666)
Zwei Fremde, eine Frau und ein Mann, besteigen in New York den Zug nach Los Angeles. Beide hüten ein Geheimnis; beide fliehen vor ihrem bisherigen Leben. Sie kommen ins Gespräch, und schon bald entwickelt sich eine Nähe zwischen ihnen.

Elfriede Jelinek
Macht nichts *Eine kleine Trilogie des Todes*
(paperback 22683)
«Im ersten Teil hat eine Täterin gesprochen, die nie eine sein wollte, im letzten Teil spricht ein Opfer, das auch nie eines sein wollte. Die Zeiten, da alle Opfer werden sein wollen, sollen ja erst noch kommen.»
Elfriede Jelinek

John Updike
Bech in Bedrängnis. *Fast ein Roman*
(paperback 22718)

Stewart O'Nan
Die Armee der Superhelden *Erzählungen*
(paperback 22675)
In diesen preisgekrönten Erzählungen entfaltet Stewart O'Nan die ganze Bandbreite menschlichen Lebens zwischen Verzweiflung und Hoffnung. «O'Nans spannendes Werk ist zum Heulen traurig und voller Schönheit, seine Sprache genau und von bestechendem Charme.»
Der Spiegel

Thor Kunkel
Das Schwarzlicht-Terrarium *Roman*
(paperback 22646)
Thor Kunkels Roman vermischt Elemente der schwarzen Komödie mit Pulp-Fiction und utopisch-technischer Phantasie zu einem ebenso düsteren wie hellsichtigen Panorama der siebziger Jahre.
Ein Brief an Hanny Porter *Roman*
(paperback 22678)

Virginie Despentes
Wölfe jagen *Roman*
(paperback 22331)
Die Unberührte *Roman*
(paperback 22330)

Literatur

Weiter Informationen in der **Rowohlt Revue**, kostenlos in Ihrer Buchhandlung, und im **Internet: www.rororo.de**

Armistead Maupin

Armistead Maupin, 1944 geboren und Journalist von Beruf, kam Anfang der siebziger Jahre nach San Francisco. 1976 begann er mit einer Serie für den *San Francisco Chronicle*, die den Grundstock lieferte für sechs Romane, die in den USA zu einem Riesenerfolg wurden – die heute schon legendären «Stadtgeschichten». In deren Mittelpunkt steht die ebenso exzentrische wie liebenswerte Anna Madrigal, 56, die ihre neuen Mieter gern mit einem selbstgedrehten Joint begrüßt. Unter anderem treten auf: Das Ex- Landei Mary Ann, der von Selbstzweifeln geplagte Macho Brian, das New Yorker Model D'orothea und San Franciscos Schwulenszene. All den unterschiedlichen Menschen, deren Geschichte erzählt wird, ist aber eines gemeinsam: Sie suchen das ganz große Glück.

Stadtgeschichten *Band 1*
(rororo 13441)
«Es ist merkwürdig, aber von jedem, der verschwindet, heißt es, er sei hinterher in San Francisco gesehen worden.» *Oscar Wilde*

Mehr Stadtgeschichten *Band 2*
(rororo 13442)
«Maupins Geschichten lassen den Leser nicht mehr los, weil sie in appetitlichen Häppchen von jeweils circa vier Seiten gereicht werden und man so lange ‹Na, einen noch› denkt, bis man das Buch ausgelesen hat und glücklich zuklappt.»
Der Rabe

Noch mehr Stadtgeschichten
Band 3
(rororo 13443)

Tollivers Reisen *Band 4*
(rororo 13444)
«Nichts ist schlimmer als die steigende Zahl der Seiten, die das unweigerliche Ende des Romans anhkündigen.»
Hannoversche Allgemeine Zeitung

Am Busen der Natur *Band 5*
(rororo 13445)

Schluß mit lustig *Band 6*
(rororo 13446)
«Ein Kultroman!» *Die Zeit*

Die Kleine *Roman*
(rororo 13657)
«Eine umwerfend komische Geschichte.» *Vogue*

Die **Stadtgeschichten Band 1-6** als einmalige Sonderausgabe außerdem lieferbar im **Wunderlich Taschenbuch** Verlag.

Weitere Informationen in der **Rowohlt Revue** oder im **Internet**: www.rowohlt.de

3312/5

Helmut Krausser

Helmut Krausser, 1964 in Esslingen geboren, lebt heute in München. Er war u. a. Spieler, Nachtwächter, Zeitungswerber, Opernstatist, Sänger in einer Rock 'n' Roll-Band und Journalist. (Halb-) freiwillig verbrachte er ein Jahr als Berber. Nebenbei studierte er provinzialrömische Archäologie. 1989 erschien sein erster Roman. Es folgten mehrere Erzählbände, Theaterstücke, Tagebücher und ein Opernlibretto.

Der große Bagarozy *Roman*
192 Seiten mit 8 Fotos.
Gebunden und als
rororo 22479

Spielgeld *Erzählungen & andere Prosa*
(rororo 13526)

Mai. Juni *Tagebuch des Mai 1992. Tagebuch des Juni 1993*
(rororo 13716)

Juli. August. Sepember
Tagebuch des Juli 1994. Tagebuch des August 1995. Tagebuch des September 1996
(rororo 22335)
«In diesen wunderbaren Skizzen aus dem Intellektuellenleben begegnet man allem, was dieses Leben eben wunderbar macht.»
Die Welt

Oktober. November. Dezember
Tagebuch des Oktober 1997. Tagebuch des November 1998. Tagebuch des Dezember 1999
(rororo 22888)

Schweine und Elefanten *Roman*
(paperback 22526)

Helmut Krausser /
Marcel Hartges (Hg.)
Das Kaninchen, das den Jäger erschoß *und andere bizarre Todesfälle*
(rororo 22617)

Könige über dem Ozean *Roman*
(rororo 13435)

Fette Welt *Roman*
(rororo 13344)
Fette Welt *Das Buch zum Film. Verfilmt von Jan Schütte mit Jürgen Vogel. Roman*
(rororo 22425)
«Bis zum Finale ist *Fette Welt* ein Roman zum Verschlingen, ein Buch, das in einer mitreißenden Sprache nie ein Klischee bedient.»
taz

Schmerznovelle.
128 Seiten. Gebunden

Weitere Informationen in der **Rowohlt Revue** oder im **Internet:** www.rororo.de

rororo Literatur

Laurie R. King

«Wenn jemand die Nachfolge von P. D. James antritt, dann **Laurie R. King**.»
Boston Globe

Die Gehilfin des Bienenzüchters
Kriminalroman
(13885)
Der erste Roman einer Serie, in der Laurie R. King das männliche Detektivpaar Sherlock Holmes und Dr. Watson durch eine neue Konstellation ersetzt: dem berühmten Detektiv wird eine Assistentin – Mary Russell – zur Seite gestellt.
«Laurie King hat eine wundervoll originelle und unterhaltsame Geschichte geschrieben.» *Booklist*

Die Apostelin *Kriminalroman*
(22182)
Mary Russell und Sherlock Holmes, der wohl eingeschworenste Junggeselle der Weltliteratur, haben geheiratet. Aber statt das Familienidyll zu pflegen, ist das Paar auch in dem dritten Band über den berühmten Detektiv und seine Assistentin wieder mit einem Mordfall beschäftigt.
«*Die Apostelin* ist ein wundervolles Buch. Ich habe diesen Roman geliebt.»
Elisabeth George

Die Feuerprobe *Roman*
Deutsch von Eva Malsch und Angela Schumitz
544 Seiten. Gebunden.
Wunderlich

Die Farbe des Todes *Thriller*
(22204)
Drei kleine Mädchen sind ermordet worden. Kein leichter Fall für Kate Martinelli, die gerade erst in die Mordkommission versetzt wurde und noch mit der Skepsis ihres Kollegen Hawkin zu kämpfen hat.

Die Maske des Narren
Kriminalroman
(22205)
Kate Martinelli und Al Hawkin übernehmen ihren zweiten gemeinsamen Fall.

Geh mit keinem Fremden
Kriminalroman
(22206)

Wer Rache schwört
Roman
(22922)

rororo Unterhaltung

Weitere Informationen in der **Rowohlt Revue**, kostenlos im Buchhandel, und im **Internet:**
www.rororo.de

P. D. James

Adam Dalgliesh ist Lyriker von Passion, vor allem aber ist er einer der besten Polizisten von Scotland Yard. Und er ist die Erfindung von **P. D. James.** «Im Reich der Krimis regieren die Damen», schrieb die Sunday Times und spielte auf Agatha Christie und Dorothy L. Sayers an, «ihre Königin aber ist P. D. James.» In Wirklichkeit heißt sie Phyllis White, ist 1920 in Oxford geboren, und hat selbst lange Jahre in der Kriminalabteilung des britischen Innenministeriums gearbeitet.

Ein reizender Job für eine Frau
Kriminalroman
(23077)
Der Sohn eines berühmten Wissenschaftlers in Cambridge hat sich angeblich umgebracht. Aber die ehrfürchtig bewunderte Idylle der Gelehrsamkeit trügt.

Der schwarze Turm
Kriminalroman
(23025)
Ein Kommissar entkommt mit knapper Not dem Tod und muß im Pflegeheim schon wieder unnatürliche Todesfälle aufdecken.

Eine Seele von Mörder
Kriminalroman
(23075)
Als in einer vornehmen Nervenklinik die bestgehaßte Frau ermordet wird, scheint der Fall klar – aber die Lösung stellt alle Prognosen über den Schuldigen auf den Kopf.

Tod eines Sachverständigen
Kriminalroman
(23076)
Wie mit einem Seziermesser untersucht P. D. James die Lebensverhältnisse eines verhaßten Kriminologen und zieht den Leser in ein kunstvolles Netz von Spannung und psychologischer Raffinesse.

Ein unverhofftes Geständnis
Kriminalroman
(26314)
«P. D. James versteht es, detektivischen Scharfsinn mit der präzisen Analyse eines Milieus zu verbinden.»
Abendzeitung, München

Ein Gesamtverzeichnis aller lieferbaren Titel von **P.D. James** finden Sie in der **Rowohlt Revue**. Vierteljährlich neu. Kostenlos in Ihrer Buchhandlung.
Rowohlt im Internet:
www.rororo.de

rororo Unterhaltung